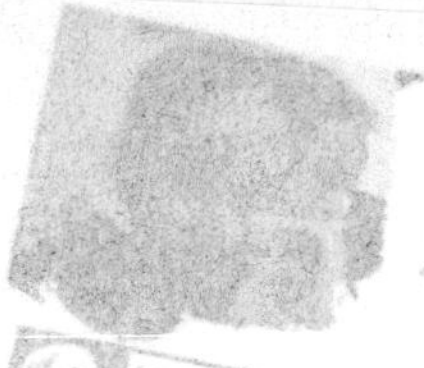

Sœur Emmanuelle

YVONNE CLAVREUL
45 BOULEVARD AMIRAL
COURBET
44000 NANTES

Yalla !

ALBERT BLACK

DU MÊME AUTEUR

RESCAPÉE
Sabine Wespieser éditeur, 2006 ; Points, 2008

Le Strict Minimum
In *LES BELLES ÉTRANGÈRES*
(Douze écrivains néo-zélandais)
Sabine Wespieser éditeur/Centre national du livre, 2006

GARE AU FEU
Sabine Wespieser éditeur, 2012

LE LIVRE DES SECRETS
Sabine Wespieser éditeur, 2014 ; Points, 2015

FILLE DE L'AIR
Sabine Wespieser éditeur, 2017 ; Points, 2018

COMME AU CINÉMA
Sabine Wespieser éditeur, 2019 ; Points, 2021

FIONA KIDMAN

ALBERT BLACK

roman traduit de l'anglais (Nouvelle-Zélande)
par Dominique Goy-Blanquet

SABINE WESPIESER ÉDITEUR
13, RUE DE L'ABBÉ-GRÉGOIRE, PARIS VI
2021

Titre original : *This Mortal Boy*
Éditeur original : Penguin Random House, Nouvelle-Zélande, 2018,
représenté par l'agence littéraire Lora Fountain & associés

Pour Ian,
qui croyait en ce livre,

et

pour E. H,
la fille d'Albert Black

CHAPITRE 1

OCTOBRE 1955. Si Albert Black chante en sourdine, il se revoit presque de retour là-bas chez lui, à Belfast, l'endroit d'où il vient. Il commence par fredonner de tête en silence, mais les mots se bousculent pour sortir de plus en plus fort, *Je suis un petit falorie, un gai trimardeur irlandais.* Il ne sait pas exactement ce que signifie falorie, mais son Pa lui a dit qu'il croit que ça parle de chagrin, et en ce moment c'est précisément ce qu'il éprouve. Un falorie est un gars inoffensif, il aime juste rigoler un peu, voilà ce que Pa disait. La ferme, Paddy, hurle une voix, et d'autres voix la rejoignent à l'unisson, Ferme ta gueule, Paddy. Et lui il chante, *Je peux faire tout pareil que vous.* Ta gueule, ça ne s'adresse pas vraiment à lui, c'est juste un truc à brailler quand des hommes sont enfermés dans des cellules de pierre derrière des portes d'acier, ils hurlent et ils braillent jour et nuit et leur voix est la seule chose qu'ils possèdent, ces voix que les gardiens ne peuvent pas contrôler. *Je peux faire tout pareil que vous parce que ch'suis rien qu'un p'tit coquin.* Les trains qui roulent devant l'aile ouest de la prison ont cliqueté toute la nuit, d'abord l'express qui file vers le sud, puis les trains de marchandises, traînant derrière eux leurs gémissements funèbres de banshee. Maintenant c'est le train du matin et il hausse la voix de plus en plus fort pour couvrir le bruit,

Je suis un gai trimardeur irlandais, comme si c'était une tyrolienne, cette fois.

« Non, c'est pas vrai, crie l'homme de la cellule voisine, t'es juste un bon à rien d'Angliche à dix balles, pourquoi tu retournes pas d'où tu viens ? »

Ça c'est tout moi, pense Paddy, en ajustant ses vêtements le plus proprement possible, car il n'y a pas de miroir dans cette cellule. Ni lard ni cochon, pour ces types-là. Il parle comme un Irlandais, se prétend irlandais, sauf qu'il vient de ce no man's land autoproclamé Royaume-Uni. Mais Sandy Row est là-bas, cette rue de Belfast peuplée de boutiques et de vie et de gens qui vaquent à leurs affaires. Lui, c'est pas un bouseux. On dit qu'il y a cent vingt-sept boutiques sur le Row, même s'il ne les a jamais comptées. Celle du coin, avec tous les produits d'épicerie que sa mère achète pour faire leur thé, le magasin de fripes, l'échoppe du barbier, les pubs où son Pa claquait l'argent qu'ils n'avaient pas. Il y a le cinéma et la boucherie et la confiserie, et la boutique qui vend des pommes caramélisées double ration avec du coco par-dessus. Marrant comme on peut aller d'un endroit à un autre en un clin d'œil. Il risque fort, vu sa situation, d'être envoyé à la potence. Il se voit sur une estrade, le public en bas qui attend le dernier acte de la pièce. L'estrade sera en réalité une porte de trappe. Il sera en pleine santé, debout bien droit, et la minute d'après il plongera, jeté d'un niveau à un autre, dans un état différent, celui des morts. Voilà ce qu'il va faire, passer d'un monde à un autre, son passé et son avenir confondus. Tous les acteurs de cette pièce resteront en vie, mais lui peut-être pas. Qui peut savoir ce qui se passera ensuite ?

Il s'autorise quelques courtes allées et venues, pose les yeux sur la fente de la porte. La cellule, environ trois mètres sur deux, comporte un sommier de lattes métalliques vissé au sol, recouvert d'un matelas en toile fourré de paille qui empeste encore l'urine du dernier homme qui a dormi dessus ; un établi avec trois étagères où il range son papier à lettres et un livre, les cigarettes que Peter son ami du Sud lui a apportées ; un seau pour chier qui devrait être vidé, mais le type qui aurait dû le faire est toujours en retard, comme s'il devait différer le plus longtemps possible la tâche dont il est chargé.

Et justement, à l'instant où il colle l'œil sur l'ouverture, voilà qu'arrive un gardien, celui qui s'appelle Des, un petit maigrichon à la mâchoire saillante, un trousseau de clefs à la main. Il laisse Albert franchir le seuil, lui tend sa cravate. On ne la lui avait pas laissée dans sa cellule, de peur qu'il se pende avec. Il n'est pas prêt pour ça, pas encore. Il improvise un nœud Windsor tandis qu'on le pousse vers le monde extérieur.

« Bonne chance, Paddy », crie quelqu'un de l'étage au-dessus, la rancune apaisée.

*

La Cour suprême d'Auckland arbore un dôme de bois en ogive, avec de splendides fenêtres incurvées de part et d'autre de la pièce. On raconte qu'elle a été bâtie sur le modèle du château de Warwick, mais, si élégante soit-elle, difficile de dire quelle partie de cet édifice tentaculaire s'en est inspirée. Elle n'a ni douve ni tour, même si la salle d'audience est éclairée par un candélabre imposant bordé d'une décoration royale, comme le pourtour d'une couronne. Derrière le siège du juge sont suspendus le drapeau du Royaume-Uni sur la gauche, et à droite celui du 58e régiment, offert en 1845 aux habitants d'Auckland. C'est ce qui est inscrit sur le drapeau. Le banc des accusés est au centre de la pièce, si proche des sièges de cuir rouge rembourrés du jury qu'il suffirait presque à l'inculpé de tendre le bras pour les toucher. Les jurés sont assis face à la tribune de la presse. Il y a des sièges derrière le banc des accusés où le public peut s'asseoir, et au-dessus une mezzanine qui lui est réservée. On l'appelle la galerie des Dames, même si depuis peu les femmes sont admises dans la galerie principale. Le tribunal est plein à craquer de gens qui tendent le cou à mesure que le moment approche où l'accusé va apparaître. Aujourd'hui, la galerie inférieure déborde de jeunes filles vêtues de couleurs vives, le visage souligné de rouge à lèvres sombre et d'ombre à paupières bleue.

Les jurés ont prêté serment et pris place. Certains d'entre eux ont servi dans l'armée, d'autres ont raté la guerre parce qu'ils étaient trop jeunes ou trop vieux. Le premier juré, un nommé James Taylor, directeur de banque, porte un costume gris anthracite impeccablement repassé, une chemise blanche comme neige et un mouchoir dans sa poche de poitrine, sa cravate à rayures bleu marine et or décorée d'un emblème ; il est assis à côté de Neville Johns, d'après la liste un directeur d'entreprise, dont la cravate porte apparemment le même emblème, son visage rasé de près lisse comme du satin. Les deux hommes semblent se pencher l'un vers l'autre, mais peut-être est-ce la proximité de Jack Cuttance, un boucher assis auprès d'eux, qui les rapproche encore plus. Les mains épaisses de Jack serrent la barre devant lui. La place voisine est occupée par Ken McKenzie, le plus jeune membre du jury, environ vingt-cinq ans de moins que les autres, le visage si blême d'anxiété que d'anciennes cicatrices d'acné ressortent sur sa peau. Ensuite vient un comptable, un homme minuscule équipé de grosses lunettes à monture noire, dont le borsalino a un bord rigide si large qu'il lui engloutit presque le visage quand il s'en coiffe. À côté de lui un chauffagiste dont les lèvres dures s'ourlent de mépris, comme s'il avait déjà jugé les faits qu'on va lui présenter ; un vendeur de vêtements pour hommes dans un magasin chic de High Street, mieux habillé dans son style que les deux hommes d'affaires, mais différent, sa veste de costume gris pâle bien ajustée sur les hanches, et c'est sans doute lui le plus jeune après Ken McKenzie ; puis un veilleur de nuit qui les a prévenus qu'il aurait peut-être du mal à rester éveillé tout au long de la journée, car il a tendance à piquer un somme. Lui et le caissier qui travaille par roulement au Civic Theatre à l'autre bout de la rue se sont fait un signe de connivence, de même qu'un autre qui décrit son métier comme distributeur de produits, ce qui sonne bien, mais signifie simplement qu'il est épicier. Un universitaire qui enseigne la littérature classique et n'est pas en complet, mais porte une veste marron poilue et une cravate genre tweed, et un dénommé Frank, instructeur en menuiserie dans un lycée professionnel, complètent le jury. Voici donc toute la bande : James, Neville, Jack, Ken, Leonard (surtout pas Len, *s'il vous plaît*), Wayne, Marcus, Norman, Rex, Roy, Arthur, Frank. Douze hommes droits et sincères. Ils ne vont pas tous prier les autres de les appeler par leur prénom. Ken McKenzie donne déjà du monsieur à plusieurs d'entre eux quand il leur parle.

Ils jettent un coup d'œil en coin à l'accusé tandis qu'ils s'installent, puis regardent droit devant eux. Après la prestation de serment, une pause va leur permettre de faire connaissance autour d'un thé matinal et des biscuits. L'accusé disparaît par un trou du plancher, descendant un escalier étroit jusqu'à une cellule de détention, comme s'il répétait la scène de la potence.

Les jurés ne sont pas les premiers à porter un jugement sur Albert Black, car il a déjà été mis en accusation par un grand jury, un assemblage de dignes citoyens qui se réunissent régulièrement pour décider si une affaire doit donner lieu ou non à un procès complet. L'accusé n'a pas accès à eux, le public n'est pas admis, même si la presse assiste aux réunions. Le grand jury prend ses décisions en privé et donne une recommandation au juge. Il n'y a pas eu le moindre doute dans leur esprit sur le fait qu'Albert Black devait affronter la justice dans toute sa rigueur.

La tête d'Albert Black, connu aussi sous le nom de Paddy Black, ou même Paddy Donovan quand il veut se faire passer pour quelqu'un d'autre auprès d'une petite pépée, ou quand il veut se soustraire aux agents d'immigration, ressurgit par la trappe tandis qu'il remonte, suivi de près par un gardien. Albert émerge pouce par pouce, d'abord sa chevelure noire épaisse et ondulée, puis ses yeux verts d'Irlandais et sa peau blanche comme du lait. Le gardien, Des Ball, se comporte comme s'il aurait aimé disposer d'un aiguillon pour le faire avancer, mais savoure aussi le plaisir d'une journée hors des murs de la prison. Dans le fourgon sans lumière où ils ont fait le court trajet jusqu'au tribunal, il avait dit à son prisonnier, tout en allumant une cigarette sans lui en offrir une, alors qu'ils étaient liés par une même chaîne : « C'est un grand jour là en face, Paddy mon gars. Je parie qu'en ce moment t'aimerais bien aller faire un tour ou deux du côté de Queen Street. Un milk-shake chez Somervell, ou un steak saignant à La Vieille Grange, c'est ça ton truc préféré, pas vrai ? Ah oui, rappelle-moi, t'aimes pas trop les gens qui se mettent en travers de ton chemin, hein, bonhomme ? Je suis content de pas me retrouver devant toi avec un couteau dans le dos, c'est ça ta spécialité, un peu de sang par terre, et je te dis pas le soda framboise. »

Le jeune Irlandais n'a rien répondu. Le moment lui tombe dessus quand il entre dans la pièce la tête la première et que tous les yeux pivotent vers lui. C'est un monde de montagnes russes, ça c'est sûr. Son procès pour le meurtre d'Alan Jacques, l'homme qui se faisait appeler Johnny McBride, va commencer pour de bon.

Tout au fond du tribunal, une jeune fille pâle est assise et il tourne la tête vers elle avant de faire face au juge. Il la devine plus qu'il ne la voit. Mais elle est là.

*

Il pleut des cordes, mais c'est souvent comme ça à Belfast. Kathleen est assise sur une chaise en bois cintré, les mains croisées sur les genoux, tandis que son regard survole les toits d'ardoise luisants d'humidité. Un bloc de papier à lettres est posé sur la table à abattant devant elle, mais elle ne parvient pas à prendre la plume en main pour écrire. Des mots lui tourbillonnent dans la tête. Des mots comme mon cher petit, mon bon petit gars, il t'arrivera rien de mal, ta mère t'attend ici pour te serrer dans ses bras quand tu reviendras.

La pièce est austère, meublée surtout des reliquats de la maison de sa mère. Elle la tient propre, mais des moisissures rongent les murs à une hauteur qu'elle ne peut pas atteindre, même debout sur une chaise. Il y a un canapé aux bras en bois et un coussin recouvert d'une housse fabriquée avec des bouts de toile à dessins bleu et citron qui avait l'air drôlement jolie quand elle était neuve, se dit-elle toujours. Le tissu se vendait avec une petite réduction dans l'usine où elle travaille. Peut-être qu'un jour elle se décidera à faire une nouvelle housse, car au fil des ans son mari et les garçons ont renversé du thé et des haricots sauce tomate dessus. Des taches qu'elle ne peut pas faire partir, les taches indélébiles d'une vie contenue entre ces murs. Un fauteuil et la machine à coudre à pédale de sa mère occupent un angle : elle a ravaudé une foule de chemises sur cette machine. C'est tout ce qu'ils possèdent, sa dot. C'est plus que bien des gens autour d'eux ne peuvent en montrer.

La porte s'ouvre et son mari entre. Il sent le goudron âcre des routes qu'il répare, et l'humidité du travail en plein air. Il la regarde avec un haussement d'épaules.

« On dîne pas ? demande-t-il.

– Je vais faire frire quelques patates d'hier soir, avec deux œufs. La nièce de Clodagh en a rapporté de la campagne. Elle en a plus qu'il lui en faut.

– Ça sert à rien de gémir, dit-il en posant le sac qu'il portait en bandoulière. Tout ça va s'arranger.

– Notre fils va être jugé. Notre Albert. Et y a pas de quoi gémir ?

– C'est sûrement une erreur. Tu vas voir, ils vont mettre tout ça au clair là-bas en Nouvelle-Zélande. »

Mais cela fait déjà trois mois qu'ils ont reçu le télégramme apportant cette terrible nouvelle.

Il voit l'expression de son visage. « Tu as déjà vécu pire.

– Comme quoi ?

– Comme le Blitz que t'arrêtes pas de me rappeler. T'as oublié, maintenant ? »

Kathleen frissonne, serre plus étroitement son chandail autour d'elle, range une mèche de cheveux sombres derrière son oreille. Le feu se consume dans la cheminée.

« Le petit était avec moi à l'époque. Pas en Nouvelle-Zélande. » Se rappeler comment c'était, les explosions et les bombardements, les gens mourants ou déjà morts partout dans leur rue, comment elle avait assis Albert sur une étagère du placard et refermé derrière lui en s'appuyant contre la porte de tout son corps, espérant ne pas être renversée par la prochaine rafale. Il avait à peine six ans à l'époque, encore assez petit pour qu'elle puisse le loger dans un buffet et le garder en sécurité. Ensuite elle avait dû l'emmener aux abris anti-aériens, mais à ce moment-là le raid était terminé, même si les avions continuaient à voler bas toutes les nuits.

« Tu étais pas là à l'époque, dit-elle, la voix neutre.

– Non, t'as raison, j'étais pas là. » Il parle d'une manière lente qu'on pourrait trouver ou non sarcastique. « On doit tous répondre de nos actes un jour devant le Grand Bonhomme, pas vrai ? »

Alors, oui, le voilà, son mari, qui n'avait pas été mobilisé, mais était quand même parti se battre parce que c'était son devoir, pensait-il, au loin sur des champs de bataille étrangers, tandis qu'elle et leur fils se cachaient dans les placards et que leur monde s'écroulait autour d'eux. Même si son grand-père s'était fait tuer dans la Somme, avec des dizaines de milliers de jeunes gens de Belfast morts dans les tranchées, c'était comme ça, aller se battre pour ce qu'on croit juste. Tant pis si lui, en particulier, ne se montrait pas tellement juste depuis qu'il était rentré.

« Pardon, Bert. » Leur fils, celui du milieu, né entre celui qui est mort et le petit qui fait ses devoirs dans la pièce voisine, porte le prénom de son père, alors on les appelle Bert et Albert pour les distinguer. « Tu as fait ce que tu as pu. »

Elle se lève et il l'entoure de ses bras qui sentent le goudron et la sueur, et elle pose la tête contre lui, se rappelle que c'est pour ça qu'elle, jadis Kathleen McKay, avait épousé Bert Black. Pour le meilleur et, maintenant, pour l'atrocement pire. « Je suis à bout. Si seulement je pouvais être là-bas près de lui », dit-elle. Mais ils ont déjà évoqué tout cela et ça n'a servi à rien.

« Pourquoi on l'a laissé partir, Kathleen ? dit-il, étouffant un sanglot, et maintenant c'est elle qui le réconforte. On s'est cognés contre eux depuis le début, le gouvernement et tout le tremblement.

– J'ai une ou deux idées », dit-elle, et comme c'est elle la plus forte ces temps-ci, il l'écoute.

Chapitre 2

Mount Eden est une banlieue charmante. C'est ainsi que ses résidents la décriraient, et ils auraient raison. Un volcan éteint se dresse en son cœur. Une route de montagne où les touristes font des circuits panoramiques s'enroule sur ses flancs. Il y a une quantité de bâtiments remarquables à leur montrer, dont une résidence du gouverneur général, de jolies villas et des jardins emplis d'arbres luxuriants, de roses, de dahlias et d'autres fleurs exquises, car tout ce qui est végétal pousse bien dans ce secteur. Des dizaines de milliers de visiteurs affluent chaque année dans cette banlieue feuillue pour suivre le rugby et d'autres événements sportifs dans le célèbre Eden Park, la plus grande arène de gladiateurs de son espèce du pays. C'est donc malencontreux, tendent à dire les résidents, que la première chose qui vienne à l'esprit des gens quand ils entendent les mots Mount Eden, ce soit la prison de Mount Eden. Elle a été construite sur le modèle de Dartmoor en Angleterre, une sombre bâtisse victorienne faite de cette roche bleue que les forçats ont extraite des carrières avant d'y être logés. La prison de Mount Eden est cernée de hautes murailles coiffées de barbelés, si bien que les résidents ne peuvent rien voir de ce qu'elles cachent, ni les escaliers montant vers les lourds portails qui ont claqué derrière un condamné, ni l'intérieur de la prison. Lequel intérieur, s'ils pouvaient le voir, se compose d'une structure en rayons, les ailes disposées autour de l'atrium central, s'élevant sur plusieurs niveaux reliés entre eux par des passerelles.

Les lumières sont toujours allumées dans les couloirs de la prison, une lueur glauque fluorescente qui se faufile par les judas des portes, si bien qu'au plus profond de la nuit il est impossible d'être soulagé par l'obscurité clémente. Et même quand un calme relatif s'abat autour de minuit sur les pensionnaires de la prison, des hurlements imprévus résonnent encore à travers les murs, cauchemars, accès de fureur, bruit de pas des gardiens qui retentit sur les dalles du sol. Les murailles de pierre des cellules créent des espaces où on gèle en hiver et où on cuit comme dans un four en été.

Paddy est éveillé, la tête douloureuse, et il aimerait dormir un peu. Le bruit est plus fort que de coutume. Au cours de la semaine précédente, l'ambiance était plus feutrée, comme toujours dans la période qui suit une pendaison. Puis le rythme reprend de l'ampleur comme si la rage refoulée de ceux qui ont survécu se déversait dans les interstices de la nuit, des hommes qui cognent sur la porte de leur cellule, quelqu'un qui hurle comme un loup, un autre qui lui répond par des aboiements de chien, *yap yap yap*. Il connaissait bien Allwood, le type qu'ils ont pendu il y a quelques jours. Les prisonniers ne sont pas censés savoir à quel moment une pendaison est prévue, mais ils sont toujours au courant. Impossible de se tromper sur le bruit métallique quand on dresse la potence. Ils appellent ça la partie de Meccano. On a tenté quelques ruses pour les distraire de l'événement. Un soir, on les a envoyés voir un film pour qu'ils n'entendent pas le cliquetis des chaînes autour des pieds du condamné pendant qu'on le traînait dans les couloirs. Ensuite il y avait eu quasiment une mutinerie quand ils ont compris qu'ils étaient restés assis à se tenir les côtes en regardant une comédie américaine lisse et inepte pendant qu'on tuait un homme au détour du couloir. Les autorités sont devenues plus avisées, mais elles ne peuvent pas dissimuler ce qui se passe. Les forçats devinent dès que les pesées commencent.

« Ils me pèsent tous les jours, a raconté Allwood à Albert quand ils se sont croisés dans la cour.

– Et pourquoi ils font ça tous les jours ? interrogea Albert. Ils veulent te remplumer la carcasse ?

– Tu sais pas, hein ? Eh bien je vais t'expliquer. Le bourreau a besoin de connaître le poids exact du corps pour savoir quelle longueur de corde il faut mettre pour qu'elle te brise le cou. Tu entends ce boum ! tous les matins ? C'est eux, en train de tester la potence avec un sac de sable qui fait mon poids pour être sûrs qu'ils vont pas louper leur affaire.

– Mais pourquoi tous les jours ? Ça, je comprends pas.

– Pour que tu saches pas quel jour ça aura lieu.

– Tu veux dire qu'ils te préviennent pas ?

– Oh, je crois qu'ils te le disent le matin même. J'ai pas eu encore le plaisir de recevoir cette information.

– Peut-être que ça arrivera pas, avait dit Albert.

– Ah. Pauvre bleusaille, t'es tellement naïf. T'avais jamais mis les pieds dans une prison, hein ? Tu crois qu'ils te sauvent la peau à la dernière minute ? Continue à rêver. Remarque, Freddie Foster, ils l'ont expédié cette année, mais il a bien cru qu'il allait s'en tirer. Il s'est fait une crise d'appendicite deux semaines avant le grand jour. Ils l'ont collé à l'hôpital, enlevé l'appendice et renvoyé se faire pendre.

– C'est dingue.

– Ah, au moins, il a pu se rincer l'œil sous les jupes des infirmières avant de cracher son bulletin de naissance. Il a peut-être cru que la chance avait tourné. On veut jamais croire que ça va nous arriver. Mais je peux te dire, je vais embarquer un de ces matons avec moi. J'ai prévu d'en tuer un avant qu'ils me tuent. »

Mais le plan d'Allwood avait foiré. Ils l'avaient eu avant. Et une bonne chose de faite, avait dit Des à Paddy. « Il a pris son temps pour partir, dansé au bout de la corde un bon moment. » C'était la deuxième pendaison depuis qu'Albert était incarcéré, la troisième depuis le début de l'année. Celle d'avant Allwood avait été la pire de toutes, à en juger par les effets sur les prisonniers : un jeune Maori qui avait des frères en taule à l'époque. La famille du condamné se tenait devant les murs de la prison, leurs plaintes et leurs sanglots montant par torrents, des chants étranges aux oreilles de Paddy, et les frères à l'intérieur qui hurlaient comme des animaux blessés.

Ce matin, le premier jour de son procès, il comprend soudain qu'il risque d'être pendu pour le meurtre d'Alan Jacques, ou Johnny McBride, ou quel que soit le nom qu'il se donnait. Cette découverte s'instille en lui, d'abord un friselis comme le début d'une pluie de printemps, puis une averse de certitude terrible. Il est sidéré de ne pas avoir saisi avant cette réalité. Quel autre choix avait-il que de cogner Jacques, comment aurait-il pu deviner que les choses allaient tourner comme ça ? Cette conviction l'a soutenu tout au long des premiers mois passés en prison. Il n'imaginait pas d'autre façon de voir les faits. Et maintenant il n'en est plus si sûr. Il y a une fille qui doit venir témoigner, et il n'a aucune idée de ce qu'elle va dire. Il la considérait comme une amie, mais maintenant il sait qu'elle est un témoin de l'accusation. Quand il y repense, la façon dont elle pourrait décrire la rencontre peut basculer en sa faveur ou contre.

Et la fille qui est assise au fond de la salle d'audience, qu'est-ce qu'elle conclura de ce que va raconter l'autre ? Incapable, voilà ce qu'il est. Le courant de la vie. Incapable et impuissant. Mais ça n'a pas toujours été le cas. Les filles accouraient, ces nuits-là à Auckland, une après l'autre, toujours partantes ; elles swinguaient, virevoltaient, balançaient des hanches en tous sens dans les dancings, et après, il y avait toujours un après, elles se balançaient volontiers dans son lit. Il ne sait plus que conclure de tout cela, simplement que c'est ce qui l'a conduit ici. Il ferme les yeux et revoit l'un de ces dancings, les filles à la taille cintrée, leur robe à motifs floraux tourbillonnant loin des genoux, ou les *widgies* aux jupes si serrées qu'elles soulignaient la fente de leurs fesses. Parmi ses préférés, l'Orange Hall de Newton, un endroit pour glisser et chalouper joue contre joue, et inviter une fille à la valse du souper, puis la dernière danse, et une fois la soirée terminée, une fille à son côté, dériver le long de la rue jusqu'au Centre communautaire maori, encore un autre univers, et danser jusqu'à deux ou trois heures du matin, la musique déchaînée, des morceaux connus, d'autres venus d'un ailleurs qui les rendait fous, vibrations des guitares métalliques, saxophone égrenant ses notes aiguës. Il y aurait aussi une grande bouilloire et un gobelet de thé. Au Centre communautaire, c'était plus facile d'être un étranger, parce qu'il avait remarqué que les Maoris d'Auckland restaient entre eux à l'écart, sauf ici, dans ce lieu qui était le leur. Eux aussi auraient pu venir d'un autre pays. Pourtant quand il était parmi eux on ne lui demandait pas qui il était, comme si venir danser ici était on ne peut plus naturel.

Il se revoit danser, les hanches qui tournent, sa façon de continuer encore et encore toute la nuit jusqu'au matin quand il se réveille, épuisé, un peu ivre, la fille qu'il a rencontrée à l'Orange Hall auprès de lui, ou pas, car souvent elles doivent se dépêcher de rentrer chez leurs parents avant l'aube. *Après le bal*. Ce qui lui rappelle sa Mam. « Bien chère Mère, lui a-t-il écrit (car il use de termes plus cérémonieux que quand il pense à elle), la vie est drôlement chouette. J'habite avec un tas de potes ici à Auckland. Je suis toujours ton petit Albert, mais j'ai acheté des souliers de danse. Les Teddy Boys s'habillent autrement que nous. Des vestes avec les épaules larges qui leur descendent presque jusqu'aux genoux, des pantalons très étroits, et tu peux voir briller le cirage de leurs souliers. Il y en a plein qui sont anglais, en escale, la plupart sont des braves types, des fois ils viennent dormir une nuit ou deux chez moi, le temps que leur bateau est dans le port. Je dois faire un peu attention au nombre, ma logeuse est très stricte, mais tu seras contente de le savoir. »

La journée au tribunal ne s'est pas passée comme il s'y attendait. La prestation de serment du jury a duré très longtemps. La plupart du temps, il est resté assis dans la cellule de détention sous la salle d'audience. Pendant une pause, il a entendu son avocat, un brun véhément nommé Oliver Buchanan, discuter avec un collègue du genre de jury qu'il espérait : un groupe d'hommes capables de se souvenir encore du temps où ils étaient jeunes, et pas trop hostiles aux migrants. C'est moi, pensa Paddy, je suis un immigrant, pas un d'entre eux, pas un Kiwi, comme ils disent. Il savait, d'après ce qu'on lui avait raconté, que l'avocat peut récuser n'importe quel juré sans donner de raison, mais il n'a droit qu'à quatre refus avant de laisser passer les autres jurés. Après cela il ne peut refuser que s'il a un motif à fournir. Mais Paddy a saisi le sens du mouvement. Tout en regardant se dérouler la sélection, il voit des hommes aux yeux durs jeter des regards froids dans sa direction, seulement un ou deux l'air plus aimable, du moins en a-t-il eu l'impression. J'ai fait de mon mieux, dit Buchanan à son collègue, toujours à portée de voix, mais c'est quand même un jury rempli de vieux grincheux. Tu sais, ajouta-t-il, le genre qui croit chaque mot du rapport Mazengarb.

Paddy se demande si Buchanan croit qu'il ignore le contenu du rapport Mazengarb. Mais il le sait, pour avoir vécu à portée de tir de ce document, une commande du gouvernement, selon lequel la délinquance et l'immoralité juvéniles se répandent dans tout le pays. Cette situation était censée avoir pour point d'origine la vallée de la Hutt, près de Wellington, que hantaient les premiers *bodgies* et *widgies*, des bandes divisées par leurs coutumes vestimentaires, brouillant les genres et les modèles sexuels, avant d'essaimer jusqu'à Auckland. Il vivait justement dans la vallée de la Hutt l'année précédente. Il avait entendu les calomnies, et les querelles qu'elles avaient déclenchées.

C'est seulement tard dans la journée que Paddy reparut au banc des accusés. Le juge avait l'allure d'un vieillard, mais au fond tous les hommes de plus de vingt-cinq ans ont déjà l'air d'être sur le versant du déclin. Les membres du jury étaient si proches de lui qu'il sentait la sueur de leurs aisselles, mêlée au parfum des filles assises derrière lui.

Albert Lawrence Black. Son nom resta suspendu dans l'air. Vous êtes accusé du meurtre d'Alan Jacques le 26 juillet 1955. Que plaidez-vous ? Coupable ou non coupable ?

Il avait répliqué, de la voix la plus ferme qu'il pût maîtriser : « Non coupable, Votre Honneur », et on le laissa debout là, bien en vue de tous, dans son costume bleu du dimanche et sa cravate à rayures bleues, tandis que le premier témoin de l'accusation était appelé à la barre, un photographe de la police qui avait pris des photos du café La Vieille Grange où, selon l'accusation, Albert avait plongé un couteau dans la nuque de Jacques. Le photographe fut suivi par un dessinateur en bâtiment qu'on avait fait venir pour mesurer le lieu où s'était produit « l'incident ». Le dessinateur sortit un rouleau contenant ses dessins, qu'on fit passer au juge.

Albert pourrait leur décrire la forme exacte de ce café, mais on ne le lui demande pas. Il la voit dans la lumière vacillante d'un soir d'hiver, une longue pièce avec un bar qui la borde sur toute sa longueur, flanqué de six hauts tabourets où on peut s'installer pour boire du café Bushells, un liquide sombre sorti d'une bouteille carrée, allongé d'eau bouillante du Zip, manger un steak ou un hamburger ou une saucisse, et en face, des stalles où on peut tenir à six en se serrant, trois de chaque côté d'une table en formica éclairée par une lanterne basse. Derrière un treillage orné de plantes fleuries en pots, il y a un juke-box. Albert referme les yeux, et pendant un instant la salle d'audience cesse d'exister. Il essaie de faire jouer un air au juke-box, rien de plus. Il a été tabassé, son corps est douloureux, sa tête lui fait mal. Il pose la main sur la touche du Wurlitzer, choisit une chanson. Ce qu'il veut entendre, c'est Slim Whitman chanter « Danny Boy », qui le retransportera en Irlande, mais quelqu'un l'en empêche, quelqu'un qui veut continuer la bagarre et le mettre de nouveau à terre. Il a peur, oui c'est cela, il est terrifié. Il ouvre les yeux et regarde le juge, mais il n'est pas autorisé à parler. Au lieu de cela, il doit rester debout là et les laisser tous dire ce qu'ils ont à dire.

Et c'est fini pour aujourd'hui. Il pensait qu'il y aurait un peu plus de matière que cela, que toute l'histoire sortirait, que son avocat allait bondir et mettre les choses au point devant le juge. Mais, en fait, il ne sait pas si Buchanan comprend vraiment les choses précises, comment ça s'est passé. Les affaires sérieuses commenceront demain.

Après cette désillusion, il remonte dans le fourgon de retour vers Mount Eden.

*

Et le voilà maintenant, étendu sur le dos, fixant les rais de lumière de la grille, de retour à Belfast, comme toutes les nuits ces temps-ci, et c'est l'été, la saison des billes. Lui – enfin, celui qui était autrefois Albert – et ses copains y jouaient partout dans les rues. Ils avaient des calots, les gros coups de poing, et des agates, ces ravissantes miniatures qu'ils appréciaient tous tellement ; les pointeuses, celles qui avaient fait leurs preuves, écorchées et griffées, mais qui étaient renommées pour tirer droit, et puis les boulets, des roulements à billes qu'il fallait voler pour mettre la main dessus.

Entre les quartiers de Shankill et de Falls Road, la ligne de partage entre catholiques et protestants, il y avait un no man's land qui était jadis un champ de briques, l'argile dure parfaite pour une partie de billes. La mère d'Albert lui avait dit de ne pas aller là-bas, c'était trop loin de Gay Street qui partait de Sandy Row où ils vivaient. Il n'arrivait pas à la comprendre, la raison qui divisait si fortement les cathos et les protos. Donc ils allaient dans des écoles différentes, fréquentaient des églises différentes, il paraît même qu'ils récitaient différemment le Notre Père – quand il allait à Saint-George, tout le monde disait Notre Père qui est au ciel, mais quelqu'un lui avait raconté que chez les cathos on disait Notre Père qui êtes au cieux, comme si Dieu était une personne qu'on pourrait voir, un être de la même espèce qu'eux. Eh bien ça c'était pure connerie, la pire qu'il avait jamais entendue, parce que Dieu était une créature dans le ciel qui ne voulait pas se montrer, il fallait juste croire qu'Il était là-haut. D'après sa mère, eux, autrement dit les catholiques, étaient des païens qui croyaient vraiment boire le sang du Christ quand ils communiaient, alors qu'elle savait depuis toujours que c'était du vin qui figurait le sang. C'était compliqué, disait-elle, mais ils vivaient la porte à côté de chez Clodagh, qui était papiste jusqu'au trognon, et la meilleure amie au monde que sa maman ait jamais eue. C'est seulement autour du 12 juillet, quand les marches orangistes battaient leur plein et que tous les protestants défilaient sur Sandy Row avec leurs bannières et leurs tambours, traversaient le pont de la Boyne en chantant leurs slogans, en costumes de ville et chapeaux melon, que la distance se creusait entre elles. Sa mère lui disait, va pas chez Clodagh aujourd'hui, elle se repose, mais il y allait quand même, parce que Clodagh avait toujours une sucette dans sa poche de tablier. Elle soupirait en roulant des yeux. « T'es pas un trop mauvais petit qui mérite la baguette, allez, prends ça et file. » Clodagh avait eu des enfants, à ce qu'on disait, mais ils étaient tous morts d'une fièvre quelconque. C'était un point sur lequel on ne posait pas de questions, pas même à sa propre mère.

Mais il se rappelait un jour en particulier, où le soleil brillait comme un sou neuf, fait digne en soi d'être gardé en mémoire, un vrai jour d'été, les feuilles de chêne qui semblaient flotter en l'air au-dessus de l'avenue, lui et ses potes, la bande des trois, P'tit Noël, Rory et lui-même, qui jouaient aux billes, et c'est lui qui gagnait. Ça ferait un truc chouette à raconter à son Pa, qui était rentré de la guerre et traînait dans la maison, l'air morose, sans trop s'intéresser à son fils unique. Son seul fils vivant, en fait, parce qu'Albert avait eu un frère jadis, mais ce n'est pas tout à fait comme ça qu'il voyait la chose. Le petit William était mort avant sa naissance, si bien que, quand sa mère parlait de son frère, c'était un peu comme parler de Dieu au ciel, la même impression d'une ombre à laquelle on devait croire, mais qu'on ne verrait jamais. Albert voulait que son père lui parle de la Belgique, où il avait participé aux combats, mais son père lui a dit d'oublier tout ça, c'était fini maintenant, ils devaient reprendre leur vie, et il avait intérêt à bien se conduire avec sa mère maintenant que c'était un grand garçon, âgé de dix ans. Mam et Pa s'enfermaient tout le temps dans la chambre et ne voulaient pas lui parler, et Mam se comportait de façon bizarre.

C'est ce jour-là, alors que ses parents étaient tous deux en mission secrète de leur cru derrière les portes closes, que lui et sa bande décidèrent que personne ne remarquerait leur absence s'ils filaient sur l'avenue se trouver un coin à eux, la rue alentour était si saturée de jeux que les billes sautaient hors de leur cercle et allaient perturber la partie des voisins, ce qui entraînait des échanges de mots et quelques coups de poing.

Albert avait sur lui sa bille favorite, celle que son Pa lui avait rapportée de la guerre, une balle de Lutz prise dans la poche d'un Allemand mort, c'est tout ce qu'il lui révéla, et c'était plus qu'il ne lui en avait jamais dit sur l'action. Celle-là, tu joues pas avec, c'est une pièce de collection. Il l'avait mirée à la lumière, pour montrer à Albert les différentes couches de flocons de cuivre finement moulus striés de brins blancs opaques. S'il n'avait pas été furieux de voir son père accaparer sa mère comme de coutume, ce jour-là il aurait fait ce qu'on lui disait et laissé la balle dans le petit bol sur la cheminée où on la gardait. La Lutz, c'était sa pépite, décida-t-il. D'ici la fin de la journée, elle en aurait touché une douzaine du camp adverse et, sa tâche accomplie, retournerait sagement dans son bol.

À l'instant même où il la lança dans le cercle, une bande de garçons, tous plus grands qu'eux, aucun qu'ils connaissent de vue, s'approchèrent, le regard menaçant. Albert tenta de ramasser les billes, mais les garçons leur arrivèrent dessus et il sentit la peur le figer. La Lutz brillait au soleil, le cuivre luisant comme de l'or fondu. En un éclair elle disparut dans la poche du plus grand des maraudeurs.

« C'est à moi, rends-la-moi, dit Albert.

– Rends-la-moi, singea l'autre.

– S'il te plaît, s'entendit gémir Albert. C'est la bille de mon Pa. » Des âneries de bébé pleurnichard, mais les larmes s'amoncelaient et il n'arrivait pas à les retenir. « Je te donnerai un boulard si tu me la rends.

– Un boulard contre une Lutz. » Lc grand le repoussa d'une claque sur la tête. « Six pennies, ça vaut, une belle comme ça. Tu peux toujours courir. Quelle blague. Fiche le camp, va réciter tes prières de prout-prout. Et dis à ton Pa que son fils est rien qu'un cagueur pétochard. »

Quand il rentra, son père chantonnait. Non, ils chantaient tous les deux, sa mère et lui. Le refrain de « Quand le bal est terminé », qui est censée être une chanson triste sur un couple d'amoureux qui se séparent, mais ils la braillaient comme s'ils étaient heureux... *quand le bal est terminé, quand le matin est arrivé, que les danseurs sont partis, les étoiles éteintes, quand le bal est fini, le bal fini*, et ainsi de suite en boucle, une sorte de scie.

Et comme elle faisait partie des vieilles chansons qu'ils chantaient depuis des années, même avant la guerre, quand il arrivait juste à la taille de son Pa, maintenant ils s'attendaient à ce qu'il la chante en chœur avec eux. Ça le terrifiait, *tous ces espoirs enfuis*, on aurait dit que la chanson ne parlait que de lui, et peut-être que Pa le haïrait pour toujours. Mais pour l'instant le visage de son père rayonnait de bonheur, et Albert n'eut pas le courage de lui raconter ce qui s'était passé. Au lieu de cela il glissa une bille dans le bol, sa plus belle, un œil de chat, en espérant que la perte passerait inaperçue.

CHAPITRE 3

AOÛT 1955. Le Parlement de Wellington est une vieille bâtisse édouardienne néo-classique en pierre, à droite de l'édifice néo-gothique qui héberge la Bibliothèque générale de l'Assemblée, hérissé de tours comme un château de conte de fées. Ces bâtiments sont installés sur une colline face au nord. Une pelouse herbue sépare le Parlement de la rue et des petites maisons délabrées où vivent les pauvres. Une longue volée de marches étroites conduit au hall d'accueil. Visiteurs et hommes politiques doivent tous traverser un sol de marbre au carrelage noir et blanc. Les « tuiles », comme l'appellent les gens de la presse, l'endroit où ils ont des chances de coincer un politique et lui extorquer un commentaire sur le vif. À partir de là on accède aux salles du haut par un autre escalier sombre et massif ou par un ascenseur ancien ornementé. L'honorable John Marshall, Jack pour ses amis, qui portait le grade de commandant pendant la guerre, aime grimper les marches jusqu'à son bureau dans l'aile occupée par le National Party. Le procureur général a la démarche alerte, la stature haute et mince, une crinière de cheveux qui s'argente, le menton lisse comme l'arrière-train d'un phoque. Marshall est juriste et croit fermement en Dieu. Tous les dimanches matin, on le voit faire ses dévotions à l'église presbytérienne de la ville. Il a rédigé une foule de projets de loi, travaillé à faire évoluer la législation. C'est pour lui une grande fierté que, sous son mandat, la peine de mort ait été rétablie. On ne sait pas exactement pourquoi il met tant d'enthousiasme à tuer des criminels, mais, selon une rumeur qui circule depuis des années, un parent à lui s'est fait assassiner en Australie. Ce n'est peut-être rien de plus, une rumeur. Ils déferlent autour des sphères de pouvoir, les chuchotements et les murmures qui peuvent faire tomber un homme politique en un clin d'œil. Marshall est suffisamment avisé pour ne pas laisser sa vie privée s'étaler à l'extérieur. La vertu trouve sa propre récompense, selon lui, et c'est un visage vertueux qu'il présente au public.

Le matin du 1er août, il a reçu une lettre du haut commissaire aux affaires de Nouvelle-Zélande à Londres, Clifton Webb. Un message urgent, dans lequel Webb traçait une ligne de conduite qu'il venait de recevoir d'un certain Mr Woods, secrétaire du bureau de l'agent londonien du gouvernement d'Irlande du Nord. Il était venu à la demande expresse de Mr Warnock, le procureur général de Belfast, lui demander une assistance juridique pour Albert Lawrence Black, accusé d'avoir commis un meurtre à Auckland. Apparemment les parents de Black vivaient dans sa circonscription. La mère était manifestement dans un état très agité.

*

Le télégramme était arrivé tard, au moment où Kathleen revenait de son travail à l'usine de Jennymount. De loin, elle a aperçu le télégraphiste qui posait son vélo contre la haie et l'espace d'un instant elle se dit peut-être qu'Albert va nous faire la surprise de rentrer à la maison. Mais dès que le garçon se retourna elle devina à l'expression de son visage que c'était quelque chose d'affreux. Elle porta la main à ses lèvres. Le message émanait d'un fonctionnaire du gouvernement à l'autre bout du monde. *Regret de vous informer*. Comme les gens en recevaient quand quelqu'un était mort à la guerre.

Elle pensa d'abord, en le lisant, qu'il devait s'agir d'une erreur, qu'on avait confondu le nom de son fils avec celui d'un autre. Le garçon fila en pédalant à toute vitesse, ne voulant pas être mêlé au drame, sachant bien quand les gens s'effondrent, gémissent et pleurent. Elle ne ferait rien de tel, pas dans la rue, où tout le monde savait qu'un télégramme signifie qu'il s'est produit quelque chose de capital. Mais sa main se précipita vers sa bouche pour arrêter un cri d'horreur.

Elle entra dans la maison et relut le message copié au crayon. Il y avait bien un mort dans l'histoire. Mais pas son fils. Albert était en prison. Et un numéro à appeler, mais elle n'avait pas le téléphone. La poste allait bientôt fermer. Il fallait qu'elle attende le retour de Bert. Oh, elle ne savait que faire. La lumière d'une fin d'après-midi d'été emplissait la pièce de devant, les ombres du soir s'infiltraient par la fenêtre. Comme des toiles d'araignée. Comme si une poussière insolite s'installait dans l'air. Elle peinait à respirer. Elle empoigna les bords de la table pour ne pas tomber évanouie.

Quand Bert arriva enfin, il était trop tard pour appeler le numéro ce soir-là. Son mari s'était mis en fureur, arpentant la maison. « Ce cinglé de petit merdeux, qu'est-ce qu'il a foutu ? » hurlait-il, et il frappa du poing si fort à côté de son assiette qu'il fit valser son dîner sur le sol. Non qu'ils aient envie de manger. Et puis il fallait penser à Daniel. On l'avait envoyé à l'étage. Parce que Kathleen avait dit, quand elle retrouva son souffle, que, comme cette nouvelle ne pouvait pas être vraie, ils devraient la garder pour eux au lieu de bouleverser tout le monde, même Daniel. Quant à elle et Bert, ils en sauraient plus long le lendemain matin après avoir téléphoné aux autorités en Nouvelle-Zélande. Bert était sorti, en jurant dans sa barbe, au moment où elle avait le plus grand besoin de lui, et elle savait qu'il rentrerait tard, et qu'il aurait bu.

Ce serait à elle d'agir, pensa-t-elle. Elle devait encore établir un plan, mais elle décida sur-le-champ que, s'il y avait la moindre parcelle de vérité dans le contenu du télégramme, elle s'envolerait vers son fils, elle se devait d'être auprès de lui, faire comprendre aux autorités quel bon fils c'était, quel gentil frère, qu'il n'y avait pas de meilleur garçon au monde qu'Albert.

Très tôt dans la matinée, elle et Bert se rendirent au poste de police, où ils expliquèrent leur dilemme, et obtinrent la permission de donner un coup de téléphone. Ils n'avaient pas idée d'autre endroit où aller pour téléphoner de si bonne heure. La poste n'ouvrirait que plus tard, trop tard dans la journée pour joindre un service officiel en Nouvelle-Zélande. Jour et nuit se tenaient dos à dos aux deux bouts du monde. Il fallut longtemps pour trouver un interlocuteur en Nouvelle-Zélande, où tout le monde commençait à plier bagage après le travail. Kathleen fut transférée d'un service à un autre avant de pouvoir parler enfin au directeur de la prison où était détenu Albert, et là il devint évident que les mots du télégramme disaient vrai. Albert était incarcéré pour une inculpation de meurtre.

« C'est pas possible, dit Kathleen à l'homme qui se trouvait à l'autre bout du fil. Il ferait jamais une chose pareille. C'est que la provocation a dû être terrible. Ou alors il était en danger. C'est sûrement ça qui s'est passé.

– Je ne peux pas vous dire, Mrs Black. Je suis désolé. Ce sont les tribunaux qui décideront comment c'est arrivé. Avez-vous un message que vous aimeriez faire passer à votre fils ? » L'homme, qui lui dit s'appeler Howard Haywood, parlait avec douceur, presque compassion, bizarrement. C'était un début.

« Dites-lui juste, oh je suis désolée, c'est rien qu'une petite larme ou deux, vous comprenez. Dites-lui juste que je l'aime, et que je vais prendre l'avion pour la Nouvelle-Zélande. » Un plan impressionnant, en effet, mais elle pouvait être là-bas en moins d'une semaine, pas un mois.

« Et où tu comptes trouver l'argent pour faire le voyage jusque là-bas ? » interrogea Bert quand ils se retrouvèrent dehors dans la rue. Tout l'argent du ménage pour la semaine avait servi à payer les appels téléphoniques. Il ne restait pas un penny et voilà qu'elle parlait d'une centaine de livres, ou plus.

« Peut-être que tu pourrais demander à ta chère maman », dit Kathleen. Elle vit que ses mains commençaient à trembler. Et s'empressa de faire marche arrière. Sa belle-mère ne l'avait jamais beaucoup appréciée, quant au père, qui voulait faire de Bert un gentleman britannique, ils s'étaient à peine adressé la parole, du jour où elle le vit pour la première fois jusqu'à sa mort. Il ne pouvait pardonner à son fils d'avoir épousé une fille ramassée sur le sol de son usine, même quand l'usine fut bombardée pendant le Blitz et qu'il cessa d'être propriétaire de quoi que ce soit.

« Y a plus d'argent, tu le sais bien. Il a laissé que dalle à ma mère. » Peut-être que sa sœur détenait une partie de l'argent, il n'en avait pas idée. Kathleen avait déjà entendu tout cela. Pour une raison obscure, c'est elle qu'il blâmait de cette situation.

« Je vais tout droit au Parlement voir Mr Warnock, dit Kathleen. Tu viens avec moi ou non ? » Le Très Honorable Edmond Warnock était paroissien de Sainte-Anne, la cathédrale où ils s'étaient mariés.

Bert, débraillé, pas rasé, lui jeta un coup d'œil en secouant la tête. « Tu t'en tireras mieux sans moi, ma fille », déclara-t-il. À la manière dont il le dit, elle sut qu'il se cramponnait encore à sa colère, qu'il y avait de la honte en réserve pour eux, pas moyen de savoir ce qui allait se passer.

Les choses continueraient dans ce style, avec des allers et retours, pendant les semaines suivantes, Bert exaspéré et amer de se voir mis dans cette situation, puis bourrelé de remords parce qu'elle en portait seule le fardeau et que lui se tenait là impuissant. Qu'est-ce qu'un homme pouvait faire ?

Warnock l'avait reçue aimablement dans son bureau. Il la fit asseoir et pria sa secrétaire de lui préparer une tasse de thé tandis que ses larmes débordaient sur son sac à main. C'était un grave problème et il ferait tout ce qu'il pouvait pour l'aider. Allons, allons, Mrs Black, ils comprennent les choses de travers là-bas, aux colonies, avait-il murmuré. Enfin, pas une colonie, mais à coup sûr un lieu dont la culture était très différente de la leur, d'après tout ce qu'il entendait. Vraiment, et il allait se mettre en relation avec le haut commissariat à Londres le jour même. Mes adjoints vont parler à leurs adjoints, et qui sait, peut-être que d'ici la fin de la semaine ils auront résolu cette affaire. De l'argent pour se rendre en Nouvelle-Zélande, ça, c'était une autre histoire. Elle et Mr Black avaient peut-être des amis qui pouvaient les aider ? Non ? Eh bien, peut-être que ça ne serait pas nécessaire.

Une lettre arriva pour elle dans les jours qui suivirent. « Chère Mrs Black, je crains de ne pas avoir de très bonnes nouvelles. On m'informe que le procureur général de Nouvelle-Zélande, Mr Marshall, souhaite savoir quelle somme d'argent vous êtes en mesure de rassembler pour assurer la défense de votre fils. Je sais par notre conversation que vous aurez des difficultés à trouver le montant nécessaire, qui devrait s'élever à plusieurs centaines de livres. »

« Plusieurs centaines de livres ? dit Kathleen. Ils veulent que *nous*, on paie pour sa défense ? » Son visage était blême. « Bert, ils veulent notre argent, et on a même pas de quoi payer le voyage jusqu'en Nouvelle-Zélande.

– Faut qu'on réfléchisse », ce fut toute sa réponse.

Leurs ennuis étaient censés rester secrets, mais de mystérieuses enveloppes pleines de billets apparurent, poussées à travers la fente de leur porte. Elle supposa que Bert avait dû en parler quand il avait un verre dans le nez. Quatre-vingt-dix livres.

« Tu vois, dit Bert. On a quand même des amis.

– Tu as fait ça pour moi ?

– J'ai attiré une malédiction sur nos enfants, dit-il en se mettant à pleurer. On a perdu un enfant, et voilà pas un autre.

– C'est des sottises, dit-elle, du ton le plus ferme qu'elle trouvait.

– Faut que tu sois près de notre fils. Ça va pas encore suffire à t'envoyer là-bas, mais j'y travaille.

– Je vais prévenir Mr Warnock qu'on progresse », dit Kathleen en pliant les billets, les précieuses livres, en une liasse soigneusement entourée d'un élastique. Elle allait les ranger dans sa boîte à bijoux, dit-elle. Ce serait l'unique contenu de cette petite boîte moisie que sa mère lui avait offerte pour ses seize ans. Les bijoux, un collier d'ambre qui avait appartenu à sa grand-mère et des pendants d'oreilles en perle mis de côté pour sa première journée de travail à l'usine, étaient au clou depuis si longtemps qu'ils avaient peut-être été vendus. « Quand je pourrai parler à Albert, et à ses avocats, ils verront bien qu'il doit y avoir une explication à tout ça. »

*

Bien qu'ils observent les rites de courtoisie en vigueur et siègent ensemble au cabinet du National Party qui gouverne la Nouvelle-Zélande, on ne saurait parler d'amitié entre Ralph Hanan et le procureur général. Hanan, originaire du Sud profond, ministre de la Santé, est un petit homme avec des cercles noirs façon panda autour des yeux et un souffle rauque quand il est stressé, effet, pense-t-on, de son service militaire en Afrique du Nord : il a frôlé la mort à la bataille de Minqar Qaïm. Il a un autre portefeuille, celui du ministère de l'Immigration, et c'est à ce titre-là qu'il se présente à la porte de Jack Marshall.

« J'ai entendu parler de ce garçon, Black, lui dit-il, celui qui est impliqué dans une affaire de meurtre. Il est originaire d'Irlande du Nord.

– Oui, Mr Hanan, c'est exact.

– D'après la rumeur, le juge estime qu'il n'aurait jamais dû venir chez nous, qu'on ne veut pas de gens comme lui ici. Est-ce vrai ?

– Allons, Mr Hanan, voilà qui est indigne de vous. C'est pure spéculation.

– Jack, ne me donnez pas du Mr Hanan. C'est vrai ou non ?

– Je n'en ai pas la moindre idée.

– Ce garçon risque de prendre le chemin de Foster et des autres. » Frederick Foster, un Anglais, venait d'être pendu le mois précédent pour avoir abattu sa petite amie dans un milk-bar d'Auckland. Il était allé à l'exécution en proclamant son innocence. Sa mère avait fait le voyage pour venir plaider sa cause, et ses prières désespérées s'étaient étalées dans les journaux. De même que le récit de sa visite à Jack Marshall.

« Des assassins, tous tant qu'ils sont. Et franchement, si vous voulez mon opinion, on se passerait volontiers de ces immigrants déplorables. Vous devriez réfléchir à un moyen plus efficace de filtrer leur entrée sur notre territoire. Le jeune homme qui s'est fait tuer n'a pas eu droit à un procès. Black, lui, il a au moins cet avantage. Ça m'a tout l'air d'un meurtre prémédité.

– Vous ne connaissez pas l'histoire ni les circonstances de cet incident. Vous ne pouvez pas le pré-juger.

– Parfois je me demande si vous ne vous êtes pas trompé de parti, Ralph. Toutes vos idées libérales de gauche.

– Vous avez rétabli la peine de mort. Je me suis opposé à votre législation.

– Je n'ai aucune envie de rouvrir le débat maintenant, Ralph. » Marshall prend un dossier et remet de l'ordre dans les pages qu'il contient, les range en liasse et pose dessus un presse-papier en verre bleu. L'objet saisit un rai de lumière et se transforme en orbe bleu incandescent. « Nous parviendrons à la vérité en son temps. Le procès est fixé au 18 octobre.

– La mère s'inquiète de sa défense. Ce sont des gens pauvres, ils n'ont rien à lui envoyer.

– Ah oui, j'ai appris par Cliff Webb qu'ils pleurent misère. Warnock le tanne pour qu'il leur trouve de l'aide.

– La recommandation de Mr Warnock a sûrement du poids ?

– Oh, Warnock ! Allons, vous savez qu'il commet des erreurs. On raconte qu'il aurait pu empêcher le Blitz. Il ne croyait pas les Allemands capables de frapper aussi loin – il était secrétaire du ministre de l'Intérieur à l'époque. Aucune précaution pour offrir des abris sûrs. Les Allemands leur ont porté un toast.

– Jack, ce n'est pas d'actualité.

– Écoutez, Black a des avocats. Buchanan, le type que Black a choisi sur la liste des commis d'office, et Mr Pearson, qui agira en tant qu'avocat principal. On me dit qu'ils comptent obtenir une aide légale en vertu de la loi de 1934 relative aux prisonniers indigents. Buchanan et Pearson sont tous les deux d'accord pour continuer.

– Sa mère a l'intention de venir en Nouvelle-Zélande.

– J'ai appris cela aussi. Et ils pleurent misère ! Un peu ironique, vous ne trouvez pas ? Il ne faut pas que ça vous inquiète, Ralph. Vous n'aurez pas à traiter avec elle, et moi non plus. Cliff y a déjà veillé. » Il sort une note manuscrite du dossier, déplace le presse-papier d'avant en arrière, si bien que sa lumière éblouissante se réfléchit sur les surfaces de la pièce, dansant de toute part, et il lui tend le document au-dessus de son bureau.

Hanan le contemple pendant bien plus de temps qu'il n'en faut pour le lire. « J'ai fait de mon mieux pour vous épargner un second entretien avec la mère d'un assassin et j'ai bon espoir que mes efforts aboutissent. J'espère ne pas être allé trop loin. Magnifique temps estival ici. Tous mes respects, Cliff. » Quand il parle enfin, c'est d'une voix stupéfaite. « Vous lui avez dit qu'elle ne doit pas venir en Nouvelle-Zélande ? »

Marshall trie de nouveau ses feuilles. « Cliff et moi en avons longuement discuté. Je lui ai dit de faire savoir à Warnock qu'on n'aura aucune difficulté à établir une preuve *prima facie*. C'est mon dernier mot sur cette affaire. Voici ce que je lui ai écrit. » Il lit à haute voix la copie carbone d'une lettre. « Vu les circonstances, je ne peux qu'approuver votre point de vue sur l'opportunité d'une visite de Mrs Black en Nouvelle-Zélande. Impossible de lui dire, bien sûr, qu'elle ne devrait pas venir – c'est une décision qu'elle est libre de prendre pour elle-même. Mais on peut promettre que l'assistance qui sera fournie à Black par ses avocats et l'attention portée à son affaire au cas où il serait jugé coupable ne seront ni augmentées ni diminuées par la venue de Mrs Black en Nouvelle-Zélande. Elle peut souhaiter venir pour des raisons personnelles, mais elle n'aurait aucune raison de croire qu'en s'abstenant de venir elle a pu manquer à faire quoi que ce soit pour aider son fils dans tout ce qui touche au procès.

– Espèce de salopard.

– Mr Hanan. Ce genre de langage. Pas devant moi. » Voilà en quoi ils diffèrent – Hanan dit ce qu'il pense, et la plupart du temps on l'apprécie d'autant mieux. Mais Marshall a la ruse pour lui, et une autorité qu'il adore exercer.

« En d'autres termes, on lui a fait comprendre qu'elle n'est pas bienvenue dans ce pays ?

– Je ne suis pas au fait des termes précis qui ont été échangés entre Mr Warnock et Mrs Black.

– Elle sait que vous refuserez de la recevoir.

– Comme le suggère Mr Webb, une mère d'assassin, ça me suffit. »

*

« Alors ça sert à rien que j'aille à Auckland, dit Kathleen. Ils veulent pas me donner audience. C'est même pas garanti que je pourrai voir Albert. » Il est près de minuit. La lettre du haut-commissaire de Nouvelle-Zélande est ouverte devant elle. Elle l'a lue vingt fois depuis que Warnock la lui a tendue dans son bureau au début de la journée. Il est désolé, a-t-il dit, il a fait tout ce qu'il pouvait.

« Le directeur de la prison avait l'air d'un type correct quand on lui a parlé, lui rappelle Bert. Tu l'as dit toi-même. » Jusqu'à maintenant il est resté assis à la regarder en silence, le visage si fermé qu'elle ne sait pas ce qu'il pense.

« Mais il doit prendre ses ordres de ses supérieurs. Mr Warnock a été très clair, ils vont faire tout leur possible pour m'empêcher de venir. Il m'a dit que le procureur général raconte qu'il a déjà eu trop de mères d'assassin venues plaider pour la vie de leur fils. Ils savent pas si Albert est un assassin. J'ai demandé à Mr Warnock, est-ce qu'Albert risque d'être pendu pour ça ? Et il m'a répondu oui, oui, c'est possible. C'est un pays très moral, qu'il dit.

– Moral ? Ils appellent ça moral ? Ils ont encore des sauvages qui courent en liberté.

– Les quatre-vingt-dix livres, Bert. C'est de l'argent qui nous appartient pas.

– Des donations en bonne et due forme. Pour notre cause. Pour Albert. On pourrait proposer l'argent pour sa défense. Peut-être que ça les forcera à faire attention à nous. »

Elle approuve de la tête. « On devrait aller dormir. »

En inspirant longuement quand ils se lèvent, elle lui murmure un air à l'oreille. Ce couple-là chante souvent comme d'autres se parlent, un dialogue continu par le chant, qui s'est tu depuis le jour où ils ont appris la nouvelle.

L'été touche à son plein
Les fleurs ouvrent leurs riches corolles
Le thym sauvage de montagne
Répand son arôme sur les landes
Vers les doux paysages de notre enfance
Faisons route ensemble
Là où règne une joyeuse innocence
Allons, mon amie, allons.

Une ballade qu'ils ont chantée cent fois ensemble, que son père écossais chantait à sa mère. Elle l'a apprise à Bert quand il s'est mis à la courtiser, et il l'a aussitôt adoptée, comme s'il savait déjà qu'amour et chagrin vont main dans la main. Kathleen la fredonnait à ses enfants le soir en les mettant au lit, et c'est celle qu'elle a chantée la nuit où leur tendre petit William est mort dans ses bras, lui qui n'était qu'un petit garçon. Elle avait été surprise de voir un homme comme Bert changer de cette manière, car il venait d'une famille très collet monté et plutôt fermée à la musique, mais il faisait partie d'une chorale à l'école en Angleterre, et on aurait dit que la mélodie lui collait à la peau. Quant à elle, qui vient d'une famille de chanteurs, chanter lui est aussi naturel que respirer.

Ils se balancent doucement en rythme.

Faisons route ensemble
Là où règne une joyeuse innocence
Allons, mon amie, allons.

Mais, quand ils arrivent à la fin, ils ne parviennent pas à chanter le dernier vers, parce que Kathleen n'ira nulle part. L'été est presque fini, bientôt ils vont s'engager vers un nouvel automne, et la bruyère a cessé de fleurir pour cette saison, quant à l'année prochaine – ils n'ont pas idée de ce qui va se passer d'ici là.

Chapitre 4

Octobre 1955. À peu près au moment où Paddy doit regagner sa cellule, Ken McKenzie, le fils de fermier venu du Nord, contemple ce qui l'entoure, stupéfait d'occuper un espace aussi élégant au Station Hotel d'Auckland. James Taylor, le directeur de banque qui a levé la main pour se faire désigner premier juré, comme s'il était tout naturel que ce soit lui qui les guide, a suggéré qu'ils se retrouvent pour un verre dans le bar-salon au dernier étage de l'hôtel, « histoire de prendre des forces ». Sympa d'être hébergé quelques nuits aux frais du gouvernement, a-t-il dit avec un clin d'œil. Ken observe ses collègues jurés détendus dans leur fauteuil club, un verre à la main. Seul le professeur de littérature classique paraît lointain et amer. Le juge l'a prié de revenir le lendemain vêtu d'un complet sombre. Persuadé, a-t-il ajouté, que l'enseignant doit bien en posséder un.

Ken ne sait trop comment se comporter. La conversation coule autour de lui, effleurant les divers sujets d'actualité. On se livre à une dissection forcenée du test-match de rugby que la Nouvelle-Zélande a remporté contre les Wallabies il y a quelques semaines à Eden Park avec un fragile écart de cinq points. Plusieurs des présents ont assisté au match, et ils revivent cette angoisse à se ronger les ongles des dernières minutes, quand la série entière tenait sur le fil du rasoir.

Quel soulagement, de ne pas mordre la poussière devant les Australiens. On a descendu quelques chopes cette nuit-là, se rappellent-ils. Ken pense que le garçon au banc des accusés a pu entendre leurs explosions de joie dans sa prison à quelques encablures du parc. Roy, l'épicier, veut parler de la princesse Margaret, et se demande si elle va ou non épouser ce Peter Townsend, un divorcé, et comment la reine a du fil à retordre avec cette petite diablesse. Le comptable aux yeux de hibou dit que ce serait un péché terrible, une tache sur la monarchie, et quel dommage que le roi soit mort en laissant la charge du trône à une si jeune reine. Marcus, du magasin de vêtements pour hommes, se sent désolé pour la pauvre Margaret parce que n'importe qui peut voir qu'elle est vraiment amoureuse. James Taylor tourne vers lui un regard si chargé de mépris que Marcus se recroqueville. L'amour, dit Taylor, qu'est-ce que vous y connaissez ? Un silence se fait, une pause déplaisante, jusqu'à ce que quelqu'un propose une nouvelle tournée.

Ken se dirige vers la fenêtre et regarde à l'extérieur. Là, en cette fin d'après-midi, il aperçoit le port de Waitemata, tout luisant et frissonnant et animé de crêtes blanches, une brise printanière qui gonfle les voiles de yachts. Une structure incomplète, dont les extrémités ne se joignent pas tout à fait au milieu, embrasse l'horizon comme un immense porte-manteau. Bientôt les deux côtés du port seront reliés et les usagers pourront traverser en quelques minutes en prenant un beau pont comme celui qui enjambe le port de Sydney. Mais pour l'instant la marche vers l'âge nouveau semble inachevée et suspendue, le ponton découpé tel un squelette sur fond de ciel. Dehors, les trams cliquettent et brinquebalent le long de Queen Street.

De l'autre côté de la route trône la gare, comme Grand Central à New York, disent fièrement les gens du cru. Les voyageurs émergent de ses couloirs et se déversent dans la rue. D'ici, au sommet de Station Hotel, les gens semblent de minuscules fourmis, la plupart vêtus de gris, qui se hâtent en tous sens, même si à l'approche du printemps les filles délaissent leur manteau pour des robes colorées. Ah, les filles. Ken tend le cou pour mieux les voir, mais ce sont des fleurs lointaines.

Il s'étonne encore d'avoir la chance de dominer le spectacle dans ce bar de luxe, vêtu d'un costume emprunté à son oncle, même s'il doit constamment tirer sur les manches pour recouvrir ses poignets osseux. Sa tante a cousu des pinces dans le pantalon la veille au soir.

James Taylor lui fait signe de venir s'asseoir sur le siège voisin du sien. Il se penche en avant, dans une attitude de confidence. « Vous êtes un jeune fermier, c'est exact, Kenneth ?

– J'ai grandi dans une ferme, monsieur. Maintenant je suis électricien.

– Qu'est-ce qui vous a poussé à quitter la ferme, si j'ose vous demander ? C'est l'avenir de ce pays, pour autant que je puisse en juger. » Il sourit, une lueur réfléchie dans le regard. Ken a tout de suite remarqué ses épaules très charpentées, sa chevelure abondante comme un buisson vivace, d'un blond cendreux à mesure qu'elle grisonne, mais il voit aussi que cet homme-là ne supporte aucune opposition. Ken l'imagine manier un club de golf, mais peut-être jamais une hache. « Je lis beaucoup de bilans, ça fait partie de mon métier. On ne voit pas souvent de découverts sur les comptes de fermiers. »

Ken sent la panique le gagner. Le banquier a-t-il vérifié le compte de son père ? Est-ce possible que son vieux et ce type soient dans la même banque ?

« On était sept dans la famille, monsieur. » Ken ignore pourquoi il se sent tenu de l'appeler monsieur, mais voilà, il n'a jamais fréquenté ce genre d'individu auparavant. « On était trop nombreux pour vivre sur la ferme, il a fallu que quelques-uns d'entre nous s'en aillent. Vous savez ce que c'est, trop d'Indiens. » Il essaie de tourner la chose en plaisanterie.

L'autre homme s'essuie soigneusement la bouche sur une serviette, une chevalière brille à son petit doigt. Le petit riquiqui, comme l'appelait sa grand-mère. Elle aurait dit aussi qu'un anneau d'or sur le doigt, c'était un peu tape-à-l'œil. Jack le fat.

« D'Indiens ? Vous venez d'une famille indienne ?

– Non, monsieur, bien sûr que non. Des purs Écossais de père en fils. Vous savez, trop de chefs, pas assez d'Indiens, c'est une vieille expression.

– Ah oui, bien sûr. » Taylor rougit, irrité de sa méprise.

« Mon oncle a offert de me loger pendant mon apprentissage. Maintenant j'ai fini. C'est dur comme travail, poser des câbles, grimper dans les greniers et tout. Heureusement que j'ai l'habitude de trimer. » Ken a le sentiment de jacasser en essayant de relancer la conversation. Évidemment c'est lui qui a dû partir, le maigrelet, le plus petit de la famille, le maillon faible dans la chaîne de la fratrie. Bien sûr personne ne l'a exprimé comme ça, mais il savait bien de quoi il retournait quand il a quitté la ferme, jeune boutonneux nerveux, pas le genre sociable à l'aise dans les parcs à bestiaux ou les soirées dansantes de la salle communautaire de l'Association des vétérans, ni sur un terrain de rugby, même dans un poste d'ailier où les membres de l'équipe n'étaient pas obligés de lui passer le ballon s'ils pouvaient l'éviter. Il avait la vessie fragile quand il était enfant ; encore maintenant, quand il est sous pression, il garde toujours cette peur d'en perdre le contrôle.

« Je crois que maintenant je vais me retirer, si vous voulez bien m'excuser, monsieur, dit-il à Taylor en repoussant son siège. Il faut que je téléphone à mon oncle, il doit se demander si j'ai été retenu comme juré ou pas. » Il a remarqué une cabine de téléphone dans le vestibule, près de la réception.

« Eh bien, demain, nous allons faire les prochains numéros de cirque, en quelque sorte. Dites-moi, jeune homme, qu'est-ce que vous pensez de cette affaire ? Est-ce que nous allons envoyer à la trappe cette graine de tourbe ?

– J'ai besoin d'entendre les faits, monsieur. Il faut qu'on découvre si Black avait l'intention de tuer Johnny McBride.

– Mais un couteau reste un couteau, non ? Allons, les hommes de Nouvelle-Zélande ne se promènent pas avec un couteau sur eux. »

Ken balaie la pièce du regard, croise l'œil du boucher, Jack Cutter, l'espace d'un instant. Il pense que l'autre l'a entendu, et un sourire s'échange entre eux. « Vous avez jamais eu un couteau de poche, monsieur ? » demande-t-il en se retournant vers le banquier.

Les yeux de Taylor l'ont suivi. Il fait alors une grimace, façon de dire, un point pour vous, même s'il ne peut se résoudre à prononcer les mots.

*

Chez Des Ball, sa femme a préparé le dîner et mis les enfants au lit. Le dîner, bœuf rôti et patates, avec du chou en accompagnement, attend dans le four entre deux assiettes. Toute la vaisselle, excepté celle qui tient au chaud la part de Des, a été lavée et rangée. Marge Ball souffre d'une crise précoce d'arthrite. Les tâches domestiques de la soirée l'ont épuisée. Elle espérait que son mari serait de retour avant six heures, vu qu'il est sur une équipe de jour. Il lui a dit qu'il avait une mission spéciale aujourd'hui, sans préciser laquelle. C'est son style, de ne pas lui dire quel genre de travail il fait à la prison. Elle lit les journaux avec soin, parfois une nouvelle retient son attention, et elle s'interroge, tentant d'associer l'humeur de son mari avec le contenu de l'article. Ce n'est pas difficile d'additionner deux et deux, et s'aviser qu'elle a pris son œil au beurre noir à peu près le jour où un dénommé Allwood a été envoyé à la potence. Des était-il présent à la scène, a-t-il assisté à l'exécution ? Elle sait qu'il vaut mieux ne pas demander. De temps en temps il dira peut-être qu'il a dû discipliner un nouveau pensionnaire qui faisait le petit malin. Ce n'est pas un balèze, il est mince comme un fouet mais noueux, avec de l'acier dans les bras.

Marge rêve souvent de quitter Des, mais qu'est-ce qu'elle ferait, et où irait-elle ? Le monde à l'extérieur de son portail est un endroit terrifiant. Les femmes portent du rouge à lèvres vif et des vêtements modernes. Les filles ont une conduite effrontée. Elles se déchaînent avec les garçons, fument et s'affichent dans les rues. Leur taille fine est maintenue par une ceinture sanglée, leurs seins insolents dans leur nouveau soutien-gorge Whirl. Jamais elle ne trouverait une place parmi les vendeuses et les secrétaires ;

elle ne peut même pas imaginer où elle trouverait un job, infirme et diminuée comme elle est.

Maintenant qu'il est huit heures passées, elle espère qu'il va rentrer beaucoup plus tard, qu'elle pourra boitiller le long du couloir et se coucher avant son retour. Le pire, ce sont ses genoux, qui ont parfois l'allure de deux ballons de foot roses. Comme son nom depuis qu'elle a épousé Des Ball. Sa chaîne et son boulet, dit-il en riant. Certains soirs elle doit ramper à quatre pattes, et se demande ce qu'il adviendra de ses enfants.

Un clic de mauvais augure retentit à la porte, elle sait qu'elle a trop différé sa fuite. Dès qu'elle aperçoit le visage de Des, elle met la table entre eux deux.

« C'est dans le four, dit-elle.

– Dans le four, hein ? Le putain de four. C'est une façon de m'accueillir, ça ?

– Il est passé huit heures.

– Et alors, il est passé huit heures. » Ses mots se brouillent, son visage au menton trop long brille. Elle sent son haleine âcre depuis l'autre bout de la pièce.

Il ouvre le four et en retire l'assiette du dessus. La tranche de bœuf commence à gondoler, le chou nage dans une mare amibienne.

« Ils t'avaient enfermé à l'intérieur du pub ? » lâche-t-elle sans pouvoir retenir les mots qui lui tombent de la bouche.

Des brandit l'assiette, les doigts crispés sur les bords, et la jette de toutes ses forces contre le mur.

« Nettoie-moi ça », ordonne-t-il.

*

La maison de Rita Zilich est un long bungalow bas, empli de cuivres polis et de chemins de table en velours. Elle embaume la menthe, les olives et le vin. Le vendredi, sa famille ne mange que du poisson et sa mère lui a interdit de rendre visite à ses amies ce jour-là parce qu'on ne peut pas avoir la certitude qu'elles ne mangeront pas de viande. Chez ses amies, les cuisines sentent le steak et les légumes bouillis, et les hommes boivent de la bière. Toutes choses qu'elle s'est mise à considérer comme normales. La maison de ses parents lui fait honte.

Dans une heure, il sera minuit. Rita est assise en face du miroir de sa chambre, elle s'entraîne à fumer. Le miroir est fixé à la porte d'une grande armoire, un meuble orné de sculptures élaborées, que sa grand-mère a apporté avec elle sur le bateau quand elle est venue en Nouvelle-Zélande. Il faisait partie de ses cadeaux de mariage. Rita déteste cette armoire, que sa grand-mère lui a laissée parce qu'elle était la fille aînée de sa fille aînée. Quand elle a suggéré qu'on la remplace, sa mère lui a jeté un regard de reproche si douloureux qu'elle s'est tue aussitôt. Cela fait partie d'une vieille histoire : comment Granny s'est mariée par correspondance, comment ses frères dans les champs de résineux du Nord avaient été sollicités par un ami qui leur demandait de le recommander auprès d'une fille là-bas en Dalmatie qu'il pourrait épouser et, désireux de l'aider parce qu'ils cherchaient eux aussi à se marier, ils avaient proposé leur sœur.

« Et alors, poursuivait la mère, baissant la voix jusqu'au murmure, une fois que les fiancées du village ont reçu une lettre avec une offre, elles ont mis leurs beaux habits blancs, avec un gros bouquet de fleurs, et elles ont fait une fête de célébration avant leur départ.

– Mais c'est tellement bizarre, s'était écriée Rita. Enfin, quoi, s'habiller en blanc sans le mari. Et s'il était mort avant qu'elle arrive là-bas, elle aurait été veuve ?

– Bien sûr que non, riposta sèchement sa mère. Il y aurait eu un autre mari qui l'attendrait.

– Et si elle était moche et que personne en veuille ?

– Ah, y a pas que la beauté qui compte. Elle ferait une bonne épouse pour un homme, aurait des enfants, cuisinerait de bons repas, lui laverait son linge, tout ce qu'une femme est censée faire. Comme toi tu feras un jour.

– Peut-être, dit Rita.

– Tu comprends pas, mon enfant. Ta grand-mère est arrivée à Auckland, elle a fait le long voyage jusqu'aux champs de résineux avec toutes ses possessions, avec ton armoire, empilées sur une charrette et traînées sur les pistes pleines de cailloux jusque dans le Nord. Tout autour, rien que des marais et des souches de kauri. Elle vivait dans une petite – comment tu appelles ça ? – une hutte, une petite cabane au toit de chaume fabriqué avec des feuilles de palmier nikau. Eh bien, son nouveau mari voulait qu'elle vende l'armoire.

– Alors tu vois bien, maman, lui non plus il aimait pas cette armoire.

– Tu vas me mettre en colère, Rita. Elle y tenait parce qu'un jour une fille mériterait un aussi beau cadeau que celui que lui avait donné son père quand elle s'était embarquée pour sa traversée. C'est un morceau de l'ancien monde. Un jour tu comprendras. »

Rita donne un coup de pied dans l'armoire et éteint sa cigarette. L'expression de sa mère quand elle lui avait dit que le meuble ne lui plaisait pas, pourquoi ne pouvait-elle pas avoir une jolie petite coiffeuse comme ses amies, ce n'était rien à côté du regard qu'elle s'attire maintenant. Elle est la honte de toute la famille, au dire de sa mère, pas étonnant qu'ils nous appellent des Dallies avec une grimace de mépris. *Ils*, c'est la population générale de leur pays d'adoption, ceux qui les traitaient d'étrangers pendant la guerre et ne rataient pas une occasion d'humilier ceux qui venaient de Dalmatie et les tenir à l'écart.

« Personne sait qui je suis, dit Rita. D'après l'avocat, le juge va sûrement permettre qu'on cite pas les noms de Stella et moi. Ils seront pas dans les journaux quand je témoignerai.

– Tu les prends pour des imbéciles. Toute la communauté sait qui tu es. Ils parlent déjà dans ton dos. et quand tu entreras dans la salle d'audience et que tu leur raconteras ton histoire, comment tu t'es allongée sur un lit à côté de cet homme, ils sauront ce que tu as fait, que tu as couché avec un assassin. »

Rita fixe la fenêtre, munie de barreaux depuis trois mois, depuis le soir où elle l'a franchie pour aller à cette fête dans Wellesley Street. Elle observe son reflet : pas mal, sa peau olivâtre brille de santé, sa chevelure noire tombe en cascade sur ses épaules. Elle arrondit la bouche, se penche en avant pour prendre le bâton de rouge à lèvres qu'elle a acheté en revenant du travail. Elle trace une profonde courbe rouge sombre sur ses lèvres, boude et sourit. Elle aime bien ce qu'elle voit.

La poignée de la porte grince. Sa mère se tient là, debout en chemise de nuit, serrant une robe de chambre en chenille autour d'elle.

« J'ai senti la fumée, dit-elle. Puff, puff. Ton père est le seul qui a le droit de fumer dans cette maison.

– Je suis assez grande. Pour fumer. Pour faire un tas d'autres choses. Pour me marier.

– Assez grande, hein ? Allons, Rita, ma fille. » Elle s'assied sur le lit. « Nous, on était assez grandes seulement quand on était promises à l'homme qu'on allait épouser.

– Je l'ai pas fait. J'ai pas fait ce que tu crois.

– Mais tu l'aurais fait. Il faudra que tu sois très claire là-dessus quand le juge t'interrogera. Que tu as jamais eu l'intention de laisser cet Albert te faire ça.

– Je devrai juste dire la vérité sur ce qui s'est passé, j'imagine.

– La vérité. La vérité, c'est ce qu'on dit au prêtre.

– Ah oui, et il me pardonne, et ensuite si je dis pas la vérité au tribunal je retourne lui dire que j'ai menti et il me pardonne ça aussi. Pas vrai, maman ? »

La mère prend un mouchoir dans la poche de sa robe de chambre. Le vêtement est taché comme si elle l'avait porté pour laver les marmites. Rita n'en sait rien : elle a esquivé la corvée de vaisselle ces derniers temps. Sa mère se tamponne les yeux d'une façon que sa fille déteste, à pleurer sur son sort et tout le tremblement.

« Si tu étais allongée sur le lit, tu étais prête à le faire, non ?

– Tu me mets les mots dans la bouche.

– Alors c'est vrai, tu t'es déjà donnée à un homme. » Comme Rita s'abstient de répondre, elle ajoute : « Qu'est-ce que je vais dire à ton père ?

– Oh, je t'en prie, maman, mon père, c'est pas le prêtre. »

Sa mère fait un geste, se couvre le visage de ses mains. « Pourquoi tu portes du rouge à lèvres à cette heure de la nuit, Rita ?

– Juste pour vérifier la couleur. Je veux avoir bonne allure au tribunal.

– Pour qui ? Pour le juge ? Pour le garçon ?

– Le garçon. Il est rien du tout. J'ai un petit ami régulier maintenant. Il vient au tribunal avec moi. »

Sa mère la gifle violemment et sort de la pièce.

Rita s'accroche au bord du lit en se tenant la joue. Elle s'en fiche. Bientôt ce sera elle la star du spectacle.

Sa mère ne peut pas imaginer la faim qu'elle a de se sentir vraiment vivante.

Chapitre 5

Le jeune Albert allait découvrir assez vite ce qui était arrivé à ses parents cet après-midi-là où ils chantaient comme des fous. Kathleen se rappelle le jour où elle lui a appris la nouvelle, l'air de stupeur qui a viré très vite au visage rouge d'embarras. Elle ignorait s'il savait d'où viennent les bébés, même s'il avait vu plus de choses qu'il n'aurait dû dans l'abri anti-aérien au bout de Sandy Row la nuit où une femme a accouché, avec force hurlements et cris de *doux Jésus, ça y est, ça vient,* le sang et le placenta atterrissant à ses pieds, puis le nouveau-né qui braillait, la membrane céphalique luisante dans la lumière des feux. Il savait donc assez bien comment un bébé quitte le corps d'une femme, mais comment il y était entré, peut-être pas. Elle avait dit, en lui prenant la main pour la poser sur son estomac, « Ton Pa et moi on a un bébé qui arrive. Un petit frère ou une sœur pour toi.

– *Vous avez* ? » Et à voir son air, elle devina que quelqu'un l'avait renseigné.

Le bébé donna un petit coup de pied, et il retira sa main. « Je veux pas de frère ni de sœur. » Il plissa le visage, luttant contre les larmes.

« C'est idiot. Il y a d'autres enfants qui ont des frères et sœurs. Pourquoi pas toi ?

– Ça me plaît d'être votre seul enfant. » Les mots étaient sortis, des petites anguilles noires qui formulaient leur propre vérité.

Je l'ai trop gâté, pensa-t-elle à l'époque. Gâté au point qu'il veut juste qu'on soit lui et moi seuls ensemble. Mais il avait tant de prix à ses yeux, et elle ne savait pas comment lui expliquer cela. D'ailleurs, c'était tout aussi difficile à expliquer à son mari, quand il revenait du front en permission, la façon dont son fils fronçait les sourcils et boudait en sa présence, à tel point que le père se montrait souvent froid et désagréable avec lui. S'il avait su que le petit garçon, qui approchait des dix ans à la fin de la guerre, grimpait encore dans son lit et dormait avec elle certaines nuits, comment elle posait la main sur ses cheveux bruns soyeux, les doigts emmêlés aux siens, il aurait été perplexe, sa stupeur proche de l'indignation.

Elle avait dû faire asseoir Bert et lui dire que, même si leurs relations n'étaient pas au beau fixe, ils pouvaient les rétablir en faisant un effort. C'était la guerre, se disait-elle, il y avait une quantité d'hommes dans la même situation autour d'eux. Ils avaient l'âme comme meurtrie. Elle avait de la chance : certains ne semblaient jamais se remettre, comme son grand-père après la Somme, où il avait vu ses camarades mourir par milliers. Mais Bert l'écouta. Au bout d'un moment les choses s'améliorèrent, et ils purent de nouveau s'ébattre gaiement au lit, comme dans l'ancien temps, et chanter ensemble comme ils avaient coutume de le faire à l'époque de leur rencontre.

L'ancien temps, voilà comment leur apparaît maintenant la période où ils se courtisaient. Au fond de son cœur, Kathleen se sent la plus forte des deux, même si la famille de son mari s'estime supérieure à la sienne. À l'époque de leur rencontre, le père de Bert dirigeait l'une des grandes usines de textile, tandis que son père à elle transportait la cueillette de lin sur une charrette à cheval : l'un exerçant une autorité, l'autre un simple travailleur. Bert partit faire sa scolarité en Angleterre, logé chez une tante à Richmond, près de Londres, si bien qu'à son retour il parlait avec un accent plus britannique que les gens du voisinage. Le séjour à Londres ne dura pas ; la pêche dans la rivière Lagan lui manquait, et c'était plus facile de trouver du travail à Belfast pendant la grande dépression, du moins quand on connaissait quelqu'un comme son père. Il avait dans l'idée qu'il pourrait obtenir un job de journaliste à l'*Irish Times*, mais ils étaient envahis de gens qui voulaient scribouiller, comme ils disaient. Son père lui trouva une place d'employé de bureau à l'usine, *en attendant mieux.* C'est là qu'ils se rencontrèrent, Kathleen et Albert, comme elle l'appelait à l'époque, elle travaillant à la chaîne de l'usine.

« Vous m'avez l'air d'une fille plutôt bien », dit la mère d'Albert quand il l'amena chez lui pour la présenter à sa famille. « Je veux dire, une fille convenable, n'est-ce pas ? » Voilà ce qu'elle lui avait sorti, en pleine figure.

« Kathleen attend un enfant », annonça Albert.

Il y eut un silence qui se répercuta dans tous les angles de la pièce maniérée avec ses anti-macassars au crochet sur les fauteuils et le portrait du roi George pendu au mur.

« Je vois. En voie de *famille.* » Sa mère tenait le doigt recourbé au-dessus de l'anse de sa tasse en porcelaine. « Eh bien oui, je vois. Tu me déçois beaucoup, Albert. Ainsi que ton père, j'en suis sûre. » Son père tourna le dos pour éviter de regarder le couple. « Une telle honte. Vous pourriez vous absenter quelque temps, dit-elle à Kathleen. Il y a des endroits qui accueillent les filles comme vous.

– Albert a promis de m'épouser. Mes parents sont fâchés aussi, mais ils se tiendront auprès de moi à l'église quand on se mariera. »

Les yeux de la mère s'emplirent d'eau, deux soucoupes d'incrédulité. « Le mariage. Vous ne pouvez pas.

– On est tous les deux majeurs. Je crois que la décision nous appartient, Mrs Black. » C'était exact. Ils avaient tous deux vingt-trois ans, rien ne pouvait les arrêter, sauf, elle le comprit à cet instant, le risque que ses parents le persuadent de renoncer.

« Vous l'avez séduit. Espèce de traînée. »

C'est cela qui donna à Bert la résolution nécessaire, se dirait-elle plus tard. Il se rapprocha d'elle, lui prit la main.

« Vous serez pauvres, dit le père, tu verras ce que c'est. »

Elle portait une jaquette de dentelle qui avait appartenu à sa mère et à la mère de celle-ci auparavant, quand elle se rendit à Sainte-Anne, la grande cathédrale de l'Église d'Irlande. Ses parents assistèrent au mariage, ainsi que ses oncles et tantes, mais pas ceux de son mari.

William, leur premier-né, était un enfant menu et fragile. Il vécut tout juste un an. Ils habitaient alors dans Tate's Avenue, entre une cuisine gluante d'humidité et un tub pendu à un clou dans la cour de derrière. Pauvres comme rats d'église, qu'ils étaient, alors elle retourna travailler à l'usine. Ils se jurèrent mutuellement de trouver un meilleur endroit où vivre quand arriverait le bébé suivant. Ils grattèrent et économisèrent pendant les deux années qui précédèrent la naissance d'Albert. Ils pouvaient désormais payer un loyer plus élevé pour un appartement à peu près correct, acheter de meilleurs lits, encore d'occasion mais propres. Et elle tenait la maison impeccable. Albert se montra un bébé parfait, et un miracle, en plus, né coiffé, signe de chance et d'intelligence exceptionnelle, qui pleurait rarement, faisait des nuits complètes, le seul de ses fils qui acceptât le sein. La mémoire de la petite bouche sur son mamelon la faisait encore frissonner, l'inondant comme un désir de sexe.

Elle resta à la maison jusqu'à ce que l'enfant commence l'école, se débrouillant pour joindre les deux bouts. Si son mari regrettait ses parents, il ne s'en plaignait pas. De temps à autre il avait l'air un peu plus en fonds ; elle supposa qu'il voyait parfois sa mère. Après la mort de William, elle se découvrit un peu de compassion pour sa belle-mère. Cette femme avait quasiment perdu son propre fils, même si rien ne l'y obligeait ; c'est la manière dont ils voyaient les choses, ou la manière dont ils s'étaient mis dans une impasse. N'empêche, cela irritait Kathleen que son mari aille voir sa mère en douce. S'il était venu le lui dire franchement, elle aurait compris. Au lieu de cela, un billet de cinq livres qui surgissait sans explication, posé à côté de son assiette à l'heure du petit déjeuner, juste au moment où il sortait, lui criait, pas de questions.

Et puis Bert, comme elle s'était mise à l'appeler après la naissance de leur deuxième fils, partit à la guerre, et ils se retrouvèrent seuls tous les deux, elle et l'enfant, à esquiver les bombes, voir la cathédrale détruite, et quelques-unes des usines, y compris celle que dirigeait son beau-père, alors elle supposa qu'il était peut-être devenu pauvre, lui aussi.

Le temps de guerre n'avait pas que des désagréments, elle et son fils allaient pique-niquer les jours ensoleillés, se promenaient dans les beaux jardins proches de Queen's University, en haut de Sandy Row. Kathleen tentait d'imaginer l'effet que ça pouvait faire d'être éduqué. Elle ne l'imaginait pas pour elle, mais ce serait une chance merveilleuse pour un garçon. Son fils lui paraissait très intelligent.

Daniel arriva comme une surprise, dix ans plus jeune que son frère, à un moment où ils étaient de nouveau dans la misère. Mais un cadeau, leur Danny, comme Dieu est mon juge, ce que signifie ce nom qui lui convenait parfaitement : ils avaient été jugés et considérés dignes d'avoir un autre garçon. C'est ce que disait son mari, et c'était bizarre pour elle de voir que le nouvel enfant était peut-être celui qu'il préférait, même s'il gardait cela pour lui. Elle le sentait en son for intérieur, voilà tout. Elle pensait que Daniel avait peut-être sauvé leur couple, mais c'est le petit Albert qu'elle chérissait, son compagnon des années difficiles, celui qui avait survécu avec elle à l'obscurité angoissante quand les sirènes hurlaient, son cher petit homme mortel.

Et, une fois Albert délivré de cette substance visqueuse, le sentiment d'exclusion qu'il exprima en apprenant l'arrivée prochaine de Daniel, il se montra aussi tendre avec son petit frère que si c'était une fillette, le berçant quand il pleurait, le promenant quand elle était éreintée, lui chantant les airs qu'elle lui avait chantés. Oh oui, c'était le grand frère idéal. S'il jetait parfois un regard en coin à son père quand il dispensait ses soins au bébé de la famille, elle repoussait l'idée qu'il cherchait à s'attirer des louanges. Non, il était bien réel, cet amour pour le petit. Tous ses faits et gestes.

Elle se rappelle d'autres détails qui courent en boucle dans son cerveau, sans relâche. Si elle se tient à la fenêtre, elle entend la plainte des cornemuses, les flûtes et les tambours, elle voit les arcades ornées de banderoles orange et de drapeaux de l'Empire tout le long de la rue. Sur son image, il y a des chapeaux pour les garçons, rouge, blanc et bleu, qui se fondent dans la foule. C'est le jour de la Parade orangiste, le 12-Juillet, où les protestants montrent que Belfast leur appartient. Il y a des hommes en costume élimé, comme celui que porte son mari, d'autres en kilt, des milliers de gens qui défilent au rythme de la musique. Les paroles de « L'Écharpe » résonnent à ses oreilles :

Oui, sûr, je suis un orangiste de l'Ulster,
venu de l'île d'Erin
Pour voir mes frères britanniques tous
hommes d'honneur et de renommée
Et leur parler de mes ancêtres
qui ont combattu dans le passé
Pour me garder le droit de porter
l'écharpe que portait mon père !

Parfois elle ne leur trouve pas beaucoup de sens, mais elle garde ces pensées pour elle, et le jour de la parade, chaque année, elle éprouve la même excitation que les autres.

Le jeune Albert était venu à contrecœur à la dernière parade avant son départ pour la Nouvelle-Zélande, et n'avait pas voulu porter l'écharpe. Il venait juste d'avoir dix-huit ans. Elle ne comprenait pas son attitude, pas du tout, comme elle le lui dit ensuite, jusqu'à ce qu'ils arrivent à l'église Saint-Patrick où les marcheurs devaient faire halte pour chanter « L'Écharpe » à pleins poumons, hurlant le refrain avec l'espoir que les gens à l'intérieur seraient délogés comme des rats de leur trou :

... si l'appel devait venir nous
suivrons le tambour et franchirons
encore une fois cette rivière
Pour que demain l'homme de l'Ulster puisse porter
l'écharpe que portait mon père !

On pouvait voir les gens s'enfuir par les portes latérale et foncer à toutes jambes à travers les rues, même si les prêtres restaient à l'intérieur.

C'est à ce moment qu'Albert s'éloigna des marcheurs, et peu après elle le vit rôder sous le grand arbre devant l'église, aux feuilles baignées de lumière estivale, et là il y avait une fille, ils se regardaient en riant. La fille lui tendit la cigarette qu'elle fumait, et Kathleen le vit tirer une longue bouffée, comme s'il était tout à fait adulte. Ensuite, voyant deux garçons s'approcher d'eux, Albert chercha une planque et se mêla aux marcheurs sans un regard en arrière. L'avait-elle imaginé, ou réellement vu, l'éclair d'une lame ?

C'est très bien d'avoir pour amie une catho, lui dirait-elle par la suite, quand le jour glissa dans la nuit et qu'ils étaient tous rentrés à la maison, Daniel au lit, la porte soigneusement fermée derrière lui. « Je passe ma journée entière à l'usine à côté d'une femme qui est d'une autre foi. Mais c'est pas pensable le Douze. Tu nous couvres tous de honte avec cette fille. Tu es un homme de l'Ulster. »

Et son père, qui se mêlait rarement aux discussions, ajouta : « Ta mère a raison. C'est pas seulement maintenant, c'est pour l'avenir. Tu sors avec une fille de l'autre bord et avant de savoir où tu en es elle te traîne devant l'autel et te voilà papiste. Ils vont pas se rallier à notre point de vue. Leurs pères aimeraient mieux te voir mort. »

Kathleen l'a deviné, il pense que si Albert devait la mettre en voie de famille, comme lui-même l'avait fait avec elle, il n'y aurait aucune échappatoire, mais mieux valait ne pas évoquer ce souvenir, une affaire privée entre elle et son mari. Au moins elle était protestante. Elle estime qu'ils ont été plutôt heureux. Ils ont traversé le chagrin et les épreuves, et c'est toujours son homme.

« Tu savais que cette fille allait te courir après aujourd'hui, c'est pour ça que tu voulais pas venir à la parade, dit Kathleen. Tu voulais pas qu'on te voie avec elle.

– Maureen est juste une amie, la sœur de Seamus avec qui je pêche sur le quai », riposte Albert, les yeux verts enflammés, la grande mèche de cheveux bruns lui barrant le front. Son beau garçon. Sa magnifique robuste pièce de chair et de sang.

« Seamus m'a pas fait trop l'impression d'un ami aujourd'hui, dit son père. Ils étaient armés de couteaux, ces gars.

– Pa, tout le monde se trimballe avec un surin. Tu le sais bien. »

C'était vrai. Son père en avait toujours un sur lui, fixé sous sa chaussette. Juste au cas où. On sait jamais ce qui peut vous tomber dessus dans le noir, expliquait-il à Kathleen. Un homme a besoin d'être préparé.

« Alors tu te promènes avec une arme ? Tu ferais mieux de me la donner. »

La pièce est devenue très silencieuse, rien que le tic-tac de la pendule sur la cheminée. Père et fils s'affrontent du regard. Le garçon ne bouge pas.

« Je vais te flanquer la rouste de ta vie, va pas croire que je le ferai pas. » C'était encore lui le plus costaud, ses bras endurcis par le manche de la pelle.

Le garçon se penche vers sa chaussette et elle voit le mince profil de l'arme. Il lève les yeux vers son père. « Je vais plus m'approcher de cette fille. C'est rien qu'une gamine avec qui on rigole.

– Tu me donnes ta parole ?

– Oui, Pa, ma parole sur la tête de Danny.

– C'est bon. Alors on en parlera plus. » Ignorant le couteau. Ou l'acceptant. Bien au fait des dangers tapis dans les nuits noires et même parfois en plein jour. Comment étaient les choses.

N'empêche, le garçon s'était montré plus prudent par la suite. S'il fricotait avec des cathos, elle n'en a rien su de plus.

Kathleen émet un profond soupir en frissonnant. Tout ça, c'est du passé. Il est parti.

Certains jours elle regarde son mari et pense que c'est sa faute à lui. Puis elle se dit que c'est sa faute à elle, qu'elle l'a trop adoré, pas voulu le laisser s'envoler, et que son mari l'a bien vu, pensant qu'il fallait lui donner une chance de grandir, d'aller dans un pays riche d'opportunités.

Elle se rappelle la veille de son départ, comment il avait fait le pitre, joué à l'innocent, jusqu'à ce que ce soit l'heure pour Danny d'aller au lit. Plus tard elle l'entendit dans la chambre de l'enfant en train de lui chanter, comme quand il était petit, *oh Danny Boy, les cornemuses m'appellent*. C'était trop dur de résister à la tentation de les regarder. Daniel avait les bras autour du cou de son frère. « Tu vas revenir, c'est sûr ?

– Je vais faire encore mieux que ça, Danny Boy. Quand je serai riche, je construirai une belle maison en Nouvelle-Zélande et je te ferai venir habiter avec moi.

– Et Pa et Mam ?

– Ils pourront venir aussi. Il y a des kilomètres de plages où tu pourras nager, et l'eau est très chaude. J'ai tout lu là-dessus.

– Ils auront du fish and chips ?

– Sûr que oui. Et des téléphones dans toutes les maisons. Ils m'ont dit que, puisque je vais travailler pour la compagnie, j'ai un job qui m'attend, pas comme ici.

– Ça a l'air du tonnerre, dit Danny, la frange du sommeil gagnant sa voix.

– On va bien s'amuser, toi et moi. »

Albert resta assis à fredonner dans la pénombre jusqu'à ce que la respiration de Danny se fasse lente et régulière. Il détourna le regard, le visage baigné de larmes, quand il la vit dans la lumière en sortant.

Juste des tout-petits, tous les deux. Ses deux fils.

Chapitre 6

1953. À MESURE QUE LE NAVIRE S'ÉLOIGNE, les banderoles agitées par les passagers sur le pont et leurs amis sur le quai s'étirent et se brisent, une marée de chant déroule *L'heure est venue pour moi de te diiire adieu.* Autour d'Albert, sur le bastingage du *Captain Cook*, des filles fondent en larmes. Il est venu seul, après avoir quitté sa famille à Belfast. Heureusement que sa mère n'est pas là, se dit-il ; il avait eu assez de mal comme ça à s'extraire de sa dernière étreinte passionnée.

Son voisin, un grand type, peut-être plus âgé de quatre ou cinq ans, se penche vers lui. « Moi aussi je suis venu seul. » Il lui tend la main. « Peter Simpson », dit-il, et allez savoir pourquoi, ils deviennent amis sur-le-champ.

Il se serait senti très solitaire ces premières nuits à bord s'il n'y avait pas eu Peter. L'homme de Liverpool lui a confié qu'il était sans travail depuis un an. En trafiquant un peu, il avait réussi à rassembler les dix livres du prix du voyage. Qu'est-ce qu'il entendait par trafiquer ? Albert voulait le savoir.

Peter hésita. C'était un garçon bien découplé, un beau brin d'homme, aurait dit la mère d'Albert. Des petits boulots sur les chantiers, la chasse aux rats, ce genre de truc. Se passer de dîner deux fois par semaine pour économiser ses bons. Ouais, dur dur, mais il pensait que ça valait le coup de faire un essai en Nouvelle-Zélande. Il avait vingt-trois ans, c'était maintenant ou jamais.

Quand Albert dit qu'il n'avait que dix-huit ans et trois mois, Peter l'évalua du regard et lui conseilla de se tenir proche de lui. On ne savait jamais ce qui vous attendait au tournant. Ils étaient plus de mille sur le bateau, hommes, femmes et quelques enfants – des enfants migrants, comme les désignait Peter. C'est eux qu'il fallait surveiller. Ils n'avaient pas demandé à partir et avaient vécu à la dure. Ils te feraient les poches à la première occasion.

« Pas de leur faute, dit Peter, c'est des mômes sortis de l'orphelinat, la plupart, on les a battus comme plâtre, abandonnés comme des gosses dans un roman de Dickens et expédiés à l'autre bout du monde. » Albert avait lu *Oliver Twist* à l'école. Son nouvel ami semblait avoir un penchant pour la littérature. Un homme intelligent qui avait été formé à l'école des coups. Enfin, Peter et lui-même, et Dieu sait combien d'autres sur le bateau, même si apparemment il avait eu la vie plus facile que la plupart. Pendant la traversée, ces émules d'Oliver Twist surgissaient un peu partout, certains tout-petits à peine mûrs pour l'école, d'autres adolescents. Ils avaient le visage fermé, pincé, comme s'ils savaient déjà tout ce que la vie va vous apprendre, et bien plus.

Son père avait trouvé les dix livres dont il avait besoin pour embarquer, toutes les économies de la famille. Dix balles pour la traversée, et un billet de cinq pour démarrer une fois là-bas, voilà ce qu'il avait dit. Sa mère avait ajouté, une note d'amertume au coin de la bouche, qu'une partie de la somme venait de sa grand-mère, celle qui habitait tout près, mais qu'ils ne voyaient jamais. Ses grands-parents, dit-elle, avaient eu de l'argent et l'avaient perdu, mais la mère de Bert aimait à se comporter comme s'ils avaient gardé les fifrelins cachés quelque part. Elle ne voulait pas qu'il parte.

« Il faut que tu sortes d'ici, avait dit son père. Y a rien pour toi. »

Ce n'était pas strictement exact, la reconstruction de Belfast depuis la guerre se poursuivait, et il y avait du travail sur les quais, mais rien de plus, des emplois temporaires de manœuvre et beaucoup de concurrence pour en décrocher un. Il se demandait si son père voyait en lui le reflet de sa propre déception. La guerre avait épuisé une partie de ses forces, et les portes d'une vie consacrée au verbe lui étaient fermées. L'image de son Pa, efflanqué dans son pantalon ample et ses bretelles, les cheveux éclaircis en touffes grisâtres, reviendrait le hanter. Il lui arrivait de se demander si Bert l'avait fait partir parce qu'il pensait que sa femme lui préférait leur fils. Une de ces intuitions qui restaient en suspens dans l'air. « Tu pourrais peut-être commencer des études quand tu seras installé en Nouvelle-Zélande », suggéra son père.

Albert rit à cette idée. Il n'avait aucune intention de retourner à l'école. Le voilà maintenant, à dix-huit ans, et tout cela était derrière lui. Seuls les boursiers restaient aussi longtemps à l'école, et il n'en faisait pas partie. « Je vais être apprenti en Nouvelle-Zélande pendant deux ans, répondit-il.

– Eh bien, tu auras un métier, dis-toi que tu as de la chance.

– Tu veux que je parte, pas vrai ?

– Les catholiques préparent leur coup. Ils vont s'en prendre à nous tôt ou tard.

– Et nous, on s'en prend pas déjà à eux, Pa ? »

Son père lui jeta alors un regard insistant. « Rappelle-toi que tu fais partie du Royaume-Uni. Rappelle-toi, tu l'as entendu de moi, on a des ennuis qui nous attendent, ici. »

Alors c'était peut-être ça aussi la raison : son père pensait qu'il était trop proche des cathos. Il restait debout, appuyé au bastingage, à tenter d'extraire le sens de tout cela, en voyant la mer tourbillonner à ses pieds, ou le regard tendu vers un horizon si vaste qu'il s'usait les yeux en essayant d'apercevoir une ligne de côte inexistante. Parfois il aurait aimé que le bateau fasse demi-tour, parfois il se disait qu'il pourrait plonger dans les vagues et nager jusque chez lui.

Comme s'il lisait dans ses pensées, Peter apparut à ses côtés. « Tu viens danser ce soir ?

– Je sais pas danser.

– Il y aura bien une fille pour t'apprendre. »

Alors qu'il se tenait sur les marges du swing échevelé qui occupait la piste de danse, intimidé parce qu'il était jeune et ne connaissait aucune jeune fille anglaise, une des danseuses l'attira vers elle. Il eut un frisson comme si un courant électrique lui traversait le corps, et ses pieds trouvèrent le tempo. La danse lui venait aussi naturellement que la respiration. La fille portait un chemisier blanc ajusté et une jupe large qui virevoltait quand il la fit tourbillonner au rythme de la musique. Ensuite, tous deux, avec une quantité d'autres, montèrent sur le pont et chantèrent au son d'une guitare qu'un type avait apportée pour en jouer dans l'air de la nuit. Les étoiles étaient hautes dans le ciel tandis que le navire voguait vers la mer des Caraïbes, puis le canal de Panama. Ils chantaient *Je ne veux pas mettre le feu au monde*, à plusieurs voix comme s'ils étaient un groupe de blues, quand il embrassa la nuque de la fille, sentit sa respiration s'emballer, et elle qui lui rendait son baiser. « Paddy, murmura-t-elle, tu es le plus adorable des gosses.

– Mon nom, c'est Albert.

– Ouaouh, tiens donc, tous les Irlandais s'appellent pas Paddy ? Tu vas mettre le feu au monde, mon joli. » La minute d'après, elle avait disparu, et voilà comment il commença, ce nouveau nom qui lui plaisait, il sonnait bien, facile à dire. Plus besoin d'expliquer qu'il venait d'Irlande du Nord, les divisions de son pays, s'il tirait du pied gauche ou du droit, il était juste Paddy, le gars d'Irlande.

Quand il redescendit, il trouva Peter assis au salon en train de fumer une cigarette. À croire que leur vie avait pris un tournant vers un lieu de luxe et de croissance. L'idée d'un pays nouveau s'empara de lui et il imagina des ouvertures illimitées.

« Tu t'es trouvé une petite amie ? interrogea Peter.

– Nan, je crois que j'étais trop jeune pour elle. Elle m'a planté là. » Mais là aussi, pas de problème, parce qu'il y avait tellement de filles, toutes aussi survoltées d'excitation que lui, et demain soir il chanterait à tue-tête avec une autre fille à son côté.

Paddy, comme tout le monde l'appelait désormais sur le bateau et comme il se considérait maintenant, avait vu des photos des grands paysages urbains du monde. Londres, où il venait de passer deux nuits, et Paris, et New York avec ses gratte-ciel. Il savait que Wellington était une capitale, et il s'attendait à un alignement d'immeubles du même style. Mais, quand le *Captain Cook* entra dans le port, il n'aperçut que des maisons basses blanches agglutinées sur les collines, un endroit d'aspect neuf rugueux en comparaison de chez lui.

Pendant le débarquement, il sentit que c'était un lieu calme. Non qu'il y eût du temps pour explorer. En une heure et quelques, Peter et lui étaient expédiés sur un train vers un village nommé Trentham, loin des limites de la ville, situé dans une région qu'on appelait la Hutt Valley, un satellite de Wellington, divisé en Upper et Lower Hutt. Ils découvrirent qu'ils allaient être camarades de travail, chargés de poser des câbles pour le ministère des Postes et Télégraphes. Un camion les récupéra à la gare et les conduisit le long de baraquements militaires et d'un champ de courses jusqu'à un groupe de petites cabanes isolées réparties entre des arbres d'une essence inconnue. Face à l'austérité de cet environnement, Albert, qu'on appelait désormais Paddy, se languit à nouveau de son pays.

Il suspendit son manteau et déplia les deux couvertures posées au pied du lit. Puis il reprit son manteau, le remit et s'assit en frissonnant sur le bord du lit. On était mi-octobre et on leur avait dit que c'était le printemps ici en Nouvelle-Zélande. Si c'était ça le printemps, il était plutôt frisquet. Sa nostalgie du pays se mua en profond sentiment de perte, un puits de douleur tel qu'il pouvait à peine respirer.

Il y eut un coup à la porte. Peter était là, avec à la main un gobelet de thé qui fumait sur fond de paysage gelé, la pleine lune lancée à l'assaut du ciel. « On va sortir d'ici dès qu'on pourra », dit-il.

Une créature, oiseau ou animal, impossible à dire, criait sans relâche des *honk honk* là-bas sous le clair de lune.

Tout n'était pas si mauvais. Le matin on les emmena à un poste d'entraînement où on leur montra une maquette de poteau télégraphique, et comment repérer les isolateurs brisés. On aurait dit des petites tasses de porcelaine blanche. Tous deux furent affectés à l'équipe de Clarrie. « J'ai deux pakehas pour vous, les gars, dit le contremaître. Des nouveaux copains. » À partir de maintenant ils allaient inspecter les poteaux télégraphiques, chercher les isolateurs endommagés, les supports pourris, et tout ce qui pouvait causer des accidents. Le temps tourna au beau et chaud.

« Sacrée fournaise aujourd'hui, disait Clarrie quand un jour rayonnant de soleil s'enchaînait à un autre.

– Fournaise, mon vieux frangin, marmonnait Peter à Paddy en s'essuyant le front, une cigarette coincée entre les dents. Fournaise, c'est le mot. »

On les envoyait travailler parmi les pins, au-dessus du port de Wellington. Les arbres étaient si épais que les hommes pouvaient se hisser de l'un à l'autre pour atteindre les lignes sans avoir besoin de faire monter les échelles des camions. La vive senteur propre des pins et le rire des autres délivraient Paddy, au moins pendant la journée, de ce qu'il devinait être le mal du pays. Dans un coin de son cœur il éprouvait de la lassitude, or il était trop jeune pour avoir le cœur fatigué.

« Qu'est-ce que c'est que cette bête qui crie *honk honk* la nuit ? demanda Paddy à Clarrie, en imitant le bruit qu'il avait entendu.

– Le boubouk, tu as entendu le boubouk. C'est une chouette, un ruru. » Clarrie venait du Nord, un gars maori, comme il se définissait, un grand gaillard, mais agile dans les arbres. Il y avait d'autres Maoris dans l'équipe. Ils sifflaient beaucoup et se parlaient entre eux dans une langue que Paddy ni Peter ne pouvaient comprendre, mais tout cela semblait plutôt bon enfant.

« C'est ça qu'il réclame ? demanda Paddy. Un bout de bouc ? »

Clarrie éclata de rire, et toute l'équipe fit comme lui. « Nan, mon pote, il préfère une petite souris bien goûteuse ou un rat. Tu es trop gros pour te faire avaler par un boubouk. »

N'empêche, il ne pouvait cesser d'écouter ces notes mélancoliques envoûtantes, comme si l'oiseau venait le chercher.

*

1954. Tandis que les incendies éclataient chaque année à Belfast, on mettait des livres au feu du haut en bas de la Nouvelle-Zélande. La police courait d'une librairie à une autre, envahissait les bibliothèques de prêt et s'abattait sur les petites crèmeries de quartier qui avaient en stock quelques éditions de poche, raflant au passage des livres et des bandes dessinées. Une panique morale s'était emparée du pays quand la rumeur se répandit d'une épidémie de débauche parmi les adolescents. Rose Lewis le savait parce que ses voisins en parlaient constamment, et elle était perplexe. Tout avait commencé avec la guerre, murmuraient certains, quand ces foutus Yankees sont arrivés et qu'ils ont corrompu l'esprit des gens, sans parler de leur comportement dans le Pacifique. Ils avaient importé les sucreries, la flatterie et le jitterburg, le pelotage au fond des salles de cinéma et l'amour libre. Tout cela était dans les livres. Le nom Mickey Spillane s'était faufilé dans le vocabulaire des jeunes, ce romancier qui parlait de violence, de sexe et de décadence. Dans les écoles, ses livres circulaient en cachette de main en main, derrière les abattants de bureau, dissimulés sous des exemplaires de *En route* et de *L'Histoire pour tous*. C'était terrifiant. Le centre de cet ouragan de délinquance, c'était la vallée de la Hutt. Il suffisait d'y jeter un coup d'œil pour comprendre que tout partait à vau-l'eau : voilà ce que les journaux imprimaient dans leurs éditoriaux et leurs gros titres. Là, dans les faubourgs de la Hutt, les adolescents hantaient les cafés, ou faisaient des cochonneries à l'arrière des salles de spectacle, ou se rassemblaient sur les rives du grand fleuve rapide pour se livrer à des expériences charnelles. Charnel. Le mot avait quelque chose de maléfique. On racontait que les hôpitaux pour mères célibataires se remplissaient à vue d'œil. D'après les murmures, il y aurait un marché noir des préservatifs. Ils étaient interdits aux mineurs, mais si vous connaissiez le bon marchand de fruits, vous auriez peut-être un coup de chance. Niché derrière les bananes et les ananas, les prunes sombres et les pommes roses, le sentier vers le fruit mûr de l'amour pouvait être suivi sans les conséquences. Ou encore sur le chariot à tourtes. Des frites chaudes et une capote anglaise, le tout pour une thune.

Voilà les bruits qu'entendait Rose, pourtant ce monde-là lui paraissait bien éloigné de la petite maison fournie par l'État à Naenae, l'un des nouveaux faubourgs de la Hutt. Son mari était revenu de la guerre juste le temps de lui donner ses trois enfants, deux garçons et une fille, avant de mourir d'une crise d'asthme. Il ne souffrait pas d'asthme quand il était parti se battre. Elle en accusait les tranchées, les hivers sombres de l'hémisphère nord, les rations pourries. Tant d'autres étaient dans son cas, elle s'efforçait de ne pas céder à l'amertume. Elle avait chéri cet homme. Chaque jour elle s'habillait comme s'il allait franchir la porte, de jolies robes imprimées et une touche de fard pour rehausser l'éclat chaud de sa peau, sa chevelure châtain clair roulée en chignon, les petites mèches échappées autour du visage. Elle veillait à sa tenue non pour plaire à un autre homme, mais pour honorer sa mémoire à lui. La musique était son réconfort. La maison rectangulaire pleine d'enfants, du moins c'est l'impression qu'elle donnait, abritait un piano. Quand la douleur s'abattait sur elle, les moments noirs où le chagrin menaçait de la submerger, elle posait les doigts sur les touches et la pièce s'emplissait de mélodies cueillies dans son passé, quand elle était la vedette des élèves musiciens de la ville.

Et dehors, elle avait entrepris un jardin. Les maisons, bâties pour la plupart à la hâte, paraissaient toutes si semblables qu'elle s'était demandé en arrivant par où commencer. Les bulldozers qui avaient préparé le terrain pour la construction de tous ces logements destinés aux gens fauchés comme elle avaient aplati le sol, laissant des bandes d'argile à nu. L'endroit avait un aspect brut qu'il fallait surmonter. Elle avait dessiné le tracé des allées et planté de l'herbe là où les enfants auraient de la place pour jouer, puis elle retourna une parcelle de terre pour en faire un potager – pommes de terre et carottes, haricots verts, bettes. Les fleurs viendraient plus tard. Elle savait que la terre était de bonne qualité, parce que derrière les maisons il y avait des jardins maraîchers. Les garçons travaillaient avec elle, débarrassant la croûte d'argile dans des brouettes et répandant du fertilisant. C'étaient de si gentils garçons, elle ne pouvait imaginer qu'ils découvrent ou participent aux désordres dont ses voisins discutaient à voix basse. La fille, Evelyn, âgée de trois ans, toute en boucles et en sourire, les suivait à la trace avec sa brouette miniature. Elle transportait ses poupées, ou les chatons, chaque fois qu'ils se rendaient dans le jardin. Un ruisseau coulait à proximité, et l'un des garçons avait pour mission de veiller à ce qu'Evelyn ne parte pas à l'aventure et ne soit emportée par le courant. Ce qu'ils attrapaient, c'étaient des anguilles, que Rose apprit à dépiauter et cuisiner. Ses voisins méprisaient ce poisson, au motif que, cru, son sang était du poison, mais elle qui était mieux renseignée les faisait frire et les servait avec une sauce au beurre.

Les plates-bandes commencèrent à s'imposer, les roses à éclore, les contours de la parcelle à s'adoucir. Les jours étaient de plus en plus nombreux où Rose pouvait s'estimer satisfaite. Un après-midi, deux jeunes gens vinrent frapper à sa porte. Elle eut d'abord du mal à comprendre ce qu'ils disaient, avec leur épais accent de Liverpool ou d'Irlande.

Ils travaillaient à poser des câbles dans la région. On cherche un endroit qui ressemble plus à un chez-nous, expliquèrent-ils, parce que les cabanes des Postes et Télégraphes où ils vivaient n'étaient pas très confortables. Naenae leur plaisait, son allure douillette, alors ils avaient frappé à quelques portes. Quelqu'un de la rue avait suggéré qu'elle pourrait peut-être les loger pour quelques nuits. Mrs Lewis, elle est très gentille, avait dit cette personne.

Elle avait commencé par rire. « Où donc elle croit que je pourrais vous caser ? J'ai déjà trois gosses.

– On paierait notre séjour, on vous donnerait de l'argent pour le logement, dit celui qui paraissait le plus jeune, celui à l'accent irlandais. Ça nous gêne pas de crécher dans la même chambre. » Un des chats se faufila entre ses jambes. Il se pencha pour le caresser.

Elle allait les envoyer promener. Elle touchait une pension de veuve et donnait des leçons de piano à deux ou trois enfants de sa rue pour trois shillings la leçon – mais ça suffisait tout juste. L'aîné des garçons était mûr pour la bicyclette, le deuxième était à l'étroit dans ses souliers d'école. Et Evelyn adorait partager la chambre de sa mère chaque fois qu'elle arrivait à ses fins.

Tandis qu'elle était là à retourner toute cette situation insolite dans son esprit, l'Irlandais commença à réciter : *Ma tante Jane a une clochette à sa porte / un seuil en pierre blanche et un sol bien balayé / des pommes d'amour, des gros pois verts / des bonbons à dictons.*

– Je ne m'appelle pas Jane.

– Et vous êtes pas ma tante.

– Il y a deux lits sur la véranda », dit-elle, les mots s'échappant avant qu'elle puisse les retenir. Ils avaient l'air plutôt sympathiques, à son avis.

« Je m'appelle Peter, dit le plus grand, en lui tendant la main.

– Mam m'appelle son petit Albert, dit l'Irlandais, avec un sourire qui lui éclaira le visage. Vous êtes juste comme elle, vous lui ressemblez.

– Mais je ne suis pas non plus votre mère.

– Par ici on m'appelle Paddy. » Ses cheveux noir de jais étaient brossés en arrière, sa peau bronzée par les travaux en plein air, sa chemise blanche toute propre boutonnée jusqu'au menton.

« Rien que quelques nuits, on est bien d'accord, le temps de vous trouver un logement plus permanent. »

Après dîner, une fois qu'ils l'eurent tous aidée à débarrasser, faire la vaisselle et la ranger, Rose s'assit au piano et se mit à jouer, enchaînant les mélodies. Derrière elle, Paddy reprenait les paroles de « Le monde attend le lever du soleil », et quand il entama le premier vers, *Chérie*, sa voix monta, douce et juste. Rose le regarda et fredonna en chœur avec lui.

« Vous êtes un chanteur, dit-elle. Vous avez une très belle voix.

– Oh, eh bien, c'est ça qu'on faisait, ma famille et moi. Chanter, ça coûte pas cher. »

Elle comprit que les jeunes gens étaient là pour quelque temps.

Chapitre 7

1955. Le procureur est un homme blond, soigné, nommé Gerald Timms. Il n'est pas grand, mais sa façon de se tenir en équilibre sur la plante de ses pieds et de dresser la tête donne l'impression qu'il occupe l'espace d'un corps bien plus important. Sous sa robe, il porte un costume gris anthracite avec un mouchoir blanc de neige dans sa poche de poitrine. Nous sommes en octobre, deux ans depuis qu'Albert Black est venu vivre en Nouvelle-Zélande, presque jour pour jour.

Une jeune fille se tient debout à la barre des témoins. Elle porte un tailleur noir, un béret noir posé de biais sur une luxuriante chevelure sombre qui lui tombe jusqu'aux épaules. Elle jette un coup d'œil rapide au jeune homme assis sur le banc des accusés. Leurs regards se nouent un instant, puis elle baisse les yeux et se redresse.

« Miss Zilich, commence Timms. Déclinez s'il vous plaît vos nom, adresse et profession.

– Je m'appelle Rita Zilich. J'ai seize ans. Je vis chez mes parents dans Anglesey Street, Ponsonby. Je suis sténodactylo. J'ai réussi les examens du certificat de scolarité avec la meilleure note, vous savez. La meilleure de mon école, je veux dire. » Elle se tourne vers un jeune homme assis dans la galerie et lui fait un petit signe de la main. Il est vêtu d'un pantalon noir étroit et d'un anorak rouge ouvert jusqu'en bas, qui laisse voir un tee-shirt blanc. Il agite un doigt dans sa direction.

« Miss Zilich, dit sèchement le juge.

– Oh, pardon, murmure-t-elle, et se compose une mine affichant un semblant de parfaite attention.

– Oui, merci, Miss Zilich, poursuit Timms. C'est très bien. Si vous pouvez juste nous dire ce qui s'est passé la nuit du lundi 25 juillet, cette année, cela nous aiderait. Vous connaissiez l'accusé ?

– Oh oui, impossible de pas le remarquer. Il est plutôt beau gosse, si vous aimez ce genre de physique. » Elle ne peut s'empêcher de lancer en direction d'Albert un regard qui l'évalue froidement.

Timms prend une profonde inspiration et place ses doigts en clocher. « Très bien. J'aimerais que vous rapportiez à la cour dans vos propres termes ce qui s'est passé. Depuis quand vous connaissiez l'accusé, si vous connaissiez le défunt, comment se sont déroulés les faits la nuit en question.

– J'ai tout noté en sténo.

– Contentez-vous de nous raconter l'histoire, Miss Zilich, oubliez vos notes. »

Rita fait voler sa chevelure de l'épaule où elle s'était nichée et se lance dans son récit, la barre des témoins devient sa scène de théâtre. « Le 25 juillet, je connaissais l'accusé depuis environ trois mois. Tout le monde l'appelait Paddy, c'est le seul nom que j'ai entendu. Je connaissais aussi l'autre type, Alan Jacques, seulement, bien sûr, c'est pas comme ça qu'on l'appelait. C'était Johnny McBride. Mais, lui, je le connaissais seulement depuis, oh, peut-être deux semaines. Je les fréquentais pas. En fait j'étais au cinéma ce soir-là. J'étais allée voir *Calamity Jane*, vous savez, celui où Doris Day chante « My Secret Love », c'est un film épatant. Et j'adore cette chanson.

– Oui, certes. Nous apprécions votre bon goût, Miss Zilich. Mais vous êtes allée au café La Vieille Grange après la séance ?

– Oui, il devait être sept heures et demie, je suppose. J'en avais pas l'intention, c'est juste que je suis passée devant, je comptais rentrer chez moi, et il y avait beaucoup de monde. Quelqu'un m'a appelée, je sais pas si c'était Paddy ou Johnny, mais je pense que c'était un des deux, et il m'a fait signe de venir les rejoindre. Alors j'y suis allée, et Paddy m'a dit, viens chez moi, on fait une fête ce soir. Je connaissais l'endroit, au 105 Wellesley Street, j'étais déjà allée à une soirée là-bas. Alors je me suis dit, pourquoi pas ? J'avais pas rendez-vous avec Paddy ou rien comme ça, mais ça promettait d'être amusant. En fait, la petite amie de Paddy était au café, maintenant que j'y pense. Bessie Marsh, elle s'appelle, alors évidemment j'étais pas venue pour retrouver Paddy. Je crois pas qu'elle soit encore sa petite amie, pas maintenant qu'il a poignardé Johnny. Ça serait plus le mien, en tout cas, ça je peux vous l'assurer.

– Donc vous êtes allée à cette fête au lieu de rentrer chez vous ?

– Eh bien, pas exactement.

– Pourquoi pas exactement ?

– J'avais dit à mes parents que je serais à la maison. Ils aiment pas trop que j'aille à des soirées. Alors je suis rentrée, et une fois qu'ils étaient couchés, j'ai sauté par la fenêtre et je suis retournée en ville. Il devait être à peu près dix heures et quart.

– Et qu'est-ce qui s'est passé à la soirée ?

– Eh bien, Johnny et Paddy étaient là tous les deux, et Bessie, et une de mes amies qui s'appelle Stella, et un tas d'autres gens, je pense une dizaine à ce moment-là, surtout des mecs, vous savez. Quelqu'un jouait de la guitare, tout paraissait normal. Une soirée normale, je veux dire. Vous savez ?

– Nous vous sommes reconnaissants de nous éclairer, Miss Zilich. Continuez, je vous prie.

– Eh bien, Paddy était pas soûl. Et Johnny était pas soûl non plus, dans mon impression. Puis Bessie a dit qu'elle devait rentrer parce qu'elle avait des examens ou un truc de ce genre tôt le lendemain. Elle est étudiante en quelque chose, je crois. Elle partait à la bibliothèque quand je l'ai vue après le cinéma. Je pense que Paddy est allé la chercher plus tard, pendant que je rentrais chez mes parents.

– Et leur donniez le change ?

– Euh, oui.

– Peu importe. » Timms semble s'en vouloir.

« Moi, j'ai pas besoin d'arriver au travail avant neuf heures, je suis secrétaire au Conseil, ils ont des horaires très réguliers. Je veux dire, je commencerais pas à huit heures sauf si j'étais obligée, mais, avec mes qualifications, c'est moi qui choisis. J'ai eu 85 sur 100 en dactylo, vous savez.

– Vraiment. » Timms tapote des doigts sur un dossier, lui enjoint du regard de revenir au sujet.

« Eh bien, je pense que Paddy a dû raccompagner Bessie chez elle, ou jusqu'à un taxi, je sais pas vraiment, mais il a été absent un bon bout de temps, et quand il est revenu il m'a demandé de dormir avec lui cette nuit-là. D'abord j'ai dit non, mais il m'a redemandé, et j'ai dit que j'y réfléchirais. Juste pour le décourager, bien sûr, en essayant d'être polie.

– Mais il a cru que vous le pensiez vraiment ? »

Rita hésite, écarte de son visage une mèche de cheveux échappée de son béret. « Je voulais pas le vexer. J'ai dit ça par gentillesse.

– Et selon vous l'accusé était sobre ?

– C'est ce que je dirais. Enfin, je savais pas à quoi il ressemblait quand il était soûl. »

*

En l'écoutant, Paddy pense, je peux te dire à quoi je ressemble quand je suis torché. Mais t'aurais pas envie de savoir. Effondré, voilà ce qu'il est. Il est de retour à Trentham, un vendredi en fin d'après-midi. Le vendredi, l'équipe des Postes et Télégraphes termine assez tôt pour s'offrir quelques heures au pub, une espèce de hangar qui n'a rien à voir avec les pubs de chez lui. Ils ferment à six heures le soir, juste au moment où à Belfast les hommes se dirigent vers leur buvette habituelle sur le chemin du retour. L'astuce ici en Nouvelle-Zélande, c'est de boire la plus grande quantité de bière possible dans le plus court espace de temps. Au début Paddy ne pouvait se résoudre à entrer. Il avait déjà goûté à la bière, un ou deux verres avec son Pa aux Armes de Sandy Row, un endroit assez calme, avec des plafonds bas et un tapis, une poignée d'hommes accoudés au bar, qui racontent des blagues. Ici les bars sont de longs comptoirs, les murs en pente pour faciliter le nettoyage parce que les gars vomissent comme des fontaines de spaghetti, la clientèle si compacte que, en fait de service, le barman se contente de pointer un robinet en forme de pistolet dans les verres qu'on lui tend. La bière jaillit avec un nuage d'écume.

Le coup de six heures, comme il l'a entendu appeler, et à voir les hommes tituber à la sortie, il s'est senti dégoûté. Il ne devrait pas, parce que son père est souvent rentré avec du vent plein les voiles, mais c'était différent. De plus, ici en Nouvelle-Zélande, il est encore trop jeune pour boire. Ses épaules se sont remplies, son visage est noirci par le soleil, et il a pris plusieurs centimètres depuis qu'il a débarqué. Il fait plus que son âge, mais il est quand même en dessous de l'âge légal pour être admis dans un pub.

Et voilà qu'un après-midi, le ciel au-dessus des collines de Naenae d'un bleu intense comme un œuf d'oiseau, alors qu'ils ont la gorge desséchée comme de vieux os, les Néo-Zélandais de leur équipe les appellent, Peter et lui. Vous êtes quoi ? Des casse-couilles ? demandent-ils en se préparant à les déposer devant leur cabane. Ils devaient faire un détour avant de retourner au pub, et tout cela prenait du temps.

« C'est bon, d'accord, dit Peter cet après-midi là, on vient avec vous aujourd'hui. Mais un seul verre, pas plus. »

La première bière glisse si aisément le long de la gorge de Paddy qu'on croirait une citronnade fraîche, avec à peu près le même effet, pense-t-il. Peter et lui échangent un sourire ; ce n'est pas de la ronflante Guinness, ça se boit comme de l'eau du robinet. Bof, plaisantent-ils, pas de quoi s'en faire, et ils tendent leur verre au pistolet. Après le deuxième, Paddy sent un duvet tiède lui emplir la tête, son corps se dissoudre. Cette virée en boisson était facile. Il se met à raconter à Peter et quiconque veut l'écouter des blagues irlandaises idiotes. D'un instant à l'autre il va leur chanter à tous une chanson. Peut-être qu'il a déjà chanté. « Ma tante Jane ». Rosie aimait bien cette chanson. Peut-être qu'il l'a chantée à tous ces gars ou peut-être qu'il est reparti chez elle lui en chanter une strophe, celle qui les faisait rire, elle et Evelyn, la gentille môme :

Ma tante Jane sait danser la bourrée
Chanter un air gai à un cochonnet,
Petits yeux rouges et queue en tire-bouchon
Pendu à un vieux clou comme un torchon.

Oui, celle-là, il a dû la chanter parce que maintenant il se souvient que tout le monde riait et chantait avec lui.

Il se rappelle que Peter et lui se tenaient par le bras, chacun aidant l'autre à tenir debout. « Mon vieux poteau, dit Peter, t'es un petit marrant, toi. »

Mon vieux poteau. Son meilleur ami. C'était épatant d'en avoir un.

Après cela Peter et lui sortirent avec les hommes tous les vendredis après-midi, jusqu'au jour où trop de bières descendirent trop vite. Après la cinq ou sixième, il avait perdu le compte, le barman dit que c'était l'heure, ce qui signifiait qu'ils devaient avoir fini d'ici un quart d'heure. « Videz vos godets, cria quelqu'un, on a encore le temps pour une tournée. » Donc, ça aussi, ça faisait partie de l'astuce, commander un verre avant la fermeture, le vider d'un trait et en obtenir un autre au cours des cinq dernières minutes, parce que le barman ne peut pas vous mettre dehors tant que vous continuez à boire.

Paddy sentit sa vision se brouiller, ses genoux trembler. Et puis terminé, les voilà, lui et Peter, cramponnés à un réverbère, et il chantait « Danny Boy » à tue-tête, puis tout aussi brusquement, il fondit en larmes. « Oh putain de merde, dit-il, fais pas attention à moi, ça me fait penser à mon petit frère Danny. » Des membres de l'équipe les entassèrent, Peter et lui, à l'arrière du camion des Postes et Télégraphes qu'il fallait ramener au dépôt, et bientôt l'engin tangua en direction de Trentham. Une clique militaire avançait en musique, les cuivres diffusant un son chaud ; des soldats marchaient au pas le long de la route, un défilé spécial sorti du camp voisin. Cela lui rappela le Douze. Il tenta de se mettre debout sur le tablier du camion pour saluer, fut tiré en arrière par les chevilles juste au moment où il allait passer par-dessus bord.

« Eh, hurla-t-il plus fort que le bruit du moteur, vous la connaissez, celle sur les Black and Tans ?

– C'est quoi, ça ? interrogea Clarrie.

– Des soldats. Des soldats irlandais », dit Peter. Il était ivre, lui aussi, mais moins que Paddy.

« Des soldats britanniques, plutôt, dit Paddy. Parce que, tu comprends, nous on fait partie du Royaume-Uni.

– Nan, Paddy, t'es Irlandais, rectifia Clarrie. Alors, continue, qu'est-ce qui s'est passé ?

– Eh ben tu vois, y avait ce type, Murphy, il pleut des cordes, et les Black and Tans vont le pendre. Murphy dit au bourreau, il fait un temps de chien, tu trouves pas ? Et l'autre lui répond, tenez-vous bien, il répond, toi encore t'as de la chance, Murphy, moi va falloir que je rentre à pied sous la douche.

– Ma parole, elle vaut rien, cette blague », dit Clarrie.

De retour à la cabane, Paddy vomit sur l'herbe. Peter le retient de tomber dans ses déjections. « Doux Jésus, Pete, dit Paddy, est-ce que ça arrive de mourir parce qu'on s'est soûlé ?

– Tu vas pas mourir, Paddy.

– Tu me le jures ?

– Oui, promis, je te laisserai pas mourir.

– Je sens que tu vas durer plus longtemps que moi, Peter. Tu vivras plus vieux.

– Ça, c'est la bière qui parle. Arrête, Paddy, arrête ça.

– Peter, je veux rentrer chez moi. Je veux revoir Mam. »

Le lendemain matin, Peter lui dit : « Je t'avais promis qu'on partirait d'ici. Je crois que c'est le moment, Paddy. »

Humour de la potence. Mauvaises blagues, elles lui reviennent à flots. Voilà à quoi il ressemble quand il est torché, Rita. T'as pas idée.

Donc non, il n'était pas particulièrement soûl le soir de sa fête. Qu'est-ce que la fille à la barre va raconter ensuite ? A-t-il jamais eu envie de coucher avec elle ? Il suppose que oui. Elle avait une allure enjouée, ce soir-là, un air suivez-moi jeune homme. Il voit comment certains des jurés la suivent du regard. Oui, sans doute, la plupart des hommes aimeraient se glisser dans sa culotte s'ils le pouvaient. Pas lui, plus lui.

Il sait que la jeune fille pâle n'est pas loin. Il peut presque saisir son parfum ou ce qu'il en a retenu, un arôme qui lui évoque la toile irlandaise lavée de frais au soleil d'été.

*

« Eh bien, en tout cas, dit Rita Zilich, vers onze heures, Stella et moi, on est allées aux toilettes. Il faut sortir et faire le tour du bâtiment pour entrer par-derrière. On a vu Johnny McBride dehors, il nous a suivies. Enfin, je veux pas dire exactement qu'il me suivait, c'est juste qu'il est sorti au même moment. Johnny est resté là à nous parler pendant un bon moment, puis Stella est allée à l'intérieur. Johnny et moi, on a continué à parler environ cinq minutes, puis Paddy est sorti de la pièce où il y avait la fête. Il voulait savoir ce qu'on fabriquait. On lui a répondu tous les deux qu'on était juste en train de parler. Il a pas eu l'air de nous croire. Il a pas dit ça avec des mots, mais ça se devinait. Bon, en fait, Johnny m'avait embrassée, mais c'étaient pas les affaires de Paddy. »

Le juge, un homme qui paraît vraiment très âgé à Albert, remonte ses lunettes sur l'arche de son nez. Parfois il donne l'impression de s'être fait avaler par sa perruque. Sa bouche paraît livide et pincée. Sa langue se promène sur sa lèvre inférieure tandis que Rita poursuit.

« En tout cas, ils ont commencé à se battre. J'allais rentrer à l'intérieur, mais ils ont commencé la castagne.

– Qui a frappé le premier coup ?

– Je peux pas vous dire. J'ai pas vraiment vu. Je suis pas restée pour regarder. Je suis rentrée dire aux garçons d'aller les arrêter, et c'est ce qu'ils ont fait. Paddy et Johnny avaient l'air plus trop amis après ça. Un des deux a dit qu'ils allaient remettre ça le lendemain. Je sais pas lequel, honnêtement, je sais pas. J'ai vu que Paddy avait une entaille au-dessus de l'œil. Après ça il est allé s'allonger sur le lit. Il y avait un garçon qu'on appelle Mack qui avait essayé de les séparer. Paddy l'a appelé près du lit, et hop, la bagarre a recommencé. Je sais pas à propos de quoi. Tout le monde s'y est mis, et ça a débordé dehors sur l'allée. Ils étaient tous dans le coup. Johnny McBride aussi. Puis, après, on a essayé de mettre Johnny dans la voiture d'un des garçons, il a fini par monter, moi aussi, et Stella aussi, mais Paddy a dit que je devais descendre. Je suis ressortie. Paddy me tirait par le bras.

« Je vois, dit Timms. Donc vous résistiez. L'accusé vous tirait hors de la voiture ? »

Buchanan bondit sur ses pieds. « Objection, Votre Honneur. Le témoin est poussé vers cette conclusion.

– Objection retenue. Continuez, je vous prie, Miss Zilich. Avec vos propres mots.

– Eh bien, c'était peut-être Paddy, ou peut-être un de ses amis, parce que Paddy était dans un sale état à ce moment-là. Peut-être que c'était son copain Pooch Quintal.

– Pourquoi, qu'est-ce qui est arrivé à Paddy ? À Albert Black ?

– Avant que je monte dans la voiture, Johnny a donné un coup de pied dans le ventre à Paddy. Ça lui a fait drôlement mal. Pendant que j'étais debout près de la voiture, quelqu'un, je crois que c'était Paddy, avait une bouteille à la main et il a voulu frapper Johnny en pleine figure avec la bouteille, alors Johnny lui a donné un coup de pied dans le ventre et il s'est plié en deux.

– Alors Black a attaqué Alan Jacques avec une bouteille brisée ?

– Objection, Votre Honneur.

– Objection rejetée. Miss Zilich ?

– Eh bien, je suis pas sûre. Elle était dans la main de quelqu'un, et j'ai supposé que c'était Paddy parce que c'est lui que Johnny a cogné.

– Que s'est-il passé ensuite ?

– Ils sont tous repartis chez eux, il restait juste Paddy et moi. J'ai dit à Paddy que je voulais rentrer, et j'ai commencé à ramasser les verres et les bouteilles et les trucs, pour remettre de l'ordre dans la pièce. Je les ai mis dans un carton de bière, et j'ai mis aussi un couteau dans le carton.

Paddy s'est étendu sur un des deux lits de la pièce. Il m'a demandé de lui passer un miroir. J'en ai pris un accroché au mur et je lui ai donné. C'était un grand miroir. Il a jeté un coup d'œil dessus, puis il l'a jeté par terre et le miroir s'est cassé. Je lui ai demandé, qu'est-ce qui va pas, Paddy ? Il a dit qu'il allait tuer Johnny McBride. Je lui ai dit de pas faire l'idiot, s'il faisait ça il irait en prison et serait pendu, mais il a dit que c'était sans importance. Il a dit qu'il allait sans doute mourir dans l'année, de toute manière. Alors je lui ai dit qu'il avait juste trop bu, c'est tout. Il m'a demandé de rester la nuit avec lui, mais j'ai dit non, puis je lui ai demandé de me prêter un peu d'argent pour prendre un taxi, et il m'a raccompagnée un bout de chemin, jusqu'au Civic où j'ai trouvé un taxi.

– Mais il a dit qu'il tuerait Johnny McBride.

– Oui, il a dit qu'il tuerait Johnny. Je l'ai pas revu le lendemain. »

Chapitre 8

Délinquance juvénile, les mots se répandent comme une tache à travers la vallée de la Hutt, comme de l'encre qui s'étale sur du papier buvard. Pendant les week-ends, des garçons en veste de cuir noir avaient coutume de venir en moto se réunir à l'Elbe, un milk-bar au centre de la Hutt, une foule de filles jeunes couraient les rejoindre. Et si les filles ne faisaient pas les quatre cents coups avec les motards, elles se rattrapaient avec leurs camarades d'école. Du moins c'est ce qu'on racontait. *Bodgies* et *widgies*, bandes dessinées, Mickey Spillane, chansons américaines suggestives en tête des hit-parades. Les *bodgies* portaient des pantalons tuyau et des chaussures à semelle épaisse, les cheveux gominés tombant sur le col. Et des chaussettes de couleur. Vert citron, rouge, rose, la couleur s'affirmait après la grisaille des années de guerre. Les *widgies* portaient leur cardigan devant derrière, les manches remontées jusqu'au coude, un des indices révélant à coup sûr qu'une fille sortait des rails. Ou des corsaires, ces pantalons trois-quarts, autre signe de dégradation. Le Premier ministre, un homme anguleux aux gros sourcils nommé Sid Holland, avait commandé un rapport en vue d'éradiquer ces comportements délinquants. Quelques années plus tôt, il avait employé la manière forte lors d'un conflit avec les dockers. Un homme qu'il ne fallait pas contrarier. Ses décisions faisaient loi. Doté d'une large tête et d'un grand dentier éclatant, il était l'homme du peuple, à en juger par les élections qu'il remportait à la file. Le sexe, avait-il fait savoir (même s'il préférait l'expression connaissance charnelle), n'était pas un sujet de conversation entre gens bien élevés, et les jeunes n'étaient pas autorisés à le mettre en pratique. Les jeunes filles avaient besoin d'être protégées contre elles-mêmes. (Pour les garçons, c'était moins grave.) Elles ne trouveraient jamais de mari si elles faisaient des bêtises avant. Si une fille tombait enceinte, on l'expédiait loin des regards, ou on la mariait en hâte dans le salon de ses parents si on arrivait à coincer le père. À condition, et ici les voix baissaient encore plus, que la fille sache à coup sûr qui était le père. Ou si elle avait au moins l'âge de se marier. Le scandale des mœurs embrasait tout le pays, mais c'était la Hutt, avec ses longues rangées rectilignes de vilains logements sociaux, au pied des collines couvertes de broussaille, près du grand fleuve bouillonnant, qui passait pour l'endroit où le vice avait pris naissance.

Oswald Mazengarb, un ami de Holland, avait un long visage qui présentait quelque ressemblance avec celui du ministre, et ils se recevaient fréquemment à leur domicile respectif. Sid Holland exécutait des tours de magie après le dîner chez les Mazengarb, faisant disparaître des objets sous des mouchoirs, dessinant des ombres chinoises sur les murs avec ses doigts, à ce qu'on racontait. C'était Mazengarb, un baptiste habité par la crainte de Dieu, que Holland avait nommé à la tête d'une commission d'enquête sur les mœurs adolescentes dans tout le pays. Le rapport rédigé par Mazengarb allait être largement diffusé en public, posté à chaque maisonnée, juste avant les prochaines élections.

Entre-temps, l'enquête progressait avec des révélations qui choquaient de plus en plus la génération des vieux et perturbaient les parents inquiets. Tout cela était en plein développement l'année où Peter et Paddy vinrent habiter chez Rose.

*

Rose savait depuis le début qu'elle ne mettrait pas à la porte les jeunes gens arrivés sur le seuil de sa maison. Dans son esprit, ils étaient installés là pour de bon. Ses enfants étaient fascinés par eux, les garçons essayaient d'imiter leur façon de parler, la petite Evelyn les dévisageait avec une attention ravie, comme si elle avait maintenant deux pères au lieu de pas de père du tout. Les premières nuits après leur arrivée, Peter et Paddy campèrent, comme elle disait. Elle ne pouvait se résoudre à appeler Paddy par son nom d'Albert ; ce n'était tout simplement pas un nom en vogue parmi les Néo-Zélandais à l'époque, plutôt un de ces noms réservés aux monuments et aux parcs. Une fois absorbées mentalement ces transformations dans le mode de vie familial, elle décrocha les rideaux rayés brun et orange de la véranda d'hiver, les lava par une journée ensoleillée et les regarda gonfler sur sa corde à linge comme des lys tigrés, soudain plus heureuse qu'elle ne l'avait été depuis la mort de son mari. Au fond de son placard à linge, elle trouva des taies d'oreillers qu'elle possédait sans les utiliser depuis son mariage, attendant Dieu sait quoi, c'était stupide de les conserver si elles ne pouvaient pas rendre service maintenant. Elles partirent à la lessive, puis allèrent rejoindre les rideaux sur la corde, si bien que le ciel semblait parcouru de nouveaux nuages multicolores. Par la suite, au marché des occasions, elle trouva un joli tapis qui sortit bien du nettoyage et un fauteuil en osier. Elle allait continuer à guetter pour en dénicher un deuxième. Avec les deux lits dressés côte à côte, la pièce avait un aspect accueillant et juste comme il faut.

Tandis qu'elle faisait ses courses, une femme qu'elle connaissait vaguement, petite et grassouillette, une parmi les habitants de Naenae qui était une habituée du Cosmopolitan Club, ou le Cossie, comme on l'appelait, s'approcha d'elle. Rose connaissait l'existence du Cossie, parce qu'elle entendait son nom cité quand elle assistait à la réunion des parents d'élèves. Le club disposait d'un bar, de tables de billard, et proposait des repas bon marché. C'était un endroit où les femmes étaient autorisées à accompagner leur mari, à la différence des pubs, mais comme elle n'avait pas de mari, ce n'était pas un lieu où elle pouvait ni même désirait se rendre. Sa vie était loin de tout cela. Telle était la situation.

Cette femme, qui se nommait Sally, lui dit : « Je vois que vous hébergez des jeunes gens, Rose. Ça va vous donner du boulot. »

Rose se sentit rougir. « Ce sont des gosses. Ils ont besoin d'un endroit où se poser quelque temps.

– Des grands gosses. Plutôt des adolescents. »

Rose se sentit obligée de répondre. « Un des deux », dit-elle. Elle n'était pas la seule veuve de la vallée, mais la plupart des autres étaient des veuves de guerre, ce qui n'était pas son cas, à strictement parler, puisque son mari était mort plus tard. Dans l'intérêt de ses enfants, elle voulait éviter une querelle. L'envie la brûlait de dire à Sally de se mêler de ses affaires. Au lieu de quoi elle ajouta, tout en sachant que ça sonnait bizarre : « Le plus âgé a une vingtaine d'années. » Aussitôt elle sentit que c'était une erreur.

Sally haussa les sourcils, un sourire lui chatouillant le coin des lèvres. « Sapristi, c'est le pompon, Rose. Un vrai mec.

– Ils viennent du Royaume-Uni, poursuivit Rose, deux garçons arrivés sur le même bateau, ils sont copains.

– J'ai pas dit un mot, Rose. Mais il va falloir les tenir à l'œil. Vous savez ce qu'on raconte sur les jeunes du quartier, ils sont déchaînés.

– Les vôtres peut-être, je ne sais pas. »

Comme si elle n'avait pas entendu, Sally fit un cercle avec l'index et le pouce de sa main gauche, utilisant l'index de la droite pour aller et venir au travers. « Au cinéma, sur les rives du fleuve. Il y a ce gros rapport dont tout le monde parle. »

Rose détourna le regard. Elle avait entendu les rumeurs, bien sûr. L'ombre d'Oswald Mazengarb pesait lourdement sur la vallée. Le monde, selon lui, pouvait être secoué de folie, mais il allait le remettre d'aplomb, écrire un programme pour le corriger.

« Les élèves de troisième, ils se retrouvent à l'Elbe. Ils sont au parfum, ça oui. Pelotage et compagnie. Vous savez, sous la ceinture et tout. »

Rose tourna le dos à cette femme et à ses gestes vulgaires. À son avis, la commission faisait plus de mal que de bien, à titiller l'imagination des gens, leur mettre le sexe en tête bien plus qu'avant. Non parce qu'elle avait oublié les plaisirs de son propre passé. Certains jours, quand elle était assise sur les marches de sa maison de Naenae, cadeau de l'État, et observait les jardins maraîchers qui s'étendaient le long du sol de la vallée, les rangées de laitues croquantes d'un vert vif, les tomates sur la treille, les fraises en été, elle se disait que la vie dans toute son abondance passait à côté d'elle. Mais maintenant elle devait penser aux enfants, et c'était inacceptable qu'ils soient touchés par le scandale. Elle entendait parler de camarades d'école de Ned et Harry qui avaient un « père » différent tous les week-ends, des hommes qui sortaient quasiment nus de la chambre maternelle et leur disaient d'aller faire un tour, leur mère était occupée. Elle ne voulait à aucun prix en discuter avec cette Sally au regard émoustillé.

La femme, sentant que cette conversation lui déplaisait, eut un reniflement de dédain. « Eh bien quand c'est pas une histoire c'est autre chose. Le pays est plein d'étrangers ces temps-ci. Des nègres partout. Des métèques, des Juifs, des Chinetoques. Tous les genres, si vous voulez mon avis. On était mieux lotis avant la guerre. »

Rose savait que cela s'adressait à ses pensionnaires. Du point de vue de Sally, ils étaient eux aussi des étrangers.

Le bonheur qu'elle avait éprouvé en choisissant de quoi meubler la chambre reflua tandis qu'elle manœuvrait la poussette d'Evelyn le long de la rue qui la ramenait chez elle. Sûrement les jeunes gens qui étaient venus vivre avec eux ne feraient de mal à personne ? Elle repensa au soir de leur arrivée. Ses deux fils, un an de différence entre eux, jouaient au ballon dans la cour de derrière. Peter, le plus âgé, était allé les rejoindre et envoyait la balle entre eux avec des gestes d'expert.

« Comment tu as fait ça ? » demanda Ned, et avant de dire ouf Peter leur faisait une démonstration de frappe en ciseau, passement de jambes, roulette. Chaque soir il leur enseignait de nouvelles techniques qu'il disait avoir apprises dans son école de Liverpool. Rien de spécial, précisait-il, jamais été sélectionné, mais j'en ai toujours eu envie.

Quant à Paddy, il s'était accroupi face à Evelyn, à la hauteur du petit visage, et lui avait demandé son nom. À sa réponse, il dit : « Oh, moi, si j'avais une petite sœur, j'aimerais qu'elle s'appelle comme ça. C'est un très joli nom. »

Mais Rose avait beau prendre leur défense, ces jeunes gens étaient différents. Peut-être qu'ils venaient du Royaume-Uni, mais leur accent trahissait leurs origines. Elle avait choisi de les accepter tels qu'ils étaient.

Un après-midi où Peter jouait au foot avec Harry, Ned resta à l'écart.

« Qu'est-ce qui se passe, t'as pas envie de jouer ? l'appela Peter.

– Tu peux nous apprendre des passes de rugby ? » demanda Ned.

Peter immobilisa le ballon sous son pied. « De rugby ? Je suis pas trop sûr.

– Mon copain dit que le foot c'est pour les gonzesses.

– Les gonzesses riches, dit Peter, d'un ton neutre. Les gosses de riches jouent au rugby là d'où je viens.

– Ici tout le monde joue au rugby, dit Ned. Nous, on a les All Blacks. Ils peuvent battre même les Brits.

– Ça suffit », appela Rose, en tapant à la fenêtre de la cuisine.

Pendant un jour ou deux, les jeux ralentirent, Harry voulait jouer tandis que Ned boudait. Mais, le week-end, le jeu reprit le dessus.

Certains samedis soir, ses pensionnaires mettaient une jaquette et un beau pantalon de flanelle grise, et ils prenaient le train pour Wellington. On va danser, disaient-ils, et parfois ils ne rentraient pas avant le lendemain. Paddy découchait plus souvent que Peter. Elle ne posait pas de questions, même si parfois ils faisaient allusion aux dancings qu'ils fréquentaient. Le Realm dans une banlieue nommée Hataitai faisait partie de leurs lieux favoris. Elle connaissait cette salle de bal, nichée à l'écart dans un village proche de la mer. Elle et son mari allaient danser là-bas quand ils se courtisaient. Rien que d'y penser provoquait en elle une nostalgie qu'elle préférerait oublier, au moins pour le moment. Elle imaginait les jeunes gens passer la nuit là-bas dans une des petites maisons de bois à flanc de coteau, peut-être dans la chambre d'une fille, mais elle espérait que c'était plutôt sur le canapé. Peut-être avait-elle commis une affreuse erreur. Une fois rentrée chez elle, elle téléphonerait à la boutique du marché et annulerait la livraison du fauteuil qu'elle avait trouvé là-bas. Et le moment venu, elle annoncerait calmement à ses pensionnaires que leur séjour s'achevait, qu'elle n'avait jamais eu l'intention de les héberger longtemps.

Quand elle tourna l'angle de la rue, Rose vit une camionnette garée devant sa porte. Un homme déchargeait un lot de bois, sous la surveillance de Peter et Paddy.

« Surprise ! » braillèrent-ils.

Le bois était destiné à bâtir un appentis qui servirait de salle de jeu aux enfants, un cadeau en avance sur Noël. Ils en avaient tracé les contours derrière la maison. Le week-end suivant et celui d'après se passèrent à travailler de la scie et du marteau. Peter avait dessiné le plan du bâtiment, ses compétences semblaient illimitées, même s'il y eut quelques erreurs, des planches sciées trop court, des coups de marteau sur les doigts, des jurons étouffés. Mais l'appentis fut construit, suffisamment haut pour que les enfants puissent s'y tenir debout, ainsi que Rose, si elle courbait la tête. Evelyn y installa ses poupées, et Ned et Harry rangèrent leur équipement de foot sur les étagères. La saison était terminée, mais ils continuaient à s'entraîner, affinant leur savoir-faire. Il n'y avait pas un autre gosse dans tout Naenae capable de rivaliser avec eux maintenant qu'ils avaient un coach à domicile. Les pensionnaires reprirent le chemin des dancings, mais avec moins d'ardeur qu'avant, maintenant qu'ils avaient posé des jalons sur le territoire de Rose. On aurait dit que sa maison se rapprochait autant qu'il était possible de leur chez-eux, même si elle remarqua que, sitôt rentré, chaque jour Paddy se ruait vers la table près de la porte où elle déposait le courrier. Pratiquement toutes les semaines une lettre arrivait de Belfast avec son nom, Mr Albert L. Black, écrit d'une délicate écriture fluide avec une petite boucle à la fin de chaque mot. Elle devina que les lettres venaient de sa mère.

À l'approche de Noël, elle se fabriqua une robe neuve en satin de coton, avec un motif fleuri, des petites manches froncées, un corsage ajusté et une jupe qui virevoltait autour de ses mollets. Ses pensionnaires dirent qu'ils voulaient que tout le monde passe un bon Noël et insistèrent pour donner chacun une livre, en plus du prix de leur pension, destinée à l'achat de nourriture festive – jambon et poulet rôti, pommes de terre fraîchement cueillies à l'étal des jardins maraîchers, pudding, pavlova et tout le reste. C'était leur deuxième Noël en Nouvelle-Zélande ; ils avaient passé le premier chez Clarrie et savaient ce qu'il fallait mettre sur la table.

« Vous ne pouvez pas faire ça, protesta-t-elle. Vous avez mis tellement d'argent dans le hangar à jeu. » Mais ils lui donnèrent l'argent malgré tout.

Juste avant Noël un colis arriva pour Paddy. Sa mère lui avait envoyé une chemise blanche, et pour lui et Peter une écharpe de laine chacun, ainsi qu'une nappe en lin pour Rose. Elle palpa le lourd tissu crème, orné de fleurs bleu pâle parfaitement brodées. « Elle n'aurait pas dû. Ce colis a dû lui coûter une fortune.

– Je lui ai parlé de vous », dit Paddy.

Rose était confuse ; elle avait acheté à chacun des garçons une boîte de chocolats. Cette nappe magnifique était un trésor familial, un cadeau dont Evelyn hériterait un jour.

*

Paddy leur lut sa lettre de Noël. Kathleen Black avait écrit : « Albert, mon cher fils, voilà encore un Noël qui passe et je mettrai une place à table pour toi, notre cher absent. J'espère que tu avances bien dans ta vie. Tu nous manques, mais nous te souhaitons tout le meilleur. Daniel a encore grandi de cinq centimètres cette année, tu le reconnaîtrais à peine. Je vais bientôt le faire prendre en photo pour te l'envoyer, tu jugeras par toi-même. Je bénis les personnes qui prennent si bon soin de toi. Dieu te bénisse, mon fils, assure-toi de mener une bonne vie honnête jusqu'à ce que tu nous reviennes. Ton père t'envoie son amour, comme moi le mien. Ta mère. »

Rose n'oublierait jamais cette journée de Noël. Ils s'étaient tous mis sur leur trente-et-un, et comme s'il n'y avait pas eu assez de surprises, Peter et Paddy en sortirent une de plus, une boîte à musique commandée dans un magasin qui l'avait fait venir de Londres. Sur le couvercle de la boîte, un prince et une princesse miniatures dansaient à l'unisson aux accents de la valse du *Beau Danube bleu*. Evelyn battait des mains de joie, Paddy la fit lever et valsa avec elle autour de la pièce au rythme de la musique.

L'après-midi, légèrement somnolents et repus de toute cette nourriture, ils sortirent sur la pelouse et se photographièrent tous à tour de rôle avec l'appareil de Peter. Il n'y avait aucune photo des six à la fois, puisqu'ils devaient se relayer derrière l'appareil. Quand Rose les regarde au cours des années suivantes, elle s'aperçoit qu'elle est absente de la plupart, même si elle pense que Paddy en a pris une d'elle pour l'envoyer à sa mère. Elle en retrouvera une de Paddy avec celui de ses trois chats qu'il préférait niché dans ses bras, et Evelyn accrochée à sa jambe de pantalon. Il a la peau très bronzée, les épaules larges et musclées. Les roses sont en pleine floraison, le soleil brille, et elle pensera qu'ils avaient l'air d'un groupe heureux et prospère, comme une de ces familles anglaises qu'on voyait dans les magazines. Ou comme un après-midi d'été dans la maison de ses parents à Thorndon, à une époque avant la Dépression où sa famille avait encore de l'argent, où les jolies robes et les leçons de musique étaient un luxe qui allait de soi. Le soir elle s'assit au piano, et à la requête de Peter elle joua « White Christmas », et la voix de Paddy monta, à croire que Bing Crosby était avec eux dans la pièce, rappelant les Noëls de jadis, et tout le monde chanta en chœur avec lui en frappant des mains.

« En fait, dit Peter, ça m'est bien égal si je ne revois jamais un Noël tout blanc, c'est juste que j'aime la chanson. »

Rose vit une expression fugitive passer sur le visage de Paddy. Il n'est pas d'accord, pensa-t-elle, et il lui vint à l'esprit, pas pour la première fois, qu'il se languissait de son pays. Elle réclama alors le silence avant de commencer à jouer *Douce nuit*, et cette fois elle aurait juré voir une larme glisser le long de sa joue, mais mieux valait ne pas lui montrer qu'elle s'en était aperçue.

Le lendemain, 26 décembre, journée traditionnelle des aumônes, Paddy entra dans la maison, les mains en coupe autour d'une boule brune épineuse. C'était un hérisson. « Il a la patte blessée, dit-il d'une voix émue. Je crois qu'un des chats l'a attrapé.

– Un chat ne lui ferait pas de mal, il a trop de piquants.

– Si, j'ai déjà vu ça chez moi. J'ai vu un chat en prendre un en chasse. Ils peuvent pas courir, vous savez, c'est pour ça qu'ils se font tout le temps écraser. On en voit partout quand on sort en camion. Aplatis. On devrait veiller sur ces petites bêtes.

– Qu'est-ce que tu penses qu'on devrait faire ?

– Vous avez une boîte où je pourrais le mettre ? »

Rose alla fouiller dans le placard de la buanderie et revint avec une boîte qui avait contenu les chaussures d'école de Ned. « Ça ferait l'affaire ? »

Paddy trouva du papier journal et fit un nid pour l'animal. Cette nuit-là il mit la boîte dans la chambre qu'il partageait avec Peter. L'arrangement fonctionna mal. Le lendemain matin, Peter paraissait irritable et en manque de sommeil. Le hérisson, apprit-on, avait grogné et gratté les parois de la boîte à chaussures une bonne partie de la nuit.

« Les hérissons ont des puces, dit Peter. Celui qui dort avec les chiens se lève couvert de puces.

– Oh, ferme-la, c'est rien qu'une petite bestiole », riposta Paddy. Il offrit d'aller dormir avec l'animal dans le hangar à jeu la nuit suivante.

« Tu ne vas pas faire ça », protesta Rose.

Paddy semblait puéril avec son dévouement pour ce hérisson et têtu dans sa volonté de le protéger. L'affaire fut résolue dans la soirée. De toute évidence, le hérisson était mort. D'abord Paddy affirma qu'il s'était juste roulé en boule comme s'il voulait hiberner, et refusa d'admettre le décès. Au bout d'un certain temps il se retira dans le hangar, serrant toujours contre lui la boîte où gisait l'animal mort. Les enfants voyaient bien que ce serait une mauvaise idée de le suivre. Finalement Rose alla le rejoindre, avec une tasse de thé. Elle le trouva assis à l'intérieur, la mine morose, les genoux rassemblés sous le menton. Il paraissait énorme, emplissant la moitié de l'appentis ; elle se rappela qu'il n'avait que dix-neuf ans.

« Paddy, qu'est-ce qui te tracasse ? »

Il détourna le visage. « Ce foutu hérisson est mort, c'est tout.

– Ton pays te manque ? » Comme il ne répliquait pas, elle lui proposa : « Pourquoi ne pas appeler ta mère au téléphone pour lui parler ? Je paierais la communication. Je ne t'ai pas offert un vrai cadeau de Noël. »

Il posa le regard sur elle, perplexe, comme si elle ne comprenait rien à rien. « Ma mère a pas de téléphone, dit-il. Mes parents, ils possèdent pas grand-chose, vous savez. »

Alors elle comprit ce qu'il en était, elle dans son petit logement social, qui donnait des leçons de piano pour arrondir ses fins de mois et prenait des pensionnaires – car oui, l'argent qu'ils apportaient lui était utile, aucun doute là-dessus –, semblait riche en comparaison de l'endroit d'où il venait. Et pourtant, sa mère avait donné si généreusement à Noël. Elle sentit à quel point cette femme était absorbée par son fils lointain, combien son absence devait lui coûter.

Les vacances scolaires s'achevaient, les jours d'été clignotaient vers leur fin, la chaleur interrompue par les orages. Le vent sauvage de Wellington balayait la vallée, faisant grincer et trembler la maison pendant la nuit, mais il était toujours passager et apaisait brièvement la chaleur. Les ouvriers des lignes électriques retournèrent à leur tâche, plus occupés que jamais après la pause des fêtes et les grands vents qui avaient fait tomber des câbles. Les vacances scolaires produisaient cette sensation d'infini qui revient chaque année vers la fin de janvier. Les garçons se lassaient de pêcher l'anguille et de nager, et commençaient à traîner dans la maison. Dans le jardin potager, le maïs avait poussé *aussi haut qu'un œil d'éléphant*, tout comme dans la chanson d'*Oklahoma*.

Seulement, Paddy avait cessé de chanter. Trois week-ends de suite, il partit seul pour Wellington, du moins c'est ce qu'il dit. Peter, le plus casanier des deux, et celui qui avait le physique le plus ingrat, paraissait inquiet. Rose et lui écoutaient l'émission de musique à la demande après le coucher des enfants, ou parfois une conférence sur le programme du concert à la radio. En octobre, lui et Paddy seraient libres de prendre un job de leur choix, leur engagement auprès du gouvernement terminé. Il confia qu'il s'était rendu au laboratoire de l'hôpital pour voir quelle sorte de formation il faudrait suivre pour devenir technicien. La médecine l'avait toujours intéressé. Il n'était pas prêt à s'installer et se marier, pas encore. Le moment venu, il se chercherait une fille *convenable*. C'est lui qui insistait sur l'adjectif. S'il pouvait rester ici le temps d'organiser sa carrière, ça ferait toute la différence pour son avenir. Ni lui ni elle ne faisaient allusion à Paddy au cours de ces conversations. La dernière fois où il était rentré tard à la maison, un dimanche, il portait un pantalon tuyau et les cheveux lissés en arrière du front.

Chez l'épicier, un après-midi, Rose croisa Sally. « J'ai vu votre gars qui passait pas mal de temps à l'Elbe, dit-elle. Un fameux coureur de jupons, à ce qu'il paraît.

– Ils servent de très bons desserts glacés à l'Elbe, à ce qu'il paraît », rétorqua Rose, comme si c'était sans importance. Mais elle s'avisa aussitôt que Paddy ne lui avait pas confié où il allait. Il changeait sous leurs yeux, et elle ne savait que faire à ce propos.

En remontant le sentier de sa maison, elle entendit des cris à l'intérieur. Elle accéléra le pas.

Ned dansait autour de Paddy en agitant une lettre. « Paddy a une petite amie, Paddy a une petite amie », scandait-il.

Paddy bondit sur lui. « Donne-moi ça. Je vais te foutre une raclée. » Il avait le poing levé. Rose resta sidérée devant la scène qui se déroulait sous ses yeux. Elle fit un pas en avant pour l'arrêter quand le poing de Paddy descendit, mais il s'arrêta de lui-même, peut-être parce qu'il sentit sa présence, ou peut-être en comprenant juste à temps qu'il ne devait pas faire une chose pareille.

« Ned, dit-elle, ça suffit. Donne sa lettre à Paddy tout de suite.

– Paddy a une petite amie », dit-il, le visage crispé dans une attitude de défi.

Elle reconnut l'écriture sur l'enveloppe. « Si c'est vrai, ça ne te regarde pas. Il se trouve que c'est une lettre de sa mère, ce qui ne te regarde pas non plus. Va-t'en dans ta chambre. Maintenant. »

Rose se tourna vers Paddy. Elle n'avait pas envisagé qu'il pût y avoir un risque de violence entre les quatre murs de sa maison quand elle avait accueilli les jeunes gens ; elle se sentit honteuse. « Tu l'aurais frappé ? » demanda-t-elle à son pensionnaire.

Il se tint immobile, lissant l'enveloppe contre sa salopette de travail. « Je sais pas.

– Il faut que tu y réfléchisses.

– Je pense partir, dit-il.

– Tu n'es pas obligé. Nous pouvons régler cela. Je vais parler à Ned. Tu dois simplement te rappeler que c'est un enfant et ne pas perdre ton sang-froid. »

Il secoua la tête. « Je pourrais pas vivre dans un meilleur endroit.

– Alors qu'est-ce que c'est ? Peter n'a pas envie de partir. C'est une fille ? Tu as rencontré quelqu'un ? »

Il esquissa un demi-sourire. « J'en ai rencontré plusieurs. Je crois que j'ai pas ma place ici. En Nouvelle-Zélande, je veux dire. C'est pas comme chez moi. »

Et voilà, encore. Chez lui. Belfast. « Bien sûr que non. Mais tu es comme un autre fils, pour moi. »

Paddy secoua la tête, le sourire confus, cette fois. « Et vous êtes assez jeune pour être ma petite amie.

– Ça suffit, dit-elle, plus sèchement qu'elle ne l'aurait voulu. Je ne veux pas entendre ce genre de choses.

– Je veux aller à Auckland. » Il posa le coude sur le manteau de cheminée, caressant du doigt le boîtier de la vieille pendule noire, avec ses aiguilles et ses chiffres dorés, qui avait jadis appartenu au père de Rose. Elle sonnait encore l'heure. « Je crois que je pourrais gagner plus d'argent là-bas. Vous comprenez, je me suis renseigné pour rentrer chez moi. Vous savez quoi ? J'étais un Brit à dix livres, mais ça coûte douze fois cette somme pour faire le voyage de retour. Cent vingt livres. Je peux pas économiser autant sur mon salaire des P et T. »

Elle fit non de la tête. « Je ne savais pas. C'est beaucoup. Peut-être que si tu avais un plan d'épargne, une livre par semaine. » En disant cela, elle savait que c'était un montant absurdement élevé à mettre de côté. Elle envisagea un instant de lui proposer une réduction de sa pension, mais elle devait penser à ses enfants, et même si le loyer améliorait ses revenus, avoir des pensionnaires coûtait aussi de l'argent. Il fallait les nourrir, et en outre, elle repassait leurs chemises, changeait leurs draps une fois par semaine, en faisant semblant de ne pas voir les taches de sperme sur le linge, et chauffer la maison.

« Une livre par semaine, Rose, ça prendrait deux ans et demi. Je peux pas attendre aussi longtemps. C'est comme si la Nouvelle-Zélande était une prison. J'ai parlé à quelques-uns des gars. Ils pensent qu'il y a des bonnes occasions de jobs temporaires à Auckland, et bien payés.

– Mais tu ne peux pas partir avant octobre. Ton contrat ne sera pas fini avant.

– Je peux pas me freiner aussi longtemps. J'ai *besoin* de rentrer. J'ai pas le choix, Rose, vous comprenez pas ? S'il vous plaît, dites que si, parce que ça me met la tête à l'envers. » Ses mains se nouaient et se dénouaient.

Le matin même, il partit. Une enveloppe contenant une semaine de pension était posée sur la cheminée. Peter avait les traits tendus et tristes. Au bout d'une semaine et quelques, elle reçut une lettre indiquant l'adresse où faire suivre son courrier, c/o Mr P. Donovan, 105 Wellesley Street, Auckland. En prévision du jour où les services d'immigration viendraient à sa recherche.

Chapitre 9

Au Station Hotel, le jury se réunit pour sa deuxième soirée. Ken McKenzie s'habitue à cette existence confortable. N'empêche, il est heureux d'être délivré du voisinage proche de ses camarades jurés. Ils ont passé la journée entière assis, épaules et cuisses pressées les unes contre les autres, à observer le défilé des personnels judiciaires, aussi éloigné de sa propre vie que de celle de l'accusé et des témoins. Le ciel dehors est d'un bleu tendre brouillé, qui annonce que le vent est tombé. Il veut sortir humer l'air frais, marcher sur les quais, regarder passer les ferries et écouter le cri des mouettes. Au lieu de quoi, ils doivent tous rester dans ce palais fantaisie Art nouveau aux plafonds voûtés, ce bar décoré, à pontifier sur les faits exposés au cours de la journée. Il pense qu'elle ne s'est pas très bien passée pour Albert Black.

Tandis qu'il est planté là, une bière à la main, Jack Cuttance se fraie un chemin vers lui. « Qu'est-ce que vous pensez du témoignage de la fille ?

– Je sais pas trop ce qu'il faut croire. Mon vieux disait toujours qu'il y a deux côtés dans chaque histoire.

– Une chaudasse. Je parie que sa fente dégouline. » Jack éclate de son rire de boucher à sa propre plaisanterie. Ken l'entend comme s'il était dans sa boutique à échanger des ragots avec les clients qu'il connaît bien, des hommes qui viennent chercher la commande de leur femme, des jeunes gens qui viennent acheter des côtelettes et des saucisses pour faire un barbecue sur la plage.

« Elle dit qu'elle a pas couché avec lui, pas jusqu'au bout. » Ken se sent soudain l'envie de prendre la défense de la fille, même s'il l'a trouvée trop volubile, son récit trop bien préparé. L'histoire qu'elle a déroulée lui glissait trop facilement sur la langue pour son goût. « Je crois qu'elle avait jeté son dévolu sur Albert, et qu'elle a changé d'avis quand elle a reçu une meilleure offre.

– Si vous trouvez que Johnny McBride est une meilleure offre. J'ai vu sa photo. On dirait qu'il lui manque une ou deux dents. »

À l'époque du crime, les journaux avaient raconté qu'il avait fallu trois jours pour identifier l'homme assassiné au café La Vieille Grange, un marin connu sous le nom de Johnny McBride. Mais ca, apprit-on, c'était le nom d'un personnage dans un roman de Mickey Spillane intitulé *La Longue Attente*. En réalité, il s'appelait Alan Jacques. Le jour de sa mort, il portait un pull jaune et rouge vif sous une veste de sport, un pantalon étroit et des chaussettes vert émeraude. Un fermier était venu du Sud l'identifier. Pas bien vieux, un enfant migrant qui était dans le pays depuis deux ans, expédié en Nouvelle-Zélande avec deux sœurs plus jeunes : un peu âgé pour être inscrit à ce programme, assez pour qu'on l'envoie suivre un entraînement militaire le jour de ses dix-huit ans. L'année précédant sa conscription, il travaillait sur le domaine du fermier. Une amère petite histoire, pense Ken. « On dirait qu'il vivait dans un pays imaginaire », dit-il, faute de mieux.

« Alors lequel a vraiment commencé la bagarre ? » s'interroge Cuttance.

James Taylor glisse vers eux en douceur, un gin tonic à la main. « Alors, jeunes gens, qu'est-ce que vous buvez ?

– C'est bon, monsieur. Merci, dit Ken.

– Emballé et pesé, vous ne trouvez pas ? Cette fille est une fine mouche. Remarquez, si c'était ma fille, je lui donnerais une bonne fessée pour lui apprendre à sauter par la fenêtre comme ça. »

Ken regarde au-dehors, choisissant ses mots. « Eh bien, monsieur, si elle a menti à sa mère, elle peut avoir menti au juge. »

Taylor le toise de haut en bas. « Je vois. Un juriste amateur, on dirait, Mr McKenzie. » Il tend la main pour prendre le verre de Jack Cuttance.

*

La nuit est descendue sur la prison de Mount Eden. Depuis l'extérieur, les projecteurs répartis sur le périmètre en éclairent les reliefs gothiques. Horace Haywood, le directeur, est assis à son bureau, une bouteille de whisky près du coude. Il la pousse en direction de Des Ball.

« D'après toi, ça s'est mal passé pour Black, aujourd'hui ? »

Des emplit son gobelet. C'est comme ça que leurs nuits commencent, Horace ivre, en quête de consolation et de compagnie. La pendaison d'Eric Allwoood l'a affecté, comme font toutes les pendaisons. Mount Eden est la seule prison du pays où l'on pende encore les gens ces temps-ci, accrochés à une potence dans un coin de la cour, plongés dans l'oubli sur un échafaud de fortune. Des était présent à la mort d'Allwood, il est considéré comme un gardien capable de gérer correctement ces occasions. Tout le monde n'approuve pas les pendaisons. Les dirigeants du système judiciaire y sont opposés. Ils demandent une réforme du régime carcéral. Réhabilitez-les, disent-ils, faites sortir de prison des hommes meilleurs qu'ils n'étaient entrés. Mais le gouvernement de Sid Holland a décrété qu'on les pende ! Son ministre de la Justice musclé, Jack Marshall à la chevelure argentée, l'a soutenu de bout en bout.

« Je ne m'attendais pas à ça quand j'ai accepté ce job », dit Haywood. Ce n'est pas la première fois qu'il confie cela à Des. Son ascension dans les rangs du système pénitentiaire a été exceptionnelle. Pendant dix-sept ans, il a dirigé l'exploitation d'une carrière dans le Sud, qui employait des prisonniers. Brusquement on l'a sorti de l'obscurité pour lui donner une promotion, et à peine lui avait-elle été conférée qu'une autre suivit. Maintenant le voilà directeur de la prison la plus réputée du pays. Et à peine sa nouvelle position enregistrée, voilà qu'on remet en vigueur la peine de mort qui était en sommeil depuis des années.

Cela fait partie de son travail de préparer les condamnés à la potence. À lui revient la charge de transférer le prisonnier de sa cellule à un point de détention au sous-sol de l'aile est. C'est lui qui lie les bras du prisonnier et lui qui pose le capuchon sur sa tête quand ils arrivent au pied de l'échafaud. C'est lui, Horace Haywood, qui doit serrer la corde autour du cou du condamné ; lui qui doit faire signe au bourreau quand le moment est venu de libérer le levier. Aucun de tous ces gestes ne lui vient facilement. Jadis il croyait en Dieu. Pendant toutes ces années où il avait travaillé à proximité des prisonniers dans la carrière, il croyait – peut-être ne l'aurait-il pas dit aussi explicitement (mais son épouse aurait pu le faire) – que la lumière de Dieu brille sur chaque être humain, que personne n'est au-delà de la rédemption. Maintenant il n'est plus si sûr que Dieu s'intéresse tant soit peu à ce qui arrive aux hommes en prison.

« Ça ne te tracasse pas ? demande-t-il une fois de plus à Des. Les pendaisons. Ça ne te retourne pas l'estomac ? »

Chaque fois, Des répond que non, c'est la loi, il faut bien que ça soit fait.

« Je ne veux pas en voir encore un mourir, dit Haywood. C'est de la politique, tu sais. C'est le gouvernement qui veut les mettre à mort. »

Des hésite. « Le Premier ministre estime qu'il faut faire preuve de fermeté.

– Le Premier ministre, ah oui. Lui et Mazengarb et Jack l'anguille, des grands copains, toute cette bande. Gentleman Jack, c'est comme ça qu'on appelle Marshall. Tu parles d'un gentleman. Le commandant John Marshall – on aurait pu croire qu'il a vu suffisamment de tueries sur le champ de bataille pour en avoir la nausée. Mais non, il lui en faut encore plus. Ce doit être pour ça que Sid Holland l'a nommé ministre.

– Je sais pas quoi en penser, monsieur. Je fais juste mon boulot.

– Ton boulot ? Oui, j'imagine que oui. Tu fais correctement ton boulot, Des. J'aime bien ce jeune Black. Des bonnes manières, un garçon calme, qui ne fait pas d'histoires. J'ai eu de longues conversations avec lui. »

Voilà encore une façon de faire de Haywood : il va s'asseoir avec un gars dans sa cellule. C'est inhabituel, mais Haywood n'est pas un modèle courant. Sa femme Ettie non plus.

Une femme énergique, caracolante, certains diraient fofolle, cette façon de danser partout comme un oiseau fébrile. Elle organise un orchestre au sein de la prison et apporte des petits cadeaux aux hommes, les entoure de ses bras quand ils pleurent. Des pense qu'ils remplacent les enfants qu'elle et Horace n'ont jamais eus, et ça le préoccupe. Tous deux sont trop proches des prisonniers. Il fait ce métier depuis vingt ans ; ça ne l'a jamais effleuré d'aimer un criminel. Du moins il n'y a jamais réfléchi. Il croit pourtant qu'il aime bien Horace Haywood. Au début il était content d'apporter un peu de réconfort à cet homme étrange au cœur tendre. Ça lui donnait un rôle dans la prison, qui le mettait au-dessus des autres gardiens. Mais le temps a passé, et il se sent attiré par Haywood, il perçoit dans sa nature quelque chose d'indéfinissable dont il pourrait tirer profit pour lui-même, mais qui reste toujours juste hors de portée. Au moins ils peuvent boire ensemble. C'est contraire au règlement, mais il est admis d'avoir une bouteille de whisky dans la prison quand il y a une pendaison – une excuse sur laquelle Haywood tire au maximum.

« Paddy est un peu insolent quand ça lui chante, dit Des. Un peu teigneux.

– Il ne me le montre pas. Il parle de sa mère et de son petit frère. Pas tellement de son père, qui était parti au front, je crois. Paddy a vécu le Blitz. Il s'en souvient.

– Ça lui donne pas un permis de tuer.

– Et nous, alors, hein ? » Horace pianote des doigts sur son bureau. « Et le prêtre et tous les gens qui doivent être témoins ? Je vois encore Freddie Foster lutter pour sa vie sur l'échafaud. » Foster avait tué quelqu'un dans un milk-bar, une jeune fille dont il était amoureux, qu'il avait voulu effrayer en braquant sur elle un pistolet, mais le coup était parti. En tout cas c'est ce qu'il racontait, mais le jury ne l'avait pas cru. Cette affaire-là avait soulevé des tempêtes, des appels à la clémence, un raffut du diable dans les journaux, et sa mère avait fait tout le voyage depuis l'Angleterre pour implorer sa grâce auprès de Jack Marshall. Ce qui n'avait pas fait un poil de différence. Haywood se passe la main sur la tête et frémit. Quand on a conduit Foster à la potence, il est devenu comme fou. Le bourreau lui a enfoncé les doigts dans les yeux pour le faire tenir tranquille. « Allwood nous a rendu la tâche trop facile. Il est mort en brave.

– Il savait que son compte était bon, monsieur. C'était un assassin.

– Ma foi, je ne peux pas dire que l'homme me plaisait. Il parlait beaucoup de tous les ennuis qu'il allait nous causer, mais pour finir il n'a rien fait. Je ne sais pas ; c'est presque plus facile quand il y a un peu de pagaille. Là on avait l'impression de conduire un agneau à l'abattoir. Tu as déjà regardé des moutons qu'on emmène se faire tuer dans les chambre froides ? Non ? Il y a un Judas qui guide les autres. C'est une grosse mascotte châtrée qui trotte devant et les autres moutons le suivent aveuglément jusqu'à l'ouverture de la trappe, ils tombent dedans et ils atterrissent sur l'aire d'abattage. Ensuite le Judas repart au trot jusqu'au bord de l'enclos, où on lui donne une petite friandise. » Il repose brutalement son verre. « Tu sais que Black a vu le prêtre ?

– Bien sûr.

– Tu sais pourquoi ?

– Il sait y faire au charme, ce garçon.

– Ça ne te prouve pas que c'est un homme de conscience ? Il veut se comporter correctement avec la fille.

– Il m'a jamais parlé d'une fille. La vie de Black est pleine de filles. Suffit de regarder la barre des témoins.

– Cette jeune fille-là est différente. Je le vois bien.

– Peut-être que c'est l'heure d'aller se coucher», dit Des. L'alcool rend Haywood larmoyant. Tôt ou tard il faut que Des regagne ses pénates et affronte la pauvre Marge cabossée. Le simple fait de penser à elle l'emplit d'une rage incontrôlable, d'un désir de la punir pour sa fragilité et sa maladie, sa loyauté sans faille ni plaintes. Parfois il a besoin de prendre sa voiture, se faufiler dans les ruelles d'Auckland et s'endormir pour chasser les cauchemars. Au moins les enfants seront au lit. Il ne les voit pas souvent, ses enfants. Ça c'est tout Marge, qui les tient à l'écart de son chemin. Bien sûr, qui pourrait l'en blâmer ? Il le fait quand même.

Haywood tourne vers lui un regard flou en remplissant son verre à ras bord. « Allez, rentre chez toi. Dis nos amitiés à Marge. Une femme épatante. Toi et moi, z'avons tous les deux des femmes merveilleuses.

– Monsieur, dit Des, demain il y aura le contre-interrogatoire de Miss Zilich. Peut-être que son histoire tiendra pas la route. »

Le visage de Haywood s'éclaire brièvement. « Un peu d'espoir, alors ?

– Vous devriez rentrer chez vous, monsieur. »

Haywood lève son verre. « Vais dormir ici, je crois. » Sa tête glisse sur le côté.

*

Un genre de pension de famille, ou c'est comme ça qu'elle était décrite. Paddy est arrivé à Auckland après un voyage en train de nuit à travers le cœur profond du pays vers fin janvier. Il a peu dormi. Le train s'arrêtait souvent sur des voies d'évitement ou dans des petites villes éclairées chichement par des lanternes au-dessus du quai, faisant une pause de quelques minutes puis repartant après un long coup de sifflet lugubre comme s'il se ressaisissait, et s'enfonçant plus loin dans la nuit. À deux reprises il y avait eu une halte plus longue pour permettre aux voyageurs de descendre et se presser en foule devant un comptoir où on vendait de la nourriture. Il se souvient d'avoir acheté un petit pâté et du thé dans une tasse blanche épaisse à un arrêt, puis un biscuit aux raisins secs et encore du thé au suivant. Assis bien droit sur son siège dans un compartiment de seconde, parmi les ombres ténébreuses de l'été, il apercevait des ravins couverts de broussailles et, lui semblait-il, de désolation. Son cœur lui donnait le sentiment qu'il allait exploser de chagrin. Il avait laissé derrière lui les seules personnes qui lui témoignaient de l'affection, la femme qui avait pris soin de lui comme si elle était sa mère, l'ami qui était son compagnon d'émigration, des enfants qui appréciaient sa présence, la petiote qui dansait perchée sur ses pieds.

Peter ne dormait pas au moment de son départ. Il était étendu sous les couvertures, en train de fumer une cigarette. Paddy n'aimait pas sa manie de fumer au lit, ça lui donnait des vertiges et lui irritait les yeux, mais partager sa chambre était un faible prix à payer pour vivre dans cette maison.

« Paddy, mon vieux poteau, t'en va pas, dit Peter tandis que Paddy empilait ses hardes dans sa valise.

– J'ai pas le choix, mon vieux. Il faut que je rentre chez moi en Irlande. Toi, ça te manque pas. » Il ne savait pas trop pourquoi il disait cela, mais, maintenant que le train le détachait de sa vie à Naenae, il pensa que c'était parce qu'il recevait des lettres du pays, et Peter jamais. Si on rassemblait les morceaux de la vie de Peter, on comprenait qu'il n'avait sans doute plus de parents depuis longtemps, même s'il n'avait jamais dit ce qui leur était arrivé. Il y avait des endroits dans la vie de son ami où Paddy ne pouvait pas entrer. Jadis il avait reçu une éducation. Son avenir était tout tracé, et la différence entre eux, c'est que celui de Peter se déroulerait en Nouvelle-Zélande. Il trouverait un bon emploi, se marierait et aurait des enfants. Ils parleraient avec un accent différent de celui de leur père. Ils grandiraient et lui donneraient des petits-enfants qui n'auraient qu'une vague idée de l'endroit où se trouvait Liverpool, et Peter s'en contenterait. Paddy ne voyait pas du tout sa propre vie comme ça. Elle se situait dans les rues encombrées de Belfast, les collines de Black Mountain et la rivière Lagan qui courait entre ses rives, lui et sa famille qui traversaient le pont de la Boyne le jour de la parade orangiste. Peut-être qu'il décrocherait un job dans les chantiers navals, maintenant qu'il avait plus de dix-neuf ans, presque vingt. C'est dans ces chantiers qu'avait été construit le *Titanic*, le plus beau, le plus grand navire du monde. Sauf qu'il avait coulé pendant sa première traversée. C'était l'impression que lui faisait sa vie en ce moment : un rêve grandiose dépourvu de substance, un voyage au cœur d'un pays perdu.

Le bout de la cigarette de Peter rougeoyait quand Paddy éteignit la lumière et sortit. Il imagina la petite Evelyn qui se lèverait le matin venu et le chercherait au petit déjeuner, puis plus tard dans la journée, quand le camion des P et T aurait dû le déposer devant leur portail, elle comprendrait brutalement qu'il ne rentrerait pas. Plus jamais, même si Evelyn ne pouvait pas savoir qu'il espérait quitter le pays le plus tôt possible.

La longue journée s'étirait désœuvrée devant lui, sans rien d'autre à faire que traîner sa valise ou se poser sur un banc du parc à regarder les pigeons se battre pour des miettes de nourriture. Dans l'après-midi il se rendit à l'hôtel Waterloo, en face de la gare, tout ça pour s'entendre dire par le barman qu'on ne servait pas les mineurs et qu'il devait débarrasser le plancher. Un vent hors de saison se levait, ou peut-être que c'était toujours comme ça à Wellington, été comme hiver, un vent qui soufflait aux coins de rue et vous collait des emballages de fish and chips autour des mollets. Il ne serait pas mécontent de repartir, mais ne trouvait rien d'autre à faire en attendant que passer la journée assis dans cette caverne de gare. En fin d'après-midi il aperçut la navette de la Hutt Valley qui allait se mettre en route. L'espace d'un instant il eut envie de grimper à bord et regagner Naenae ; il lui fallut toute sa résolution pour ne pas quitter sa place. Il sommeilla, s'éveilla en sursautant, jusqu'à 19 h 30, où le Northern Express quitta le quai 8 en grognant et en crachant de la fumée, l'emportant enfin.

À l'approche du matin, tandis que le train traversait la banlieue d'Auckland, un homme plus âgé que lui s'éveilla après, semblait-il, une bonne nuit de sommeil, secoua sa montre et se pencha pour lui demander l'heure. Après quoi ils se mirent à converser. L'homme était originaire d'Auckland, un instituteur qui avait passé l'été à Wellington et revenait chez lui pour la rentrée scolaire.

« Ça sert à rien de vous demander où je peux trouver du travail ? dit Paddy.

– Oh, il y a toujours des chantiers en route. Les usines à viandes, des fossés à creuser, ça dépend si vous êtes solide. » Son nouvel ami avait travaillé pendant les grandes vacances quand il était étudiant ; il connaissait la nature de l'offre.

« Il faut d'abord que je trouve un endroit où loger.

– Ouais, je peux arranger ça. Ma tante tient une pension de famille. » Il écrivit une adresse et un numéro de téléphone sur un petit bloc-notes qu'il sortit de sa poche. « Passez-lui un coup de fil quand vous arrivez en gare. »

Il avait pris un taxi depuis la gare, ignorant sur quelle distance il devrait porter sa valise. L'air du petit matin était doux et plus chaud que dans le Sud. La voiture franchit une longue rue principale que le chauffeur lui désigna comme Queen Street. Elle était bordée de boutiques et de cafés, pas encore ouverts à la clientèle mais pleins de promesses. Avant que le véhicule ne tourne à gauche, il aperçut une avenue plantée de vieux chênes majestueux. Ils passèrent devant un grand magasin avec en vitrine des mannequins élégamment vêtus, un petit hôtel nommé l'Albion, une magnifique église qui ressemblait à celles de Belfast, escaladèrent une crête, et là, à distance de marche de la rue principale, la maison qu'il cherchait. C'était une baraque biscornue, avec des marches menant à une véranda branlante qui longeait le devant et les deux côtés de la maison.

Paddy devina que l'instituteur l'avait mené en bateau en prétendant que l'hôtesse était sa tante. La dame, qui lui dit se nommer Gladys Wallace, Mrs Gladys Wallace, s'il vous plaît, affirma n'avoir jamais entendu parler de lui. Elle était plus âgée, blonde et maigre, et même à cette heure matinale, elle portait un trait de rouge à lèvres éclatant.

« Vous êtes peut-être exactement la personne que je cherchais, dit-elle. Venez voir. »

Perplexe, il la suivit dans la maison, qui paraissait étrangement vide pour une pension de famille. La pièce principale, qui donnait sur la rue, était meublée d'une table ordinaire et d'une chaise droite, trois fauteuils aux bras de bois incurvés et aux sièges recouverts il y a longtemps de moquette rouge brique. Cette pièce donnait sur une cellule occupée par deux lits d'une place et, au-dessus, une radio posée sur une étagère. Quatre autres chambres bordaient un couloir tapissé de papier floqué bleu, aux portes enduites d'un épais vernis. L'une des chambres était fermée à clef. Albert supposa que c'était celle de Gladys. Les cabinets étaient à l'extérieur, comme chez ses parents. Pour y accéder, il fallait sortir par une porte latérale sur une des vérandas, descendre encore quelques marches et suivre le sentier.

« Alors, qu'est-ce que vous en pensez ?

– Très joli, dit-il.

– Bien. Vous m'avez l'air respectable. J'ai besoin d'un gardien. Il faut que je m'absente d'ici, vous comprenez. J'ai un bon ami. Il m'a demandé de venir m'installer de l'autre côté du port, pour l'aider à prendre soin quelque temps de sa vieille maman malade. » Là elle fit un clin d'œil à Paddy. « C'est pour ça qu'il y a personne ici, je leur ai dit à tous de partir, une bande de voyous, pas un à qui je pourrais confier les clefs. J'aimerais mieux avoir quelqu'un dans la maison, remarquez, plutôt que de la laisser vide. Je rabattrais le loyer d'une livre si vous gardez un œil dessus pendant un moment. Qu'est-ce que vous en dites, mon gars ? »

L'arrangement lui semblait parfait. Une maison entière pour lui tout seul. Son moral remonta en flèche. Gladys reviendrait de temps en temps, juste pour s'assurer que tout allait bien. « Pas de pensionnaires, attention, dit-elle, les voisins auront l'œil, alors pas de vilains tours. Le dernier que j'ai laissé ici en charge a cru qu'il pourrait se faire un peu de blé en douce. Je le saurai si vous faites des coups tordus. Vous voyez ce que je veux dire ? Bien sûr que oui, vous êtes Irlandais, pas vrai ? » Paddy se demanda si l'instituteur rencontré sur le train de nuit de Wellington était son dernier gardien.

Une fois les formalités conclues, et la propriétaire partie (elle voulait le faire le jour même), Paddy s'étendit sur un des petits lits jouxtant la grande pièce sans se mettre sous les couvertures. Il alluma la radio, chercha 1ZB, la chaîne musicale, et l'écouta jusqu'à ce qu'il s'endorme. La nuit approchait quand il s'éveilla. Même si c'était l'été, il avait froid, maintenant. Il fit le tour de la maison vide, s'émerveilla à l'idée que tout cela, pour le moment, était son propre royaume. Il ne pouvait imaginer ce qu'en aurait dit sa mère.

Dans la cuisine étroite au comptoir de bois, il trouva un garde-manger, mais aucune trace de nourriture. Il verrouilla la porte de sa nouvelle maison, mit la clef dans sa poche et partit en quête d'un des cafés qu'il avait aperçus le matin. Il aurait pu prendre à gauche sur Queen Street, mais un peu plus loin, sur sa droite, il vit un groupe de jeunes gens qui marchaient d'un pas décidé comme s'ils savaient où ils allaient, et il les suivit. Bientôt, il entrait pour la première fois dans le café La Vieille Grange. L'endroit était bondé, des garçons du dernier chic, des filles en pantalons de matador, des Teddy Boys soignés, vêtus de longues vestes croisées, à la mode édouardienne, des types aux cheveux longs style *bodgie*. Paddy commençait à faire pousser les siens aussi, avec une mèche tombant sur le front. Il commanda un steak et des frites avec deux œufs au plat. Un fille lui adressa un clin d'œil.

Johnny McBride n'était pas au café ce soir-là. Il devait encore faire son apparition.

Chapitre 10

Au matin, le public fait la queue pour être admis dans la salle de tribunal. Un air d'excitation bruit parmi la foule. Les klaxons des voitures retentissent, comme si les conducteurs voulaient ajouter leur note à l'atmosphère de carnaval. Des femmes d'âge mûr en manteau sombre porté sur un twin-set et un collier de perles rehaussés par des gants blancs et un chapeau pratique, des hommes cramponnés à leur trilby pour l'empêcher de s'envoler : tous se serrent les uns contre les autres en attendant l'ouverture des portes. Au-dessus de leurs têtes, les chênes projettent les mouchetures vertes de la lumière d'été. Les jeunes affluent, vêtus de tenues multicolores.

Rita Zilich, qu'on a fait entrer par une issue latérale, porte encore son tailleur noir seyant quand elle reprend sa place à la barre des témoins. Oliver Buchanan semble détendu, chaleureux même, lorsqu'il commence le contre-interrogatoire, un petit sourire flottant au coin de sa bouche comme si Rita et lui allaient se livrer à une conversation intime qui exclurait le reste du tribunal. Il pose le pied d'un geste décontracté sur le socle de la barre et parcourt avec Rita la série d'événements que le procureur lui a fait relater la veille. Sur son départ de chez elle le soir de la fête, il s'attarde un moment.

« Alors pouvez-vous nous redire, Miss Zilich, ce qui a motivé votre décision de vous rendre à cette réunion ? Vous aviez été invitée par mon client, et cette invitation était si irrésistible que vous avez décidé de vous y rendre, même si vous saviez que vos parents vous désapprouveraient. Vous avez dû le trouver très attirant.

– C'était juste une vague connaissance, pas un ami proche. Il y a un tas de gens qui vont à La Vieille Grange. C'est les mêmes qui font des fêtes ensemble. Ils boivent un peu d'alcool quand ils se réunissent. Quand Paddy m'a invitée à la soirée, c'était comme si je faisais partie du groupe. Mon amie Stella y allait aussi.

– N'empêche, vous êtes rentrée chez vous, vos parents vous ont vue, et ils sont allés se coucher en croyant que vous en faisiez autant.

– Oui.

– Vous êtes sortie par la fenêtre.

– Oui.

– Donc, Miss Zilich, si je comprends bien, vous êtes arrivée à la soirée, puis vous et votre amie êtes allées dehors pour vous rendre aux toilettes aux alentours de minuit. Et là, Johnny McBride vous a rejointes. C'est exact ? Vous faites signe que oui, nous sommes donc d'accord sur ce point. Que s'est-il passé ensuite ?

– Eh bien, d'abord il a embrassé Stella. Puis elle est rentrée, et Johnny m'a embrassée.

– Alors vous avez envoyé Stella à l'intérieur ?

– Elle est très jeune. À peine quinze ans. Je trouvais pas ça convenable.

– Ah je vois. Mais vous, à l'âge très mûr de seize ans, vous avez pensé que c'était convenable d'embrasser cet homme.

Peut-être avez-vous décidé que c'était lui votre objectif pour la soirée, et non Paddy ?

– C'était pas du tout comme ça.

– Alors que s'est-il passé ensuite ?

– Eh bien, Paddy est sorti, et il nous a demandé ce qu'on fabriquait. J'étais debout, appuyée au mur, et Johnny était debout à côté de moi – bon, en fait, il était en face de moi. On a dit qu'on était juste en train de bavarder. Paddy a dit qu'on ferait mieux de retourner à l'intérieur, il voulait dire nous deux.

– Il n'a pas dit, "Les voisins vont se plaindre du bruit, et ils me dénonceront à ma propriétaire" ?

– Il a jamais parlé de sa propriétaire.

– Alors vous avez fait ce qu'il demandait, ou vous êtes restée là avec Paddy et Johnny ?

– Je suis restée quelques minutes, et puis j'ai marché jusqu'à l'escalier de derrière. Là je me suis arrêtée. Paddy et Johnny avaient commencé à se bagarrer, je les entendais. J'ai regardé derrière moi. Ils se battaient au bout du sentier près de la haie. »

Buchanan marque une pause, la main sur le menton. L'expression de Rita est hésitante.

« Hmmm. Je suppose que si vous vous étiez éloignée, vous n'avez pas vu qui a donné le premier coup.

– C'est bien ça, dit Rita. J'ai pas vu du tout qui a commencé. Je suis retournée dans le séjour et j'ai dit à tous les garçons de sortir pour arrêter la bagarre. Une fois qu'ils étaient séparés, quelqu'un a dit que Paddy et Johnny devraient se serrer la main. Je sais pas si Paddy était d'accord.

– Et Johnny ?

– Johnny voulait continuer à se battre. Il a dit à Paddy : “Je vais revenir demain et je la finirai, cette baston.” Là ils se sont arrêtés. Puis on est tous retournés dans le séjour et la soirée a continué. À ce moment-là Paddy est allé s'étendre sur le lit, il est juste à côté du séjour.

– Il n'avait pas l'air en bonne forme ?

– Je dirais qu'il était pas trop content. Enfin, il avait pris un coup sur la figure. Son œil était tout rouge et enflé.

– Je vois. Il avait donc pris une vraie raclée ?

– Oui, je devine.

– Vous devinez. Je vous prie de bien réfléchir et de ne pas deviner. Vous rappelez-vous ce que vous ou les autres vous avez utilisé pour ouvrir les bouteilles de bière, ce soir-là ?

– Non.

– Avez-vous vu certains des garçons se servir d'un couteau avec un décapsuleur ?

– J'ai pas fait attention avec quoi ils ouvraient les bouteilles. J'ai bu un seul verre de bière ce soir-là. Mais après il y a eu encore de la bagarre et Paddy est ressorti et il s'est battu avec les autres. Johnny était debout près de la cheminée, il parlait avec des filles. Je l'ai pas vu avec une bouteille de bière à la main. Des bouteilles, il y en avait partout dans la pièce. Je suppose qu'il y en avait à côté de Johnny, mais si vous me demandez, j'ai pas vu Johnny jeter une bouteille sur Paddy à travers la pièce. C'était une longue soirée, Mr Buchanan. » Les lèvres de la jeune fille tremblent. « Je suis fatiguée, dit-elle, juste fatiguée de tout ça.

– C'est un récit fascinant, Miss Zilich. Un récit soigneusement agencé, si j'ose dire.

– Vous m'appelez menteuse ?

– Je ne vous appelle rien, Miss Zilich, sauf par votre nom. Mais il nous reste encore du terrain à parcourir. » Le sourire de Buchanan s'efface de son visage tandis qu'il demande une suspension de séance. « Le témoin a besoin d'un peu de temps pour se ressaisir », suggère-t-il au juge.

Dans la cellule de détention, Buchanan parle à Paddy. Il veut que le jeune homme se concentre sur sa mémoire. Il pense avoir mis le témoin en difficulté. Ils ont repassé ensemble plusieurs fois l'histoire de Paddy, mais Buchanan a besoin d'une certitude. Il aurait pu continuer avec la fille, elle aurait fini par craquer et s'attirer la sympathie du jury. Il ne veut pas avoir l'air d'une brute. La suite de son interrogatoire est vitale. « Repensez très attentivement à Johnny McBride, dit-il, et à ce qui s'est passé ensuite. Il faut que j'aie une marche d'avance sur cette jeune personne. »

Paddy secoue la tête. Il a raconté cette histoire tellement souvent que parfois il n'est plus lui-même absolument certain de ce qui s'est passé. Ses souvenirs sont souvent confus, ces temps-ci. Buchanan a l'air frustré.

« Je fais tout mon possible », dit Paddy.

Après la suspension, Buchanan se penche en avant, sondant le visage du témoin d'un long regard interrogateur. « Miss Zilich, commence-t-il, qui vous a invitée à cette fête le soir du 25 juillet ?

– Je suis pas sûre. Bon, peut-être que c'était Ray Hastie.

– Ah, ce n'est plus Paddy, maintenant ? Je vois, c'était donc Mr Hastie. Eh bien, revenons à la soirée, au moment où tout le monde se battait. Elle était sur le point de se terminer, c'est exact ? Je prends votre signe de tête pour un oui. Johnny McBride était-il mêlé à la bagarre à ce stade ? »

Rita étend devant elle des mains aux ongles écarlates dans un geste d'angoisse. « Oui, je pense que oui.

– Et vous êtes sortie à l'avant de la maison, là où les gens commençaient à partir ? Vous êtes restée dehors et vous avez regardé le combat qui continuait. C'est exact ?

– Oui.

– Avez-vous vu Johnny McBride donner à Paddy un coup de pied dans le ventre ?

– Oui.

– Et au milieu de la bagarre, quelqu'un avait une bouteille à la main. Vous avez dit dans votre déposition que vous supposiez que c'était Paddy.

– Oui.

– Mais vous n'étiez pas sûre que c'était Paddy qui avait une bouteille à la main ? Vous le supposiez.

– Quelqu'un tenait une bouteille.

– Vous pensez que c'était Paddy parce que Johnny lui avait donné un coup de pied.

– Oui.

– Mais Johnny aurait pu donner un coup de pied à Paddy pour une tout autre raison, n'est-ce pas ? »

La jeune fille tâte le bout de sa langue comme quelqu'un qui s'ôte de la bouche un brin de tabac. « Oui, il aurait pu. »

Buchanan lève les yeux vers le plafond. « Miss Zilich, qu'a fait Paddy quand il a reçu un coup de pied dans le ventre?

– Il s'est plié en deux. Il s'est juste penché en avant. Mack Thompson était garé là, et j'allais monter dans sa voiture. Quand je suis montée, Paddy était appuyé contre le portail. Johnny et mon amie Stella sont montés dans la voiture. Alors quand je suis montée en voiture, Paddy s'est redressé, il s'est approché et il m'a dit de sortir. Je suis ressortie.

– De votre plein gré ?

– Pas tout à fait. Paddy et Pooch Quintal m'ont tirée dehors. En vrai, je voulais rentrer chez moi.

– Mais vous me dites que Paddy était plié en deux contre le portail. Il ne pouvait pas être plié en deux à cause d'un coup de pied dans les testicules et vous sortir de la voiture en même temps.

– Je savais pas qu'il avait pris le coup dans les boules, pas à ce moment-là. Bon, peut-être que c'était Pooch, je suis pas sûre.

– Vous avez appelé quelqu'un à l'aide ? ... Miss Zilich ? » Les sourcils sombres de Buchanan couvent son regard.

« Eh bien – non.

– Ce qui s'est réellement passé, n'est-ce pas que Pooch Quintal vous a pris la main pour vous aider à descendre, et que vous êtes retournée à l'intérieur de la maison ?

– Ce que j'essaie de vous dire, c'est que j'en avais pas très envie.

– Mais pourtant vous êtes retournée à l'intérieur, sans résister ni demander de l'aide à quiconque. Il y avait encore du monde à l'intérieur ?

– Il y avait quelques-unes de mes amies qui prenaient leur manteau.

– Et pourtant vous n'avez pas décidé de repartir chez vous avec l'une d'entre elles. Les garçons Quintal sont partis à ce moment-là, c'est exact ?

– Oui.

– Et Paddy vous a demandé de rester avec lui et vous avez consenti ?

– Il m'a demandé de rester pour la nuit. J'ai dit que je voulais rentrer chez moi, mais là il a commencé à chercher la trousse de secours. Après ça il m'a demandé de lui passer un miroir. Il s'est regardé dedans, puis il l'a jeté par terre et le miroir s'est cassé.

– Il vous a paru un peu éméché à ce moment-là ?

– Non, pas vraiment, il se conduisait pas comme s'il était soûl. Sa chemise et son pantalon s'étaient déchirés pendant la bagarre. Il avait l'air assez malade, et tracassé. Assez tracassé à propos de Johnny McBride. Il a dit qu'il allait tuer Johnny.

– Vous avez pensé qu'il plaisantait ?

– Oui, c'est ce que je lui ai dit. En tout cas, je lui ai dit que s'il tuait Johnny il serait pendu pour la peine et que ça valait pas le coup.

– Puis Paddy s'est étendu sur le lit et vous a redemandé si vous vouliez bien rester pour la nuit. C'est cela ? Et ne lui avez-vous pas répondu que vous ne pouviez pas rester toute la nuit ?

– Eh ben oui. Je me suis étendue sur le lit à côté de lui. À la fin j'ai dit que je voulais rentrer chez moi et il m'a prêté un peu d'argent. Puis il m'a accompagnée un bout de chemin jusqu'à l'arrêt des taxis au Civic et il m'a laissée repartir. Je sais pas quelle heure il était.

– Miss Zilich, entre le moment où vous vous êtes étendue sur le lit et celui où vous avez décidé de rentrer chez vous, pouvez-vous nous dire ce qui s'est passé ?

– Il y a pas eu de galipettes, si c'est ça que vous pensez. Je veux dire, on n'a pas eu de rapports sexuels. Il a essayé. Mais au bout d'un moment il a dit qu'il avait pas trop la trique. »

Buchanan émet un soupir. Il fouille sous sa robe et sort un mouchoir de sa poche de poitrine, s'essuie le visage avec comme s'il cherchait à en effacer quelque chose, quelque chose qu'il ne voulait pas voir. « Vous pouvez retourner vous asseoir, Miss Zilich. Je n'ai plus de questions. »

Tandis qu'il écoute depuis sa place, Paddy voit l'histoire se dérouler au ralenti, comme s'il regardait un film plan par plan. De Belfast à Naenae à Auckland. De sa mère et son père et son petit frère à Rose et Peter et les enfants à une pension où les gens entraient et sortaient comme dans un moulin, même s'ils n'en avaient pas le droit. Le fond de la chose, c'est qu'il ne savait pas dire non aux gens qu'il croisait au café La Vieille Grange. Des hommes descendus d'un bateau avec nulle part où aller pendant qu'ils faisaient escale ; des traîne-savates comme lui, ou comme ce qu'il était devenu ; des gars qui avaient fui leur foyer quelque part en province. Ils finissaient leur crise et rentraient chez eux au bout d'un jour ou deux, quand ils n'avaient plus le sou, ou bien leurs parents arrivaient à les retrouver.

Johnny McBride avait séjourné dans la maison de Wellesley Street.

*

Tandis que ces plans défilent dans son esprit, Paddy revoit sa première rencontre avec Johnny au café, quand le nouveau venu essaie d'aborder une fille que lui-même fréquentait à l'époque. Elle s'appelait Raewyn. Il n'était pas certain que Raewyn et lui, c'était du sérieux. Elle lui avait dit qu'elle le laisserait aller jusqu'au bout quand ils seraient fiancés, mais pas avant. Pendant un week-end, elle l'amena chez elle pour qu'il fasse connaissance de ses parents, le père usé et plus âgé qu'il ne s'y attendait, la mère une femme affairée qui travaillait tous les matins chez Smith & Caughey, le grand magasin à l'angle de sa rue et de Queen Street. Le dîner était bon, un rôti de bœuf avec toutes ses garnitures suivi par un pouding vapeur ; la maison était confortable, apparemment la famille avait de l'argent. « Vous veillerez bien sur notre Raewyn, n'est-ce pas ? » dit la mère, comme si tout était déjà décidé, ce qui était loin d'être le cas.

Quand même, ça ne manquait pas de cachet de fréquenter une fille bien. Raewyn était petite et blonde avec un rire haut perché ; elle travaillait au service des transports, une branche du gouvernement, à remplir des formulaires, ce qui lui faisait penser qu'elle devait être brillante, et ajouterait une plume à son panache. Dans une lettre à sa mère, il écrivit : « Mère, je sors avec une gentille fille, sa famille se montre très accueillante pour moi, elle s'appelle Raewyn. Elle voudrait qu'on se fiance, mais c'est trop tôt pour moi, j'ai à peine dix-neuf ans. Je compte pas me marier avant d'avoir au moins vingt-cinq ans et un peu d'argent à la banque. » C'était de la foutaise, tout ça, mais il comprenait ce que représentait Raewyn pour lui, une fille qu'il pouvait présenter à sa mère s'il y était obligé, et aussi une fille qui était là, prête à le tirer d'affaire, quand il s'embarquait trop loin avec d'autres filles, une bonne excuse pour ne plus les revoir. Car il y en avait d'autres, tout un festival de filles comme des pétales tombés d'une corolle, certaines d'entre elles qu'il pelotait dans la vieille maison branlante où il séjournait. Si Raewyn était au courant, elle n'en montrait rien. Il pensa que peut-être elle n'en savait rien (impossible à dire, ici au banc des accusés, car Raewyn appartient au passé depuis longtemps). Parfois il avait de la peine pour elle, cette fille qui s'appliquait si fort.

Il n'avait eu aucun mal à se faire des amis à La Vieille Grange. Aucun *d'où tu viens* ou *qui es-tu* et tout ce parcours obligé, même si les parents de Raewyn voulaient savoir tout cela. Le café accueillait une bande de gens qui partaient du principe que tu étais un des leurs. Ce n'était pas comme l'Elbe, dans la Hutt. Il était resté debout à l'entrée de l'Elbe, un soir, histoire de jeter un coup d'œil à l'intérieur, et une fille était sortie pour s'offrir à lui. Elle devait avoir dans les treize ans, pensa-t-il, avant de tourner les talons et de partir, écœuré. Il n'allait pas se mettre en cheville avec des arsouilles. Une fois Rose lui demanda s'il fréquentait l'Elbe, il lui dit que non, et elle eut l'air incrédule. Ça lui avait fait mal, qu'elle puisse penser cela. Au lieu de quoi, il avait pris le train pour Wellington et erré parmi les rues désertes. Il était arrivé devant un bordel de Vivian Street, dont l'éclairage rouge sombre s'étalait sur la rue balayée de vent. Ce fut un moment de profonde solitude. Quand il y repense, il voit cela comme l'un des moments qui l'ont orienté vers Auckland. Se trouver une fille, aller danser, c'était trop compliqué tant qu'il vivait dans la Hutt.

La musique emplissait La Vieille Grange et débordait dans la rue. Souvent les gens se trémoussaient près d'une des stalles, perdus dans un monde à eux. Ici les filles étaient plus âgées, plus sophistiquées, même s'il aurait eu du mal à préciser en quoi. Une fille lui faisait de l'œil et aussitôt les voilà partis à danser, la nuit une frénésie de mouvement qu'il adorait, le corps vibrant, les pieds virevoltant, lui comme enivré par tout cela, et la plupart du temps, la fille aboutissait au 105 Wellesley et il la pénétrait, empli de joie. La nuit suivante, ça pouvait être une autre fille. Une fois c'était une nommée Mamie, qui travaillait dans une librairie ;

une autre fois Sue, employée dans une pharmacie où elle vendait des produits de maquillage et craignait que son patron ne découvre à quoi elle jouait. Lui, il n'avait aucun souci.

Et puis un jour, il y eut une fille nommée Bessie, enseignante stagiaire et fille d'un fermier du Waikato, près de Hamilton. Soudain, il était amoureux. Sans crier gare. Ils se rencontrèrent, si c'est bien le terme qui convient pour décrire la façon dont ils firent connaissance, alors qu'il travaillait sur un chantier proche du terminus des ferries. C'est là qu'elle se dirigeait. Pris d'une impulsion, il quitta son travail et la suivit sur le ferry qui partait pour Devonport. Il n'aurait pu expliquer pourquoi il avait agi de la sorte, c'était juste un besoin absolu d'être auprès d'elle.

« Bonjour, monsieur le Traqueur », dit-elle quand il vint s'asseoir à ses côtés. Il émanait d'elle quelque chose qui le réduisit au silence tandis qu'ils contemplaient les rouleaux de la mer dans le sillage du ferry. « Où allez-vous ? l'interrogea-t-elle.

– Au même endroit que vous, à ce qu'on dirait. J'avais pas l'intention de vous suivre. Désolé. Je repartirai quand le bateau fera demi-tour.

– Je m'appelle Bessie March, dit-elle, de façon cérémonieuse, ignorant ses excuses. Je vais rendre visite à ma grand-mère. » Elle avait le teint pâle et laiteux, presque sans maquillage, les cheveux châtain clair en boucles autour des bords d'un foulard noué sous le menton. L'ovale parfait de son visage le faisait penser à Grace Kelly, et il lui vint à l'idée qu'elle ne se rendait pas compte à quel point elle était jolie.

« Et moi Albert Black, répondit-il, avec le désir soudain de regagner l'intérieur de sa propre peau.

– La maison de Gran, c'est comme mon chez-moi ces temps-ci. J'habite dans un foyer de jeunes filles. La ferme me manque tellement.

– Ouais, moi aussi, la maison me manque. Ma mère me manque.

– Vous êtes irlandais. Venez avec moi faire connaissance de Gran, elle aussi, elle est irlandaise. » Mais quand ils arrivèrent chez la grand-mère, celle-ci était absente. Bessie dénicha de quoi déjeuner dans le garde-manger, une assiettée de pain et de fromage, et une bière à partager prise dans le réfrigérateur. La cuisine était peinte dans une jolie teinte de jaune, comme des jonquilles, et il y avait des tableaux sur les murs de toutes les pièces. « Gran n'y verra pas d'inconvénient, dit-elle. Il y a toujours de la nourriture si je viens lui rendre visite, elle s'attend à ce que je me serve. » Il suppose que tous deux, lui et Bessie March, ont dû parler de tout et rien en déjeunant, même s'il ne s'en souvient plus par la suite. Mais il est sûr de lui avoir chanté la vieille mélodie sautillante qui ne cesse de lui traverser la tête.

Ma tante Jane, elle m'a ouvert sa porte
m'a offert du thé de sa petite boîte
un demi-beignet recouvert de sucre
et trois carrés noirs de sa petite échoppe.

Bessie rit en battant des mains. « Vous êtes comme mes frères, ils adorent chanter. » Et puis, sans trop savoir comment, les voilà dans une chambre avec des poupées rangées sur une étagère, et Paddy, redevenu momentanément

Albert, devina que Bessie avait dû séjourner ici par intermittence toute sa vie.

« Je ne devrais pas faire ça, dit-elle, alors qu'ils étaient étendus membres entremêlés sur le lit. Je ne fais pas ça d'habitude. » Il pense qu'il est peut-être son premier, il ne peut pas en être certain, mais elle avait envie de lui – il n'a rien pris qu'elle n'avait pas envie de donner – avec une intensité qui l'a surpris, lui a rendu leur rencontre stupéfiante. Tandis qu'il l'étudiait, sa peau paraissait translucide ; elle avait un grain de beauté sur la cuisse gauche. Elle lui touchait le visage du bout des doigts, comme pour en absorber les traits. Quelque part dans la maison, une pendule sonna. Elle s'assit, remit en place la culotte enroulée autour d'une cheville. « Ma grand-mère risque de rentrer, dit-elle, prise de panique. Je n'aurais pas dû, dans sa maison, comme ça. » Il y avait une petite trace de sang sur le couvre-pied, qu'elle frotta frénétiquement.

« Est-ce qu'on va l'attendre ? » demanda Paddy. Il était certain que c'était de l'amour ; Bessie avait quelque chose de si délicat et si différent, fraîche comme la brise sur l'eau qu'ils avaient franchie. Il se sentait étourdi, et heureux à un point presque insupportable.

« Moi je vais l'attendre. Toi tu devrais partir », plaida-t-elle. Il comprit qu'elle était soudain honteuse d'avoir souillé la demeure de la grand-mère qu'elle adorait, et que si cette dame arrivait elle devinerait, et cela entraînerait toutes sortes de conséquences. Mais il ne pensait pas qu'elle avait honte d'être avec lui.

En bouclant sa ceinture, il jeta un coup d'œil au-dessus de lui. Il n'avait pas remarqué auparavant ce tableau en particulier. C'était le Sacré-Cœur de Jésus, la Crucifixion, montrant une couronne d'épines et la blessure causée par un coup de lance. En dessous était suspendue une petite croix en bois.

« Tu es catholique ?

– Pas toi ?

– Je suis protestant. D'Irlande du Nord. » Comme si cela expliquait tout. Était-ce important, se demanda-t-il. Il n'avait jamais pensé avant cela à interroger une fille sur sa religion, en tout cas pas depuis son départ de Belfast où c'était écrit en noir et blanc sans qu'on ait besoin de poser la question. Aurait-elle fait l'amour avec lui si elle l'avait su ? Mais il pensait connaître la réponse. Il n'y avait eu aucune pause de réflexion. Rien de tout cela ne comptait pour lui. Il fréquentait la maison de Clodagh à Belfast et connaissait plus de catholiques qu'il n'aurait pu en menacer d'un bâton. Mais il voyait bien que cela comptait pour elle, comme si le péché était plus grave, plus mortel, à cause de leur différence. « Quand est-ce que je te revois ?

– Je ne sais pas », dit-elle, troublée et hésitante.

Il lui expliqua où il habitait, et qu'elle pouvait le trouver pratiquement tous les soirs au café. Maintenant elle le pressait de partir. Quand il arriva sur le quai, de retour en ville, il s'avisa qu'il n'avait pas pris son numéro de téléphone, ni l'adresse du foyer où elle vivait.

Il ne la revit pas pendant longtemps et se dit que ce n'était pas le genre de fille à venir le chercher dans une pension de famille ni traîner aux alentours du café. Au bout d'environ un mois, il cessa de la chercher, comme si elle avait été une sorte de vision. Il lui restait toujours Raewyn, qui continuait à attendre sa bague de fiançailles, et les autres filles.

Certains jours il avait du travail et les poches pleines d'argent ; d'autres, il comptait ses piécettes pour les faire durer et s'offrir une soirée de plus en ville. Comme le lui avait dit l'homme rencontré dans le train, ce n'était pas difficile de trouver du travail à Auckland ; il y avait souvent des tâches de manutention sur les quais, ou du ciment à étaler sur un chantier, ou des camions à charger de meubles pour des entreprises de déménagement. Il essaya un emploi de serveur, mais renversa du café sur un client le premier jour et ne fut pas convié à revenir. Le yacht-club le chargeait parfois de travaux de nettoyage, ce qu'il aimait bien parce que c'était près de la mer, et moins pénible que de s'accrocher à l'extrémité d'une pelle. C'est ce que faisait son père, et voyez où ça l'avait mené. Un après-midi, l'épouse d'un régatier revint chercher une jaquette qu'elle avait oubliée, une de ces femmes au bronzage luisant, dont la peau semblait avoir été cirée. Elle portait des sandales dorées et des anneaux d'oreilles. Quand il lui demanda s'il pouvait l'aider, elle jeta un coup d'œil rapide autour de la pièce et se dirigea vers les toilettes. Sa jupe lui tomba sur les cuisses aussi vite qu'un poisson volant. Pourquoi tu crois que je suis revenue ? dit-elle tandis qu'il la besognait. Elle gémissait comme une vieille truie. Est-ce qu'il reviendrait bientôt travailler ici, interrogea-t-elle ? Il pouvait sentir l'odeur de tabac et de gin sur son haleine. Après son départ, il trouva un billet de cinq livres dans sa poche. Une onde de dégoût le submergea. Mais cinq sacs, c'est du pèze, et il se dispensa de travailler pendant une semaine, traînant au café à jouer au billard ou boire de la bière avec ses nouveaux amis. Il se réveillait parfois avec la gueule de bois, et une fois la nausée passée il se rappelait pourquoi il était venu à Auckland, dans quel but il était censé économiser, mais ses poches étaient vides et tout recommençait à zéro, les bonnes résolutions et l'absence de volonté quand c'était son tour de commander une tournée.

Il fit halte pour prendre une bière, un soir, à l'Albert Hotel en bas de Queen Street, où il croisa deux de ses copains, Ray et Mack, qui lui dirent, *ramène-toi, on paie à boire.* L'Albert, son propre nom, comme si le lieu lui appartenait. Plus tard, quand il arriva à La Vieille Grange, Raewyn était assise dans une des stalles, une tasse de café devant elle, en train de parler à un homme. Albert se le rappellera comme un homme ; une fois debout, il avait une demi-tête de plus qu'Albert, avec de larges épaules et une démarche arrogante.

« Raewyn, dit Paddy, désolé d'être en retard.

– Cette nana est déjà prise, dit l'homme avec un accent bizarre simili-américain.

– Non, pas du tout, dit vivement Raewyn. On était juste en train de bavarder. Johnny me parlait de la vie de marin. Johnny, voici Paddy, mon petit ami.

– Petit ami, tiens donc – ça alors, on dirait que c'est du sérieux. Paddy, je te serrerais bien la pince, mais tu comprends, je suis un brin vexé que cette petite dame m'ait pas prévenu qu'elle était déjà réservée, et voilà que tu rappliques pour l'embarquer. » Il fit le poing en l'air.

« Faut pas s'énerver, mon pote », dit Paddy.

Raewyn paraissait mal à l'aise et nerveuse. « Paddy, maman doit m'attendre pour le dîner, il faut vraiment que j'y aille. Ou bien tu veux venir avec moi ? Je suis sûre qu'elle rajouterait un couvert.

– Vaut mieux pas. » La bière qu'il avait bue à l'Albert pesait lourd sur sa langue. « Une autre fois.

– Eh bien, quand vous voudrez un vrai aristo, z'aurez qu'à demander après moi, Johnny McBride », dit l'homme.

Raewyn parut perplexe. « C'est le nom d'un personnage de Mickey Spillane. Dans *La Longue Attente*.

– Ah dis donc, une jolie petite dame comme vous qui connaît ça.

– On s'échangeait ses livres quand on était à l'école. Ça nous a passé. »

Il haussa les épaules, encaissant le fait d'avoir été remis à sa place. « Je suis rien qu'un Johnny de plus, lui et moi, on est frères de cœur. »

Après le départ de Raewyn, Johnny dit : « Tu saurais pas où je pourrais crécher dans les environs, par hasard ? Pour quelques jours d'escale.

– Si tu as du pèze, bien sûr, je peux t'héberger. » Paddy était certain que Raewyn avait dit à Johnny qu'il avait la garde d'une pension de famille. N'empêche, il sut que c'était une erreur dès que les mots lui sortirent de la bouche. Il avait donné sa parole à Gladys, et jamais fait payer qui que ce soit auparavant.

Quand il revit Raewyn, elle lui reparla du livre, comment le personnage principal (elle ne dit pas le héros) avait perdu la mémoire et son identité, comment il affrontait l'adversité en semant le chaos, à fumer des mégots bout à bout, se soûler et tabasser les gens. C'est bizarre, dit-elle, la façon dont ce type parle. Est-ce que Johnny McBride c'est son vrai nom ? Paddy s'en fichait un peu. Il espérait ne jamais le revoir.

C'est aussi ce soir-là que Paddy annonça à Raewyn la fin de leur aventure. Au début, elle versa quelques larmes, mais bientôt elle lui dit en reniflant : « Maman pense que je pourrais trouver un meilleur parti que toi. »

*

Rita Zilich se dirige vers la galerie et va s'asseoir auprès de ses amis. Maintenant qu'elle a témoigné, elle peut faire partie de l'auditoire. Tandis qu'elle quitte la barre, Paddy tente de se rappeler pourquoi il lui a demandé de rester avec lui cette nuit-là. Fierté blessée, peut-être, mais pas à cause d'elle. Il n'a jamais vraiment désiré Rita. Est-ce que Johnny la voulait, ou était-elle juste une excuse pour démarrer une bagarre ? Rita s'éloigne, absorbée dans sa propre histoire. Au cours de cette nuit de juillet, pendant qu'ils crapahutaient sur le lit et que son aine le faisait souffrir, elle lui a un peu parlé d'elle-même. Bientôt, même si elle n'est pas encore arrivée à cette conclusion, elle cessera de faire partie des *widgies* ; elle épousera quelqu'un qu'elle n'a peut-être pas encore rencontré, en robe de mariée blanche, et aura des enfants. Le nom de Paddy s'effacera dans un espace privé de sa vie que ses enfants ne connaîtront jamais. Tout cela, il le voit clairement.

*

Bessie lui était revenue ; elle l'avait cherché. Personne n'avait entendu parler d'Albert Black, lui dit-elle, quand elle interrogea à la ronde. Elle était allée frapper à la porte du 105 Wellesley Street, et l'homme qui lui ouvrit dit qu'il n'y avait pas d'Albert ici. Puis elle l'aperçut depuis la fenêtre d'un bus alors qu'il marchait dans la rue. Elle savait bien qu'elle ne l'avait pas imaginé. Elle frappa de nouveau à la porte, et il était là.

« Apprends-moi à danser, lui demanda-t-elle ce soir-là. Je n'ai jamais été très bonne pour la danse. »

Il alluma la radio, trouva de la musique et commença par une valse lente, en la serrant contre lui. Maintenant elle était son amie.

Chapitre 11

Au début Paddy s'était assez bien entendu avec Johnny McBride quand celui-ci débarqua à la pension, même s'il avait des réserves. Ce n'était pas la première fois qu'il autorisait quelqu'un à se poser là. Il y avait un jeune Anglais nommé Henry qu'il appréciait particulièrement. Henry semblait souffrir d'un léger complexe d'infériorité, mais, en apprenant à le connaître, Paddy commença à mieux le comprendre. Henry était un enfant migrant, disait-il, entendant par là qu'on l'avait expédié en Nouvelle-Zélande sans lui demander son avis. Ce n'était qu'un enfant et on l'envoya directement dans une ferme, où il était traité comme un esclave et logé dans un appentis au bout du jardin potager du fermier. Il prenait une raclée s'il ne trayait pas les vaches assez vite. Dieu sait qu'il n'avait jamais vu un de ces foutus animaux avant d'arriver en Nouvelle-Zélande. Henry séjourna dans la pension à deux reprises, devenu maintenant marin sur un chaland côtier, Teddy Boy quand il était au port, ses vêtements tellement classe qu'il aurait pu parader dans un défilé de mode, estimait Paddy. « Je sais pas pourquoi on m'a envoyé ici, disait Henry. Quand mes parents ont divorcé, ils m'ont collé dans un foyer d'accueil. Mais je m'y plaisais, c'était pas trop mal. Et voilà pas que mon père signe des papiers disant qu'il faut me mettre sur un bateau qui va m'amener ici. Je sais pas vraiment qui je suis et personne veut rien me dire.

– Je suis au courant pour ces mioches, lui dit Paddy, il y en avait sur le même bateau que moi quand j'ai fait le voyage, des pauvres petits mômes pitoyables. Ils me faisaient de la peine. Moi je me payais du bon temps.

– J'ai jamais demandé à être déporté. T'as pas idée de ce qu'on nous faisait, nous les gosses. Remarque, on savait pas ce qui nous attendait tant qu'on était sur le bateau. Certaines des fermes où on a débarqué, ce pays devrait avoir honte. Toi, tu as choisi d'émigrer, pas moi.

– Ouais, probable. Tu dois avoir raison. »

Henry repassait son pantalon, concentré sur la perfection du pli, tranchant comme une lame, pendant cette conversation. « T'as pas l'air trop sûr.

– Bien sûr que si », rétorqua Paddy, l'air dégagé. Mieux valait y croire, se dire que c'était vrai. C'était censé être une grande aventure, et au fond il n'avait pas trop lieu de se plaindre, surtout maintenant qu'il avait une petite amie pour de bon. Il s'habituerait peut-être à vivre en Nouvelle-Zélande plutôt qu'en Irlande. Quoique, en rêvant à l'avenir, peut-être qu'elle aimerait aller vivre en Irlande. Ma foi, même s'il y avait peu de chance, il se voyait lui faire visiter la vieille ville, l'emmener en train à la campagne. Ça serait du tonnerre, ça oui. Pour l'instant, il avait un toit sur la tête, de quoi manger, une quantité de filles qui voulaient bien écouter son baratin, même si sa mère aurait dit que c'était une bande de dévergondées. Non qu'il continue à les baratiner maintenant qu'il y avait Bessie. Il lui avait dit qu'elle était sa chérie, la seule. C'était très nouveau, cette sensation d'être amoureux, il devait faire attention à s'en souvenir, et pas permettre à ses yeux de partir en vadrouille. Il aurait bien aimé que Bessie passe de temps en temps la nuit avec lui, mais elle n'était pas libre d'aller et venir à sa guise, il le comprenait bien. Le foyer où elle vivait s'appelait Rocklands Hall, un grand vieux manoir entouré d'arbres situé à Epsom. Il alla un jour lui rendre visite là-bas et eut l'impression qu'il aurait dû chercher l'entrée des domestiques, l'endroit était si majestueux. Le bavardage et les rires des filles emplissaient la cage d'escalier. Avant que Bessie puisse sortir avec lui, il fallut le présenter à la surveillante. Celle-ci l'évalua d'un œil froid : seules des filles d'exception séjournent à Rocklands, semblait dire son regard. Cette nuit-là il était le seul occupant du 105 Wellesley Street. Plus tard, Bessie était étendue sur son lit, le corps comme une pâle étoile lointaine. « Si seulement j'avais un meilleur endroit où t'emmener », dit-il.

N'empêche, c'était au 105 qu'il vivait, et il aimait bien avoir un peu de compagnie dans cette grande baraque vide, ne pas devoir entendre les planchers craquer la nuit et se demander s'il y avait un intrus, s'il devrait cogner sur le crâne de quelqu'un, ou se faire assommer lui-même. Henry était un type correct, tête chaude comme ils l'étaient tous et déchaîné quand il avait un verre dans le nez, mais il était debout pratiquement tous les matins avec une fricassée prête pour le petit déjeuner. Quand il repartait en mer, l'atmosphère de la maison redevenait spectrale, des ombres nocturnes dansaient sur les vitres au passage des voitures, les échos de leur klaxon traînant derrière elles dans l'obscurité. Ce mois de juillet était froid, la pluie semblait installée sur la ville au point que certaines nuits il ne s'entendait plus penser tant le bruit de l'averse résonnait sur la toiture en fer. Le dimanche matin, les cloches de l'église Saint-Matthew le réveillaient, lui rappelant qu'il avait promis à sa mère d'aller à l'église quand il serait en Nouvelle-Zélande, et qu'il ne l'a pas fait une seule fois. Le dimanche à Auckland lui donnait la nausée : tellement pieux, les pubs fermés, Queen Street tellement calme qu'on aurait pu tirer un coup de fusil en plein milieu sans faire courir personne.

Et pourtant, quand Johnny McBride se présenta sur le seuil avec sa valise, Paddy regretta aussitôt de lui avoir dit qu'il pouvait venir. Il y avait quelque chose d'insondable chez McBride. Il était énorme, environ un mètre quatre-vingt-dix en chaussettes, la chemise gonflée de muscles, mais il déployait rarement sa haute taille, se tenant plutôt voûté avec la tête rentrée dans les épaules. Comme Henry, il disait être entre deux bateaux, des côtiers pour l'instant, mais que bientôt il naviguerait sur un plus gros calibre, un des navires qui se rendaient en Angleterre. Et pas question de revenir, bordel.

« Tu faisais partie de ces gosses migrants ? » lui demanda Paddy. Johnny avait un étrange accent hybride, mi-américain mi-cockney.

« Te mêle pas de ça. L'endroit d'où je viens, c'est moi que ça regarde, tu comprends. Je te pose pas de questions et tu m'en poses pas. On est bien d'accord ? » Son visage prit une expression sévère.

« Sûr. Promis juré.

– Je suis pas un môme, compris ? J'ai vingt-quatre ans et j'encule tous ceux qui osent me dire ce que je dois faire. »

Paddy se sentit frémir. « Ma propriétaire va pas tarder à revenir. Tu peux pas rester longtemps parce que je suis pas censé prendre des pensionnaires. » C'était vrai, car Gladys avait téléphoné la veille pour lui dire que la mère de son ami se remettait bien, qu'elle rentrerait à la fin du mois et qu'elle espérait trouver tout bien en ordre.

Après cela, Johnny le laissa tranquille quelque temps. Paddy pensait que Johnny avait plus besoin de lui que l'inverse. Il décida de ne pas lui faire payer de loyer, parce que comme ça il ne lui serait pas redevable de cet argent. Un matin, alors qu'il se trouvait dans la cuisine, il entendit Johnny chantonner d'une voix rauque juvénile. Il s'immobilisa pour écouter. C'était une chanson qu'il avait souvent entendue pendant la traversée, mais jamais tout à fait comme ça, avec une telle note de désespoir :

C'est peut-être parce que je suis londonien
Que j'aime Londres aussi fort
C'est peut-être parce que je suis londonien
Que je pense à Londres partout en chemin.

Paddy se dirigea vers la pièce principale, élevant la voix pour se joindre au chant, mais Johnny s'arrêta net quand il apparut.

« Tu connais rien, dit Johnny. Ferme-la. »

Pendant les jours suivants, le locataire circula sans bruit dans la maison, en prenant soin de l'éviter, dormant tard le matin. Un jour il se leva plus tôt et fit cuire le petit déjeuner, saucisses et bacon, avec une bonne tranche de toast posée sur le gril. « Tu vois, je suis pas juste une jolie frimousse », dit-il, présentant le repas avec un salut, un torchon disposé en guise de set de table.

Paddy pensa que physiquement Johnny n'avait rien de séduisant, le nez courbé comme s'il avait pris un mauvais coup, les cheveux lissés un peu rares pour quelqu'un de son âge, laissant prévoir qu'il serait bientôt chauve. Il avait perdu une dent de devant, et Paddy se demanda quel effet ça pouvait faire à une fille d'embrasser un type avec un trou dans la gueule. La veille, Johnny avait hébergé une fille dans sa chambre, mais elle était partie avant qu'ils ne s'installent devant leur petit déjeuner.

« Mon vieux, va falloir que tu décanilles, dit Paddy.

– Tu me demandes de partir ?

– Je vais me faire virer si la proprio te trouve ici. »

Johnny balaya les assiettes d'un revers de bras, se penchant sur Paddy tandis qu'elles se brisaient sur le sol. « Et moi, alors, connard ? Je suis censé dormir où ?

– Je t'ai prévenu que c'était juste le temps que tu t'organises. T'as rien fait pour, pas vrai ? »

Johnny se redressa, s'essuya le nez. « J'ai un rhume, dit-il, d'un ton boudeur. Tu crois que je vais aller dormir sous les ponts dans mon état ? »

Paddy faillit lui conseiller d'aller dormir chez la fille avec qui il était en si bons termes, mais préféra tenir sa langue. Il avait entendu Johnny pousser des cris gutturaux de jouissance pendant la nuit. Pire, Johnny semblait répandre ses germes autant que ses charmes. Paddy sentait un rhume le gagner. Il avait la gorge irritée et la tête douloureuse.

Le visage de Johnny se fit menaçant. « Encore une nuit, alors. Rien qu'une. D'accord ? »

Plus tard, cet après-midi-là, Paddy entra dans le salon et vit Johnny occupé à se couper les ongles avec un couteau. « C'est dégueulasse, espèce de sale foireux.

– Tu veux aller me chercher une trousse de manucure, chéééri ? » cracha Johnny, le petit doigt courbé au-dessus du couteau.

Paddy s'assit en face de lui. « Ça nous mène nulle part, tout ça. C'est un sacré gros couteau.

– J'ai toujours un couteau sur moi, pas toi ?

– Oui, y a longtemps, quand j'étais à Belfast. Mon Pa en avait un aussi. Mais Belfast, c'est différent. Si les cognes t'attrapent ici avec un surin, tu seras dans le pétrin. » Les cognes. Les mots lui avaient glissé de la langue ; il commençait à parler comme un Néo-Zélandais. Ou un gangster américain, dans le style de McBride.

« T'as besoin d'un couteau quand tu te bats.

– J'aime pas me battre. J'ai plus fait ça depuis l'école.

– Eh ben moi je me bats. Je suis pas un foie jaune. J'ai un couteau et je sais me servir de mes arpions. Quand t'as mis quelqu'un à terre, tu le gardes au sol. J'ai fait des combats sur le ring, des trucs à mains nues, et j'ai gagné pas mal d'oseille. Ouais, je suis pas du genre à me laisser asticoter, gamin. En fait, ça me déplaît pas, un peu de castagne. J'ai encore jamais perdu un combat. Tu vois, j'aime pas les gens, je trouve que souvent vaut mieux qu'ils soient morts. S'ils se mettent en travers de mon chemin, c'est ça qui les attend.

– Ouais, eh bien, peut-être qu'on devrait aller boire une bière », dit Paddy, espérant les sortir de l'impasse. Johnny lui faisait peur, maintenant, à s'exciter, avec de la salive au coin de la bouche. Il voyait bien que Johnny avait le diable au corps.

« J'ai été dans l'armée, dit Johnny, comme s'il ne l'avait pas entendu. La flicaille militaire me foutait au trou quand je me bagarrais, mais ils ont jamais réussi à me dominer.

– Quand est-ce que tu étais dans l'armée ? » C'est un point qui tracasse Paddy. Rose lui a dit avant son départ de Naenae que si l'immigration l'attrape il sera puni pour avoir rompu son contrat et envoyé à l'armée le jour anniversaire de ses vingt ans, or la date est passée la semaine dernière – un fait qu'il a jugé plus sage de garder pour lui.

« Oh, ça fait des années, répond Johnny, d'un ton dégagé maintenant. Eh ben, on a qu'à aller le prendre, ce verre dont tu causais. »

Ils finirent par aller le boire à l'Albert, et tous deux étaient ivres quand ils arrivèrent à La Vieille Grange ce soir-là. Paddy chercha Bessie du regard, parce que certains soirs elle étudiait à la bibliothèque et une ou deux fois elle était venue le rejoindre au café, mais elle n'aimait pas beaucoup cet endroit. La première fois où elle était venue, elle portait une robe qu'elle avait faite elle-même, en coton rose brodé de pâquerettes, avec un cardigan par-dessus. Il vit que les filles lui jetaient des regards en coin et échangeaient entre elles des haussements de sourcil. Ce n'était pas une des leurs. Si Bessie avait gain de cause, ils allaient plus loin dans la rue, au milk-bar Somervell, parce qu'elle aimait bien leurs sodas mousse à la salsepareille, du moins c'est ce qu'elle racontait. D'après lui c'était plutôt qu'elle n'aimait pas les filles du café.

« Ça t'est égal qu'un type ait tué sa petite amie ici ? » lui demanda-t-il la première fois où ils allèrent chez Somervell. C'est là que Frederick Foster, l'Anglais, avait abattu la jeune fille. L'histoire était dans tous les journaux, et c'est seulement quelques semaines après ses propres retrouvailles avec Bessie que cet homme avait été pendu.

« Il a dit que c'était un accident. » Pourtant elle eut un frisson. « Sa pauvre mère, elle a fait le voyage pour essayer de le sauver. Ça ne devrait pas être permis. » Il pensa alors qu'elle avait le cœur tendre.

Paddy mourait d'envie de convier à nouveau Bessie à Wellesley Street, mais, tant que Johnny McBride y logeait, il ne le ferait pas, l'endroit crasseux empestant la graisse rance, les ongles de pied de Johnny sur le sol, les mégots humides dans les cendriers. À croire que personne ne lui avait jamais appris à vivre décemment. Mais Paddy n'allait pas nettoyer derrière lui. Ni faire s'encanailler Bessie.

Ensuite la grippe le terrassa. Paddy resta au lit, en se soignant à l'aspirine. Il entendait Johnny aller et venir, mais n'avait pas l'énergie nécessaire pour discuter avec lui ni la force de l'affronter. La fièvre lui donnait des visions. Sa mère apparaissait auprès de lui, une compresse fraîche à la main ; il attendit de la sentir se poser sur son front, mais quand il s'éveilla il n'y avait personne. Il se rendormit et rêva qu'il marchait dans le feuillage d'automne tardif à Antrim tandis qu'un vent froid lui fouettait le visage, et plus tard, au cours de la même nuit, il était en vacances au printemps, les seules vacances qu'il ait jamais prises en famille, avec Mam et Pa et le petit Daniel à Ballycastle, à contempler le promontoire baigné par l'eau courante, les pieds entourés de fleurs sauvages. Daniel lui tenait la main et le regardait la tête levée, son visage confiant couvert de taches de rousseur affichant la certitude que son frère Albert ne le quitterait jamais.

Il s'éveilla de nouveau, baigné de sueur, et se leva pour traverser la maison et se rendre au cabinet dehors. Tout était calme, l'air silencieux, Johnny McBride devait être parti, mais, quand il regarda par la porte ouverte de la chambre qu'occupait l'individu, il vit que sa valise était encore au milieu de la pièce, ses sous-vêtements éparpillés autour. Il ouvrit la porte donnant sur l'extérieur, et le parfum des fleurs qui l'avait assailli dans son sommeil monta à sa rencontre. Un buisson de laurier-rose planté à proximité de la maison répandait un arôme entêtant. Cela lui rappela le jardin de Rose.

Sa fièvre tomba. Il se sentait frais et comme lavé, même si ses jambes tremblaient encore un peu sous lui. Il dormit encore plusieurs heures, cette fois d'un sommeil sans rêves. Le lendemain matin il décida qu'il se sentait assez bien pour se remettre à chercher du travail. Il récolta trois jours de nettoyage au yacht-club, en prenant bien soin de ne croiser le regard d'aucune femme. Il ne vit pas celle qu'il avait sautée dans les toilettes. Quand il reçut sa paie, il se promit que cette fois il allait vraiment mettre de l'argent de côté pour son voyage de retour. Peut-être qu'il irait voir ses parents et Daniel et tout, puis il reviendrait ici. Bessie l'attendrait. Cela lui brouillait les idées d'y penser ; il avait l'esprit confus et sentit qu'il lui faudrait plus de temps pour se rétablir de la grippe. Il fallait que les choses changent, mais pour l'instant il ne voyait pas trop comment s'y prendre. Avant de rencontrer Bessie, il se demandait s'il ne ferait pas mieux de retourner à Naenae vivre chez Rose. Mais maintenant il pensait qu'il n'y avait plus de retour en arrière, et puis la loi le rattraperait, comme Rose le lui avait prédit. La situation ne pourrait que s'améliorer s'il parvenait à se débarrasser de Johnny McBride. C'était par là qu'il devrait commencer.

Ce soir-là Gladys Wallace, la propriétaire, le rappela au téléphone. Elle rentrerait à la fin de la semaine, le jeudi plus exactement, vers trois heures de l'après-midi. Elle espérait retrouver la maison propre comme un sou neuf. Ses voisins, avec qui elle parlait pratiquement chaque semaine, lui avaient dit que, si tout paraissait calme chez elle, ils avaient remarqué quelques allées et venues d'inconnus. « Tu sais ce que j'ai dit, Paddy, pas de sous-locataires. » Il se demanda si c'était une façon voilée de lui signifier qu'elle en savait plus qu'elle ne le disait.

« Il faut que tu partes. T'as pas un bateau sur lequel tu peux pieuter ? » dit-il à Johnny.

Johnny répliqua que pour le moment il n'allait nulle part. « Écoute, dit-il, s'essayant pour changer à un ton plus affable, ta propriétaire va pas rester ici, pas vrai ?

– Comment je le saurais ?

– Nan, elle va repartir chez son mec et t'auras de nouveau la baraque pour toi tout seul. Pourquoi je me tirerais pas pendant qu'elle est ici, et puis je reviens après ?

– Putain, pas question. » Paddy sentait sa colère bouillonner. Il couvrit Johnny d'injures, puis hurla : « Fous-moi le camp. Je suis sérieux, je te mettrai les putains de flics au cul. »

La lèvre de Johnny prit un pli de dédain. « T'appelleras pas les flics. T'as trop de choses à cacher.

– Barre-toi, tas de merde – prends ton barda et dégage.

– Va te faire mettre », dit Johnny, debout les poings dressés comme s'il allait frapper. Puis, soudain, il baissa les poings et sortit. Sa valise resta dans la chambre.

Paddy pensa qu'il reviendrait et fut saisi de peur. Johnny McBride, l'autre, celui qui vivait dans un roman de gare, voulait tuer tous les gens qui se mettaient en travers de son chemin.

Cette nuit-là, son épine dorsale frémit de terreur.

Chapitre 12

Rose, Peter et les enfants connaissaient la date anniversaire de Paddy et lui envoyèrent des présents, soigneusement adressés à Mr P. Donovan. Les enfants lui avaient choisi une lotion après-rasage, et Ned, l'aîné, avait rédigé un mot d'accompagnement : « Peter dit que maintenant tu es assez grand pour te raser, ha ! ha ! » Le cadeau de Peter était un rasoir neuf, un beau en acier avec une poignée qui s'accordait parfaitement à sa main. Ils avaient dû blaguer sur ses favoris, se dit-il. Parce qu'il avait la barbe si foncée, son menton avait toujours une teinte bleuâtre en fin de journée. S'il devait sortir, il se rasait une deuxième fois. Rose lui faisait parvenir une boîte en bois contenant des pots de confiture faite maison, un chandail qu'elle lui avait tricoté, et un livre intitulé *À l'est d'Éden,* qui était le dernier en date de son romancier préféré, John Steinbeck. « C'est un gros livre, Paddy, écrivait-elle, et tu n'auras peut-être pas le temps de le lire tout de suite, mais j'espère qu'un jour il te donnera autant de plaisir qu'à moi. Il parle du bien et du mal, de maisons à la campagne, comme ici à Naenae, avec des jardins maraîchers tout autour, et ça commence par un personnage qui est un jeune immigrant irlandais, juste comme toi. »

Ce n'est pas ce que son père aurait dit. Il imagina sa riposte acerbe, histoire de rappeler à Rose que son fils était un natif de l'Ulster. Le chandail était en laine mouchetée vert tendre et marron, avec une texture noueuse. Pendant sa maladie, il le mettait pour un supplément de chaleur et pensait à nouveau qu'il n'aurait pas dû les quitter. Il n'aurait dû partir nulle part.

Le cadeau de sa mère arriva après son anniversaire, et il se demanda si elle l'avait oublié, mais le colis lui parvint réexpédié de chez Rose, et il avait dû être envoyé des mois auparavant sur un bateau des plus lents. Le courrier lui posait un sérieux problème. Il n'avait pas eu le courage de dire à sa mère qu'il vivait sous un nom d'emprunt ici à Auckland. « Envoie-le juste poste restante, Mam, avec le nom Albert, c/o Mr Donovan », lui avait-il écrit. Mr Donovan et lui habitaient à la même adresse. Le colis contenait une chemise blanche, pas le modèle qu'il aurait choisi, au col un peu trop raide et endimanché pour le genre de vie qu'il menait désormais. Et qui n'était sûrement pas dans ses moyens à elle.

Elle lui écrivait : « Dire que j'ai un fils sorti des culottes courtes, un homme de vingt ans. J'oublierai jamais la première fois où j'ai vu ta gentille petite frimousse, j'aurais juré que tu m'as souri dès que tu es né. C'est quelque chose pour une mère de tomber amoureuse de son fils. Ou pour un père, d'ailleurs, et j'espère que ce plaisir-là, tu le connaîtras un jour. Bien sûr ça sera l'an prochain ta vraie majorité, le grand vingt-et-unième. Je suppose qu'on te verra pas pour ce grand jour, mais ton père et moi on met de l'argent de côté pour un cadeau spécial quand le moment arrivera. On pense à une belle montre. Eh bien, mon cher fils, tu vas sûrement fêter cette étape importante de deux fois dix ans de vie avec tous les amis que tu te fais en Nouvelle-Zélande. Surtout passe une très bonne et heureuse journée. »

Ce fut cette lettre de sa mère qui le fit réfléchir. Maintenant que Mrs Wallace allait rentrer, il était peut-être temps pour lui d'aller de l'avant. Ou c'est ce qu'il dirait à Johnny McBride s'il se repointait. La valise de Johnny était toujours dans la chambre, ses affaires répandues un peu partout auraient suffi à dénoncer Paddy, même s'il emballait lui-même tout ce fourbi et le cachait dans une armoire. Elle le trouverait forcément. Les rognures d'ongles de Johnny parsemaient le tapis du séjour, dans la cuisine des fourmis couraient sur les restes de nourriture et la vaisselle sale du dernier repas du pensionnaire. Les toilettes, derrière la maison, empestaient le vomi séché. Paddy se lança dans une entreprise de nettoyage forcenée. Il déménageait, c'était cela son explication. Peut-être qu'il partirait de toute façon, il n'avait pas encore décidé. S'il pouvait trouver un endroit plus petit, plus plaisant, où Bessie pourrait plus facilement lui rendre visite, il la verrait plus souvent. Il allait peut-être vraiment dire adieu au 105 Wellesley Street.

Entre-temps, il pouvait fêter son récent anniversaire et convier des amis, et Bessie viendrait peut-être s'il l'invitait à l'avance. Dès que l'idée s'empara de lui, elle lui parut un festival de plaisirs. Il y aurait de la musique et ils danseraient.

Il s'assit pour écrire à sa mère : « Un millier de mercis pour la chemise, Mam, je vais avoir une allure du tonnerre là-dedans. Je me débrouille très bien ici, la chance d'avoir pu habiter un endroit épatant ces derniers mois, même si je pense bientôt déménager. Mr Donovan va probablement bouger avec moi, on va s'installer ensemble quelque part.

J'ai un tas d'amis, et du travail en veux-tu en voilà. Et va savoir, peut-être que je ferai bientôt un saut jusqu'au vieux Dart. C'est comme ça que les Britanniques d'ici appellent le pays. Il y a des gens qui disent juste le pays, comme je fais dans mon cœur, et d'autres "la mère patrie", sauf que les citoyens de Nouvelle-Zélande ont l'esprit très indépendant, et pendant combien de temps nous les immigrants on va se sentir à part d'eux, c'est difficile à dire. En tout cas, maintenant que j'ai vingt ans, je commence à penser m'installer ici, et mener une vie stable. J'ai rencontré une fille vraiment gentille, mais peut-être que je t'en dirai plus une autre fois ; elle est pas du tout comme celle dont je t'ai déjà parlé, je lui suis vraiment attaché. Ton fils toujours aimant. » Il s'abstint de mentionner qu'il lui restait pour tout argent neuf livres de son dernier emploi.

Il lui fallut un certain temps pour joindre Bessie. La surveillante n'autorisait les appels qu'à certaines heures. Il se demanda si Bessie l'évitait, mais la période des examens était proche et la dernière fois où ils s'étaient parlé elle lui avait dit qu'elle étudiait à fond. Une déception, car il avait imaginé qu'ils iraient ensemble au zoo pendant le week-end, maintenant que le temps se mettait au beau, mais elle s'était montrée inébranlable, lui disant qu'elle ne pouvait pas le voir en ce moment.

« Tu peux demander une permission de nuit ? suggéra-t-il quand ils purent enfin se parler. Dormir chez ta grand-mère ? Ils seront d'accord, non ? C'est sûr, allez, ma fille. »

Après un temps de silence, elle dit : « Il faut que je te voie, Paddy.

– Tu resteras la nuit ?

– Ils ne nous donnent pas de permission, sauf pendant le week-end, tu le sais bien.

– Même pas chez ta Grannie ? » Il dessinait des cercles du bout du doigt autour du téléphone tout en parlant. Il voyait en esprit son visage parfait qui lui rappelait Grace Kelly. Elle était trop bien pour lui, sûrement, il s'en doutait depuis le début.

« Je ne crois pas, non.

– Mais tu viendras à ma fête ? Bessie, c'est mon anniversaire, quoi. Enfin, c'était, mais tu comprends, j'ai eu la grippe et tout ça.

– Je ne savais pas que c'était ton anniversaire.

– J'ai eu vingt ans la semaine dernière. Mais t'as pas besoin de m'acheter un cadeau. Ha ! ha ! j'imagine que tu l'aurais pas fait, de toute façon, viens juste toi, ça serait un beau cadeau. Et si je venais te retrouver vers huit heures à La Vieille Grange ? »

Et elle dit oui, d'accord, elle y serait, mais elle ne pensait pas pouvoir obtenir une autorisation de sortie, pas un soir de semaine, peut-être qu'elle prendrait juste un café une fois qu'ils se seraient parlé, ils verraient quel tour prendraient les choses. Cette conversation lui parut mystérieuse, mais Bessie était comme ça depuis le début. Surtout elle allait venir, et en complément de ses préparatifs il mit de l'ordre dans la pièce où il dormait, refit le lit avec des draps propres, lissant le couvre-pieds, redonnant forme aux oreillers.

Le lundi après-midi, il trouva Rainton Hastie, ou Ray comme on l'appelait, Ted Quintal, et Henry, l'Anglais qui avait habité avec lui à Wellesley Street, installés avec un verre à l'Albert. Il y avait aussi Jeff Larsen, qui sortait avec eux de temps en temps. Il venait de Rotorua, une ville qu'il avait quittée pour échapper au rugby, parce que son père voulait qu'il continue à jouer après l'école. Eh bien, ce n'était pas son cas. Paddy l'aimait bien, un type toujours prêt à la rigolade. Il avait le visage couvert de taches de rousseur, dans les vingt-deux ans environ, et deux condamnations pour cambriolage à son actif. Il avait fait un séjour dans une maison de correction, mais pas question d'y remettre les pieds, ça il pouvait vous le jurer. C'était une vraie arnaque. Il avait toujours des tuyaux en réserve pour les courses. Lloyd Sinclair aussi était là, celui qu'ils appelaient Cookie et qui avait l'air d'un tout petit bonhomme, un peu jeune pour traîner avec eux ; encore un enfant migrant, et Henry gardait un œil sur lui. À peine Paddy eut-il parlé de sa soirée que Ray s'occupa de l'organiser, comme si c'était lui l'hôte. Ray faisait partie de ces types frimeurs, un fêtard permanent à en croire la moitié de ce qu'il racontait. Il portait une chemise à fleurs sous une veste bleue, et des souliers blancs à talons. « On va mettre Pooch à la guitare. On peut louer une guitare métallique au Centre communautaire maori. On va acheter de la bière. » Pooch était le frère de Ted.

« Une bouteille de gin pour les filles », ajouta Paddy. Ensuite il pensa qu'il aurait dû dire Pimm's, c'est ça que les filles buvaient, moins alcoolisé. Sa mère aimait bien le gin tonic, les rares fois où elle se lâchait la bride, sauf qu'elle ne l'aurait jamais reconnu si vous lui posiez la question. Il avait vu son Pa ramener une bouteille à la maison pour lui souhaiter son anniversaire, elle en prenait un quart de verre, puis, quand elle pensait que ses fils ne regardaient pas, elle chuchotait à l'oreille de Pa qu'un deuxième ne serait pas de refus. En tout cas c'est du gin qu'il acheta, et Ray prit deux douzaines de bières. Ray suggéra d'aller faire un tour à

La Vieille Grange chercher quelques filles. Johnny McBride entra au moment où ils se préparaient à partir. Il aperçut Paddy et fit demi-tour. Il était accompagné d'un jeunot au visage si enfantin qu'il semblait impossible qu'on le serve au bar, mais on le servit.

« Il est pas invité », dit Paddy. Si Johnny l'entendit, il fit mine de rien. Paddy fut envahi d'une panique soudaine. « On peut pas avoir trop de monde, dit-il, il faudra qu'on soit pas trop bruyants. Les voisins, ils cafteront à ma propriétaire.

– Trop tard, mon vieux, dit Ray, on a déjà acheté la mousse. C'est parti, mon kiki. »

Henry les suivit jusqu'à la porte. « Je suis censé prendre la mer cette nuit. Je viendrai pas à ta soirée.

– T'inquiète, ça sera pour une autre fois. »

Henry dit : « Paddy, faut que tu fasses gaffe avec ce mec. » Il fit un signe en direction de Johnny, qui était courbé au-dessus du bar, la tête penchée.

« C'est ton pote ? J'aurais jamais cru. » Paddy sentit que sa remarque sonnait mesquine, alors que ce n'était pas son intention.

« Vas-y mollo, dit Henry. C'est un gosse dingue et déboussolé.

– Un tas de merde, oui, un chieur de première, tu peux me croire.

– Si tu le dis, Paddy, moi, tout ce que je dis, c'est fais gaffe avec lui. Johnny cherche pas toujours à foutre le bordel, mais il le fait quand même. » Henry se détourna, très chic dans son gilet et son long manteau gris pâle, sa cravate fine, ses chaussures bien cirées. Il se moquait bien que les Néo-Zélandais lui jettent des coups d'œil torves dans la rue. Paddy se trouvait avec lui la fois où un homme au teint rougeoyant d'ivrogne se colla tout près de son visage en disant : « Tu crois pas que tu cherches les ennuis en t'habillant comme une pédale ? »

Il se rappelle le ton calme d'Henry : « J'essayais pas d'attirer l'attention, c'est juste que j'aime bien ces vêtements. Ils sont de la même couleur que vous, mais la coupe est différente. » L'individu avait reculé. Paddy se souvint qu'Henry avait été un compagnon aimable quand il séjournait dans la maison. Un frisson d'anxiété le traversa, le sentiment qu'il ne reverrait peut-être jamais Henry, qui le fit trembler, comme si quelqu'un marchait sur sa tombe. Ça ne lui ressemblait pas d'avoir des prémonitions : c'était réservé aux vieilles personnes là-bas au pays. Il tendit la main : « Henry ? » Celui-ci se retourna et ils se serrèrent la main. « Sans rancune ?

– Bonne chance, Paddy. »

Reverra-t-il Henry ? Bien plus tard, quand Paddy sera en prison, il se demandera s'ils s'étaient revus ou non. Mais sûrement ça n'aurait pas été possible, puisque Henry reprenait la mer cette nuit-là ? Henry était sur le point de se fondre dans une mêlée d'ombres qui allait bientôt le submerger. Il faut croire, finira-t-il par se dire, qu'Henry était une apparition.

Mais, en ce moment, Ray commande un taxi pour transporter la bière jusqu'à la maison. Lui, Paddy et Ted s'y empilent pour le court trajet le long de Queen Street et en haut de la crête de Wellesley Street. Ray dépose une douzaine de bouteilles à l'intérieur et jette un regard critique autour de lui. « T'as pas fait grand-chose pour rendre l'endroit plus accueillant, hein ?

– C'est pas chez moi. » Paddy croyait lui avoir déjà expliqué tout cela.

« Eh bien tu sais, si c'était moi, je mettrais du papier noir sur les murs, des beaux tapis blancs, et dessus je planterais quelques jolies filles habillées en rose, des genres d'accessoires, si tu vois ce que je veux dire. Et des grands miroirs partout pour qu'on voie les filles danser en double.

– Je compte pas rester encore longtemps. » Ça au moins il en est certain. Il a pris sa décision.

« Hé, il serait temps de ramener un peu de monde. On peut pas faire une fête sans invités », dit Ray.

Paddy répond qu'il est trop tôt, la soirée ne commencera pas avant vingt heures, mais Ray a déjà franchi la porte, Ted sur ses talons. Paddy éprouve une nouvelle vague d'anxiété. S'il ne les suit pas, allez savoir combien de gens vont rappliquer.

C'est une fête, il y a une fête, une fête. Les mots font le tour de La Vieille Grange. Il aperçoit Rita Zilich, vêtue d'un pull rouge ajusté, rentré dans une jupe si étroite qu'il peut voir chaque courbe de ses fesses. Il l'a déjà aperçue dans le passé, en se disant qu'il coucherait peut-être avec elle, si elle était intéressée. C'était avant d'être pris ailleurs. Rita passe la pointe de sa langue sur l'arc de sa lèvre supérieure.

« Paddy, s'écrie-t-elle, ma parole, c'est toi. Tout seul, on dirait ? »

Le juke-box vient de conclure une chanson. Il se dirige vers l'appareil. Il a envie de baiser : l'espace d'une minute, il a envie de Rita, ici, ailleurs, n'importe où. Il glisse une pièce dans la fente et choisit « Danny Boy », chanté par Slim Whitman, qui fait un tabac et caracole en tête des hit-parades. C'est drôle comme les vieux airs reviennent à la mode. Rita se tient près de son épaule. « Alors, Paddy ? Ray m'a invitée à ta soirée. Je viendrai un peu plus tard.

– J'ai rendez-vous avec mon amie, répond-il. Je vais voir Bessie.

– Dommage, réplique-t-elle, fais signe quand tu es libre.

– J'y penserai. »

Chapitre 13

Contrairement à ce que dit Rita à Oliver Buchanan pendant le procès, Paddy n'est pas retourné chez lui après l'avoir quittée à la station de taxis. Comment pourrait-elle savoir où il est allé ? Au lieu de rentrer, il a marché distraitement en direction d'Epsom. Les trams étaient à l'arrêt, le silence descendait comme une couverture sur Auckland. Il fallait qu'il trouve Bessie. Non, c'était inexact, il se mentait à lui-même. Il savait où elle se trouvait, et qu'il ne pourrait pas la voir, mais il avait l'impression que s'il pouvait être proche de l'endroit où elle était, où elle devait dormir, à moins qu'elle ne soit bien réveillée comme lui, il pourrait entrer en relation avec son esprit, lui faire comprendre ce qui s'était passé ce soir-là. Le froid perçant de la nuit de juillet lui pénétrait les os, mais il continua à marcher, kilomètre après kilomètre, vers Epsom et la noble vieille demeure où il savait que se trouvait Bessie.

Il voulait lui expliquer qu'après avoir bu une bière, ou peut-être deux ou trois, il ne s'en souvenait plus maintenant, il vit l'heure qu'il était et sursauta en découvrant que huit heures étaient passées depuis longtemps. Il quitta la fête et escalada la montée, courut en bas de la colline, le long du vieil hôtel Albion au plafond en métal gaufré, le long de l'église, des mannequins dans la vitrine de Smith & Caughey's, pour rejoindre Bessie à La Vieille Grange. Le café était bondé, toutes les stalles occupées. Il lui fallut un moment pour la repérer, assise sur un tabouret, un café intact près de son coude, comme si elle s'était contentée de commander quelque chose dont elle n'avait pas envie pour conserver sa place au comptoir. Elle fixait l'espace d'un œil vide, apparemment inconsciente des gens autour d'elle. Quand il s'approcha et lui donna une tape sur l'épaule, elle fit un bond, comme un oppossum affolé dans la mire des phares. « J'ai cru que tu ne viendrais pas, dit-elle. Je commençais à me poser des questions. On peut trouver un endroit où parler ?

– On peut parler plus tard. Quand tout le monde sera parti. Ils sont tous à la fête, en ce moment.

– Ils ne peuvent pas se passer de toi ?

– Pas vraiment. » Il se sentit soudain mal à l'aise, conscient qu'il avait la charge de la maison. L'endroit se remplissait au moment où il s'était faufilé dehors, il y avait bien plus de monde qu'il ne s'y attendait, comme si on s'était donné le mot dans toute la ville. Les filles avaient noué une corde en travers de la pièce, attachée aux deux chaises. Le jeu consistait à voir lequel pouvait se glisser dessous en dansant le plus près du sol, genoux pliés, visage levé vers le plafond. Des hurlements de rire accompagnaient ceux qui se pliaient en deux jusqu'à toucher terre. Il savait qu'il devait retourner là-bas.

« Paddy, tu sais que je ne peux pas rester, disait Bessie. Je vais me faire renvoyer du foyer si je ne rentre pas à l'heure. » La note implorante de sa voix l'irrita. Ce n'était pas ce qu'il attendait d'elle, ça ne ressemblait pas à la fille rencontrée sur le ferry.

« Juste un moment. Allez, viens. »

Elle descendit de son tabouret, le suivit dehors à contrecœur. Elle n'avait pas l'air habillée pour une soirée. Sous son manteau elle portait une jupe écossaise plissée et un pull vert en laine. À ce moment précis, Rita apparut, ses anneaux d'oreilles luisant sous les réverbères, les lèvres dessinant un cœur rouge vif. Elle avait changé son chemisier pour un corsage en satin bleu saphir.

« J'ai réussi, dit-elle, en glissant son bras sous celui de Paddy. Dieu merci, mes parents se mettent au lit de bonne heure. Alors c'est qui celle-là, demanda-t-elle en examinant Bessie comme si elle ne l'avait jamais vue auparavant.

– C'est ma petite amie, Bessie », dit-il, en dégageant son bras.

Bessie accéléra le pas et se mit à marcher devant eux.

« Hé, t'es en pénitence ou quoi ? dit Rita avec un grand rire.

– Bessie, attends », cria-t-il. Elle pivota sur ses talons et les observa tous les deux.

« C'est pas ce que tu crois. »

Rita lui jeta un regard et s'adressa à Bessie. « Hé, c'est bon. C'est Ray Hastie qui m'a invitée à la fête. J'ai dû repasser chez moi à cause de mes parents. On s'est juste croisés par hasard, Paddy et moi. »

Bessie parut se détendre. Les deux filles se glissèrent devant lui, commencèrent à bavarder. Il pensa que tout irait bien, qu'elles allaient bien s'entendre. Rita parlait à Bessie de son travail, de ses performances en sténo, et comment son patron lui avait dit qu'il allait l'augmenter. C'était un soulagement, parce que, quand il l'avait recrutée au début de l'année, elle avait quinze ans, et on ne paie pas d'impôts avant seize. Mais là elle venait de fêter son anniversaire et avait vu ses quatre livres par semaine baisser de six shillings. Bessie acquiesçait de la tête. Quatre livres par semaine, ça lui paraissait une belle somme, dit-elle. Comme stagiaire à l'école de formation, c'est ce qu'elle gagnait en un mois. Remarque, elle était logée et la nourriture était bonne. Rita claqua de la langue et dit une phrase du genre, c'est malheureux qu'on paie pas correctement des filles intelligentes, jacassant sans pause jusqu'à ce qu'avant même de s'en rendre compte ils arrivent à la pension de famille.

Bessie fit halte au pied de l'escalier, laissant Rita continuer seule.

« On peut parler ici dehors, dit-elle.

– Il faut que je vérifie si tout va bien. » La musique se déversait le long de la rue; quelqu'un chantait « Twilight Time ». Il fit chorus en montant les marches, Bessie à la traîne derrière lui, *chaque jour... rien que pour être avec toi*, et il lui tendit la main. Il se rappela par la suite qu'elle paraissait très pâle, le visage presque couleur de cendre.

Rita jeta son manteau à la volée et aussitôt Ray Hastie se mit à danser avec elle, tous deux entamèrent un shimmy, leurs cuisses se serrant puis s'écartant. Paddy ne put s'empêcher de la regarder. En fait, la salle tout entière s'arrêta pour regarder et les applaudir. C'est à cet instant qu'il jeta un coup d'œil autour de lui et aperçut Johnny McBride appuyé contre la cheminée.

Il traversa la pièce. « On t'a pas invité ici », dit-il.

Johnny ricana, dévoilant le trou dans sa denture. « Je suis ton locataire, tu te rappelles ? Ça, c'est mon pote Stan », ajouta-t-il en désignant le garçon au visage poupin qui était tout à l'heure avec lui au pub.

Rita tourbillonna, les vit et quitta son partenaire. « Tu veux danser, Paddy ? dit-elle, avec un nouveau petit coup de langue provocant à sa lèvre supérieure.

– Pas maintenant. » Bessie se tenait figée sur le seuil. Elle n'avait pas retiré son manteau.

« Bessie va pas t'en vouloir, pas vrai, cocotte ? dit Rita. Ouh là là, on dirait que si. » Il comprit alors que, sous son papotage amical, Rita méditait de piéger et humilier Bessie. Elle se tourna vers Johnny. « Tu veux bien danser avec moi, toi, non ? »

Bessie jeta un coup d'œil glacial autour de la pièce et se dirigea vers la sortie. Paddy la suivit jusqu'à la porte. « Bessie, je t'ai dit, c'est pas ce que tu crois. Allez, détends-toi, viens t'amuser un peu.

– Vous êtes tous ivres.

– Moi pas du tout. J'ai rien bu de la journée, je te jure. Bon, peut-être un ou deux verres. Mais je suis pas beurré. J'ai l'air beurré ? »

Bessie continua à descendre les marches. « Je vais prendre le tram », dit-elle.

Il se retrouva à marcher auprès d'elle, peinant à soutenir le rythme de ses pas furieux. Il commençait à se sentir furieux lui aussi. « Alors de quoi tu voulais me parler ? Hein ? Me fais pas le coup du silence, je le tolérerai pas.

– Ah ! tu ne le toléreras pas, c'est ça ? Je ne t'appartiens pas, Paddy », dit-elle, le regard droit devant elle. Il s'aperçut qu'elle pleurait et lui trouva un air de défi, la façon dont elle serrait les lèvres, la bouche pincée comme si elle les méprisait, lui et tous ses amis. Ils étaient censés être ses amis à elle aussi.

« Qu'est-ce qui va pas ? C'est tes coquelicots ? » dit-il, se raclant le cerveau pour comprendre ce qui la mettait d'humeur aussi maussade.

« Mes quoi ? Ah, tu ne sais rien à rien. »

Ils étaient arrivés à l'arrêt du tram et, pile à l'heure, le tram rouge d'Epsom apparut en cliquetant, le 101, il s'en souvenait, dont le numéro pouvait se lire à l'endroit et à l'envers.

« Dis-le-moi, hurla-t-il. Bessie, qu'est-ce que je sais pas ? »

Elle tourna vers lui un visage froid. « Tu me rends malade », fit-elle en montant la première marche.

Il n'arrivait pas à croire qu'elle lui dise une chose pareille. Pendant qu'elle était encore à portée de voix, il cria : « Bessie, écoute. Je serai à La Vieille Grange demain soir. Sept heures. Viens me rejoindre. S'il te plaît. » Elle marqua une pause, juste assez longue pour qu'il sache qu'elle l'avait entendu, avant d'être aspirée à l'intérieur illuminé du tram, entraînée loin de lui.

Il lança un coup de pied dans une poubelle en passant, envahi de rage. Peut-être, après tout, qu'il la détestait. Elle l'avait tourné en ridicule, en débarquant avec sa tenue d'institutrice, plantée au milieu de la fête sans dire un mot à personne, et plaqué en public. Une part de lui voulait se lancer à sa poursuite, sauter dans un taxi et suivre le tram jusqu'à l'arrêt. Mais il y avait cette fête. La maison. Il y avait Johnny McBride dont il devait s'occuper. Er puis il y avait la fille et il avait envie d'elle.

La musique avait atteint un crescendo, les filles battaient la mesure du pied, braillaient « Comin' Round the Mountain » :

On tuera le grand coq rouge quand elle descend,
On tuera le grand coq rouge quand elle descend,
On tuera le grand coq rouge, on tuera le grand coq rouge
On tuera le grand coq rouge quand elle descend.

La petite Stella, l'amie de Rita, caressait du doigt l'avant-bras du jeune garçon qui n'était pas censé être là, agitant ses boucles rousses et les seins braqués en avant. Johnny n'était en vue nulle part. Ni Rita. Paddy comptait lui dire qu'il était libre pour la nuit. Tout ce qu'il voulait maintenant, c'était avoir une fille auprès de lui, sentir la douceur lisse de sa peau contre la sienne, lui caresser les cheveux, peu importe à qui ils appartenaient.

Il leva les mains en l'air, pour leur faire signe de baisser le son. Quand le bruit s'atténua, il entendit une voix venue du dehors. Une voix qu'il connaissait. Puis qui se tut.

Dehors, sur la véranda qui conduisait vers les cabinets à l'extérieur, Johnny était occupé à embrasser Rita.

« Rentre, Rita», dit Paddy.

Johnny baissa les bras, qu'il avait placés autour de la taille de la jeune fille, se dirigea vers lui et lui envoya son poing en pleine figure. Paddy sentit son cerveau se décrocher de son crâne. Il leva les poings pour lui rendre son coup. Johnny dit : « Je ferais gaffe si j'étais toi, espèce de foutu foie jaune irlandais de mes deux, t'as pas l'étoffe d'un boxeur. Je te foutrai des coups de pied jusqu'à ce que tes côtes te rentrent dans le bide. »

Rita était retournée en hurlant dans le salon. Les frères Quintal, Pooch et Ted, et deux autres, Jeff et Mack, surgirent alors du côté de la maison et saisirent les bras des adversaires.

Quand tous furent revenus à l'intérieur, la soirée ne battait plus son plein, l'humeur se faisait morose, on sentait que la fête avait perdu tout son sel. Paddy s'allongea sur le lit dans la petite pièce adjacente au séjour, sa tête martelée de coups comme un tambour. Il appela le gamin, Stan. « Apporte-moi ce couteau », dit-il. Ils s'étaient servis d'un couteau de cuisine pour décapsuler les bouteilles.

Le garçon se figea sur place, l'air pétrifié. « Nan, mon pote, t'as pas besoin d'un couteau.

– J'ai besoin d'ouvrir une bière. Donne-le-moi, mon pote, j'ai besoin de boire un coup.

– Du calme, Paddy », dit Jeff Larsen.

Des lumières rouges lui dansaient devant les yeux. « J'ai dit va me chercher ce putain de couteau. » Il se précipita hors du lit, fit tomber Stan avec lui et ce fut de nouveau la bagarre, tout autour de la pièce, bouteilles cassées, chaises renversées. Les filles se ruèrent vers le couloir où étaient suspendus leurs manteaux ; Ray commença à remballer la guitare. Paddy fonça à travers la maison, empoigna la valise de Johnny, repartit en courant et la lui jeta. « Rembarque tes affaires... Remets pas les pieds ici. »

Rita saisit son manteau et se prépara à partir dans le sillage de Johnny.

Paddy aspira de grandes bouffées d'air et dégringola les escaliers à sa poursuite, un verre à la main. Ou était-ce une bouteille, il ne parvenait pas à s'en souvenir. Ou est-ce que Johnny avait pris une bouteille en partant ? Tous ces instants si pleins de confusion. Mack Thompson faisait ronfler le moteur de sa voiture et les gens s'entassaient à l'intérieur. Le temps qu'il atteigne la rue, Rita était montée à l'arrière à côté de Johnny.

« Descends, lui dit Paddy. Sors de la voiture. Cette nuit tu restes avec moi. »

Johnny descendit alors, pieds et poings de nouveau lancés, il lui fit perdre l'équilibre, lui assena un coup de pied dans l'aine qui lui explosa les testicules. Ted descendit de la véranda et l'aida à se relever pendant que Pooch se rendait à la voiture, la main tendue vers la fille. Johnny se tenait au-dessus de Paddy, foudroyant du regard Ted et Pooch pendant qu'ils l'adossaient contre la haie.

« Je reviendrai demain matin finir le travail », dit-il avant de tourner les talons et remonter dans la voiture. Quand elle démarra, Paddy vit Rita debout sur le trottoir.

À l'intérieur, elle resta muette. Ray avait fini d'emballer la guitare métallique qu'il devait rapporter au Centre communautaire maori. Les derniers noceurs partirent, certains criant bonne nuit, d'autres se faufilant discrètement dans les ombres de Wellesley Street. Il glissa le bras autour de Rita. La douleur de se tenir debout était trop forte, il retourna s'allonger sur le lit. La jeune fille s'assit auprès de lui, déboutonna le corsage de satin ajusté, dévoilant les orbes de ses seins d'un blanc lumineux.

« Pas maintenant, marmonna-t-il. Bientôt. » Rita se releva et commença à ramasser les bouteilles vides pour les mettre dans un carton, le corsage toujours négligemment ouvert. Ce qui le laissa froid. Le couteau gisait sur le sol, celui qu'il transportait depuis l'époque des Postes et Télégraphes, pour trancher les branches de pin, et qui servait maintenant à peler les pommes de terre. Rita le posa dans le carton avec les bouteilles.

« T'occupe pas de ça, dit-il. Trouve-moi un miroir. »

Elle regarda autour d'elle, l'air affolé, puis décrocha celui qui était suspendu au-dessus de la cheminée ; il était lourd, et elle le tint fermement devant elle en le lui tendant. Quand il vit son visage à l'œil enflé, il émit un juron et lâcha le miroir, qui se brisa en mille morceaux. « Je vais le tuer. Je vais tuer ce putain de McBride, dit-il.

– Tu ferais mieux de te méfier, dit la fille. Il pourrait bien te tuer le premier.

– Reste avec moi, Rita. Reste avec moi cette nuit.

– Je peux pas rester toute la nuit », dit-elle.

Ça n'aurait pas fait une grosse différence, sa queue n'était qu'un mou de viande battue. Ce qu'il lui dit ensuite reviendrait le hanter : *j'ai pas vraiment la trique, ce soir.* Il pensa qu'il s'était couvert de honte, lui, elle, et tous les autres. Surtout, il avait couvert de honte la fille qu'il aurait pu aimer, à l'amener ici quand elle était fatiguée et qu'elle le voulait pour elle seule. Il avait permis à Rita de la ridiculiser. En tout cas, c'est ce qu'il pensait, car qu'est-ce qu'il avait bien pu faire d'autre pour la rendre aussi froide et distante à son égard ? Elle devait bien savoir que c'était elle, sa petite amie, pas Rita, que c'était elle qu'il voulait. Sûrement.

Tout cela, ce n'étaient pas des choses qu'il dirait à un jury.

*

Il était dehors devant Rocklands Hall, respirant le parfum des magnolias, les fines branches d'arbre qui tremblaient au-dessus de lui dans l'obscurité. Les fenêtres éteintes ne livraient rien de leurs occupants. La fois précédente, quand il était venu lui rendre visite, il avait aperçu le splendide escalier, l'élégant lustre suspendu dans le hall d'entrée. Il y a longtemps, ce foyer était une majestueuse demeure de campagne. Une pluie fine commença à tomber et il frissonna dans le froid. Il avait marché si vite à travers la nuit, sans prendre garde à rien, qu'il ne s'en était pas avisé jusque-là. La marche lui avait fait oublier un moment la douleur qu'il sentait encore à l'aine, comme si un organe s'était engourdi. Au bout de dix minutes planté là, ou peut-être plus, car le temps semblait dépourvu de sens désormais, il repartit vers la ville. La douleur était revenue, son souffle entravé par les mucosités sortait par bouffées rauques tandis qu'il trébuchait un pas après l'autre. La distance qu'il avait parcourue en une heure et quelques plus tôt dans la soirée s'étirait devant lui maintenant comme un voyage au loin. Les réverbères allumaient des foyers ternis par la pluie brumeuse, mais il se rappelait à peine le chemin par lequel il était venu.

Tandis qu'il avançait en titubant, tout ce qui dans sa vie était devenu vil et inepte l'assaillit. Il ne pouvait pas blâmer Bessie, ni Rita, et pour le moment il refusait de se blâmer lui-même. Dans tout ce qui barre la route du ciel, rien n'est plus pitoyable que ce qui reste impardonné. C'est une chose que sa mère lui avait dite un jour. Il ne pourrait jamais pardonner à Johnny McBride les événements de la soirée. Son esprit confus brassait des incidents qui devaient et ne devaient pas se reproduire. Il fallait absolument qu'il voie Bessie ; il avait besoin de croire qu'elle viendrait le rejoindre le lendemain soir et qu'elle accepterait de pardonner. Il devait faire en sorte de ne plus jamais croiser Johnny McBride. Sa haine était si farouche qu'elle l'entraînait plus loin qu'il n'aurait cru pouvoir aller, mais à sa haine se mêlait de la peur. Il revit le couteau que McBride lui avait montré à la pension. Pour finir, il s'effondra sur un banc à un arrêt de tram. La pluie avait cessé, mais il était trempé de part en part. L'aube arrivait, les nuages se dispersaient, divisés par des faisceaux de lumière maussade. Le premier train de la journée s'approcha et fit halte. Il monta à bord et regagna la ville. Il y avait un peu d'animation dans les rues, un mendiant qui s'étirait sur le seuil d'un magasin, l'odeur de pain chaud en provenance d'une boulangerie ; une fille retira ses chaussures à talons hauts devant l'hôtel Albion en lui jetant un regard las et indifférent, les affaires de la nuit terminées. Il lui tendit une demi-couronne et continua son chemin.

À proximité de la maison, sa peur se réveilla. Dans sa hâte de sortir, il n'avait pas verrouillé la porte. Johnny était peut-être revenu. Tout doucement, il souleva le loquet. Une fois à l'intérieur, quand il vit que le séjour était vide, il s'adossa au mur et glissa sans bruit le long du couloir comme dans un film de Hitchcock. Chaque pièce était vide. Il n'y avait pas âme qui vive dans la maison à part lui. Il retira ses vêtements trempés, se glissa tout nu entre les draps et s'endormit. De nouveau, sa mère lui vint en rêve. Elle essayait de lui dire quelque chose qu'il ne parvenait pas à entendre. À propos de bâtiments en feu, de flammes qui embrasaient la cathédrale Sainte-Anne. C'est le Blitz qui recommence et il a perdu toute trace d'elle pendant qu'une série de bombes siffle à travers les airs. Il était si terrifié qu'il ne pouvait pas bouger, et quand il relève la tête il comprend qu'elle est partie devant et qu'il doit la suivre. Un homme derrière lui le tire vers le sol et une autre bombe éclate. Une femme en feu passe devant lui en courant et il pense que c'est sa mère. Il se cache derrière un mur pendant que la bombe explose. Des briques tombent, une pluie de ciment l'inonde. L'odeur de brûlé se répand partout, comme du papier sur la flamme du gaz, comme de l'essence, comme de la viande. Il ne sait pas combien de temps il reste là. Puis elle revient en courant vers lui. Albert, pleure-t-elle, Albert, j'ai cru que je t'avais perdu. Oh Dieu, mon Dieu, comment j'ai pu perdre mon fils, Seigneur, pardonne-moi. C'était le bombardement du mardi de Pâques et elle se comportait comme s'il était le Christ ressuscité. Peut-être que rien ne s'est passé exactement comme cela. Il a l'impression que sa mère l'a enfermé dans un placard, et que l'abri, c'était plus tard. Peu importe, il a entendu les histoires, tout le monde racontait des histoires sur ce qu'ils avaient vu dans les abris. Il y avait du feu : il sait qu'il a vu du feu.

Quand il s'éveille, plusieurs heures se sont écoulées. Il entend la pluie sur le toit de tôle comme l'avait prédit l'aurore rouge. On est encore un mardi, et la propriétaire va arriver d'un jour à l'autre. Il tend le bras pour allumer la radio et se sent lentement revenir à la vie, mais il est si mal en point qu'il n'a qu'une envie, rester au lit.

Il faut qu'il nettoie la maison, qu'il se nettoie lui, son corps, ses vêtements, l'intérieur de sa tête si c'était possible. Il regarde dans le bocal où il garde son argent. Quinze shillings et huit pence, c'est tout ce qu'il possède. L'idée même de faire une fête était stupide. Demain il faudrait qu'il retrouve du travail. C'est peut-être cela que sa mère lui disait, qu'il devait travailler dur et économiser cent vingt livres pour rentrer au pays en Irlande, où elle prendrait soin de lui et le garderait à l'abri de tout danger.

Avant de faire quoi que ce soit, il doit parler à la jeune fille. Il téléphone à Rocklands Hall et demande qu'on prenne un message pour Bessie Marsh. Il y a un long silence. Il comprend que son interlocutrice a posé le téléphone et au loin il entend sa voix appeler quelqu'un. Puis la voix ferme de la surveillante l'interroge.

« Qui est à l'appareil, je vous prie ?

– Albert Black, répond-il, et déjà il sait qu'il y a un problème. Je voudrais parler à Bessie Marsh.

– Miss Marsh n'habite plus ici.

– Vous devez faire erreur. Miss Marsh habitait là hier soir. Je l'ai accompagnée jusqu'au tram d'Epsom.

– Miss Marsh a quitté la résidence ce matin.

– Non, hurle-t-il, vous mentez. Elle était pas en retard.

– Mr Black, je n'ai rien de plus à vous dire.

– Mais elle est partie où, alors ? »

Le téléphone fait un déclic, et la communication est coupée.

Il raccroche, secoué de tremblements. Une rengaine assourdie retentit dans son cerveau, mais il ne comprend pas ce qu'elle dit. Quoi qu'il ait pu arriver, il doit garder l'espoir que Bessie sera au rendez-vous ce soir au café. Si elle ne vient pas, il se rendra chez sa grand-mère le lendemain. Elle sera sûrement là, ou sinon sa grand-mère, qu'il n'a pas encore rencontrée, saura où elle se trouve.

Quand il a fini de nettoyer la maison, il met une chemise propre en toile bleue, sa plus belle veste, la marron, et un pantalon sombre. Son œil a encore enflé depuis la nuit dernière et pris une teinte de muscari, mais au moins il se sent convenable. Il ira se faire couper les cheveux dans Queen Street, il en a assez de les lisser avec de la graisse pour en faire une queue de cheval. Il redeviendra un type correct. Sur le pas de la porte, il hésite. La veille, il a vu Rita jeter le couteau de cuisine dans le carton où elle rangeait les bouteilles. Le carton est près de la porte d'entrée, prêt à être mis dehors pour la collecte d'ordures. Johnny se cache peut-être dans les parages, prêt à bondir, et la douleur embrase de nouveau ses testicules. Pris d'un réflexe, il fouille le carton et le couteau est encore là, comme il s'en souvenait. Il le prend et le glisse dans la poche intérieure de sa veste.

Après son passage chez le barbier, d'où il ressort avec une superbe crête lustrée, son estomac creux lui rappelle qu'il n'a rien mangé depuis vingt-quatre heures. Il fait halte au Continental Café dans Victoria Street, où il se commande un steak-frites. La nourriture lui plombe l'estomac. Il doit encore patienter plusieurs heures avant le moment où il espère retrouver Bessie. Une brise marine sournoise lui souffle de la pluie au visage. En face du café, il y a l'hôtel Royal, un grand bâtiment confortable, avec un bar bien tenu, un endroit que ne fréquente pas la clientèle de La Vieille Grange. Où il pourra aussi bien qu'ailleurs passer le temps. Il y sera tranquille. Il aime bien boire seul. Au Royal, il n'aura pas besoin de ruminer les événements de la veille. Il se dit qu'il y a peu de risque d'y croiser Johnny McBride.

Il boit une bière, et en offre une au barman. Il faut qu'il la fasse durer, pour garder un peu d'argent au cas où il devrait emmener Bessie quelque part. Il ne veut pas non plus être ivre quand il la verra. Sa tête le lancine et son estomac est nauséeux. Il commande un deuxième verre, en espérant que la mousse le fera roter. Le barman le surveille d'un œil inamical. « Et un autre pour vous », dit Paddy, essayant de se le concilier. La deuxième bière déloge le contenu de son estomac. Il arrive juste à temps aux toilettes, où tout lui remonte à la gorge, une gerbe infecte, le bruit de vomissement assez fort pour être audible dans le bar à côté.

Quand il ressort, le barman secoue la tête. « Ça suffit pour aujourd'hui. Vous êtes cuit, mon vieux. »

Le bar se remplit de travailleurs qui ont fini leur journée avant la fermeture des pubs à dix-huit heures. La foule se presse autour de lui.

« Ça va, c'est juste que j'étais mal foutu, dit Paddy. J'ai dégobillé, je vais bien.

– Je parie que vous êtes trop jeune pour boire dans ce bar. Ou dans n'importe quel autre. Je pourrais appeler les flics. » C'est la première fois qu'on met son âge en cause depuis qu'il est venu vivre à Auckland. À l'Albert, tout le monde se fiche qu'il aille au pub ou pas.

Une fois dans la rue, Paddy compte ce qui lui reste en poche. Un shilling en pièces de six pence, et huit pennies. Et ça n'allait pas bien du tout. Il ne lui restait pas d'autre choix que de se rendre à La Vieille Grange et de faire passer le temps jusqu'à l'arrivée de Bessie.

C'est seulement une fois assis qu'il aperçoit Johnny McBride derrière l'arcade. Johnny est passé devant lui, et il pourrait jurer que leurs regards se sont croisés. Tous deux s'entre-regardent fixement. S'il partait en courant, il pense que Johnny le suivrait. S'il reste, la foule lui assurera plus de sécurité. Les frères Quintal sont là, et Jeff Larsen, un tas de gens, et de l'autre côté, une bande de Teddy Boys dans leurs beaux atours, mais il ne les voit pas tous. Il regarde Johnny s'installer dans la dernière stalle. La pièce est noyée de fumée. Il va vers le juke-box, glisse une de ses pièces de six pence dans la fente et choisit « Danny Boy ». Tandis qu'il écoute l'ouverture de Whitman, Johnny se dirige vers le juke-box, tend la main et presse le bouton qui dit « Appuyez pour changer de programme », effaçant le choix de Paddy sur le Wurlitzer.

« "Danny Boy". C'est quoi cette merde ? De la daube ringarde de gonzesse jaune irlandaise. » L'espace du café s'emplit du son de *Earth Angel*, où le chanteur implore une femme, son ange terrestre, de se donner à lui, sa *chérie adorée*.... Johnny éclate de rire.

« Va te faire foutre », dit Paddy.

Johnny efface de nouveau son choix, et il a perdu ses six pence.

« Sors dehors », dit Johnny.

Paddy recule et va s'asseoir près des frères Quintal. Johnny l'a traité de sale foie jaune irlandais, il lui a mis son poing dans la figure. Ça s'était passé quand, maintenant ? Hier ou aujourd'hui ? C'est maintenant, c'était avant, ça se passe en ce moment ? La tête lui tourne, les murs lui semblent se resserrer autour de lui, le rythme croissant de l'ange rebondit sur les murs qui se rapprochent, Johnny est toujours planté devant le juke-box, les mains sur chaque côté de l'appareil, la tête penchée en avant, les épaules voûtées.

« Mon œil », dit Paddy, sans s'adresser à quelqu'un en particulier en se palpant le visage.

Puis soudain tout s'éclaircit et il sait ce qu'il doit faire.

L'air a une qualité musicale pure qui éteint les sons autour de lui, sa tête se fait légère.

Chapitre 14

Oliver Buchanan est assis les coudes posés sur sa table de salle à manger bien cirée, contemplant le vide. Des papiers sont étalés partout, son dossier est ouvert devant lui.

« Alors, est-ce que ça s'est mieux passé aujourd'hui ? » Sa femme attend debout près de lui, des sets de table à la main, prête à les disposer pour le repas.

« Oui, je crois.

– Tu n'as pas l'air très sûr. » Il n'avait pas imaginé épouser une femme aussi grande, mince et brune, à moitié italienne. Ils se sont rencontrés à Londres, où, jeune homme, il faisait un voyage d'agrément. À l'époque elle était étudiante à la Royal School of Music ; c'était avant la guerre. Bien qu'elle joue encore du piano, elle a perdu toute envie de jouer en concert quand la guerre est venue, ou peut-être qu'elle ne l'a jamais éprouvée : c'était l'idée de sa mère, qu'elle devienne une pianiste de renom. Elle rêvait que sa fille illumine le monde. En outre, ils avaient deux jeunes enfants quand la guerre éclata, et Oliver dit qu'il y avait des endroits plus sûrs pour eux que Londres. Par exemple la Nouvelle-Zélande. Oliver a le sentiment qu'elle transforme en beauté tout ce qu'elle touche et qu'elle a très bien réussi à illuminer son monde à lui. L'éclairage est doux dans la pièce où il est installé, les murs ornés de tableaux venus d'Italie, parmi d'autres achetés dans des galeries d'Auckland. Des paysages bleutés de la Côte ouest peints par Woollaston, une des scènes urbaines moroses de Frank Gross, une toile de Frances Hodgkins que sa femme adore, qui représente un artiste assis seul à une table. Dehors, derrière les portes-fenêtres, le jardin printanier déborde d'iris et de freesias à la gorge crémeuse. Leur parfum emplit la maison.

« Les garçons dînent avec nous ? demande-t-il, sans faire un geste pour rassembler ses papiers.

– Oui. » Elle hésite, lui pose une main sur la nuque. « Qu'est-ce qui ne va pas, Oliver ?

– Aujourd'hui j'ai fait le contre-interrogatoire du témoin vedette de l'accusation. Rita. Une des filles dont le nom est dissimulé.

– Et ?

– C'est une gamine. Je lui ai mené la vie dure. Je l'ai fait pleurer. »

Sa femme s'assoit. « Je vois. Mais il faut bien que tu obtiennes la vérité.

– Je ne suis pas sûr d'y être arrivé.

– Elle a de mauvaises fréquentations, non ? C'est elle qui est sortie par la fenêtre pour aller à la soirée ? »

Le procès est si sensationnel que ses amies ont essayé de lui arracher des détails lors de leur réunion matinale autour d'un café. Oliver dit toujours qu'il n'aime pas rapporter son travail chez lui, en tout cas il ne veut pas la charger de précisions sur ce qu'il implique. Mais le poids de ce procès le fait se replier loin d'elle, alors qu'il a besoin de la sentir proche.

« Elle aurait mieux fait de rester chez elle cette nuit-là, c'est certain, dit-il. Ses parents en auront le cœur brisé. Elle n'est pas stupide, plutôt futée, et jolie, elle a seize ans et elle croit que rien ne peut l'atteindre, qu'elle a raison sur tout.

– Oliver, est-ce que ça compte ? Cet homme, Albert Black, il a poignardé un homme de sang-froid. Qu'est-ce qu'il reste à dire de plus ?

– Ce qui m'intéresse, c'est ce qui s'est passé avant qu'il ne poignarde Jacques.

– Alors un geste en a entraîné un autre, tu penses ?

– Quelque chose dans ce genre. » Tandis qu'il parle, leurs fils font irruption dans la pièce, casque et fleuret à la main, tout rouges et riant d'une plaisanterie entre eux. L'un a vingt-deux ans, l'autre dix-neuf. Ils sont plus grands qu'Oliver et son épouse, les cheveux bruns en bataille, et des sourcils broussailleux comme les siens. Tous deux ont rallié le club d'escrime de l'université quand ils ont commencé leurs études.

« On dîne dans vingt minutes, les garçons », dit leur mère, quand les rites de retrouvailles sont terminés. Ils l'embrassent toujours légèrement sur les deux joues, à la mode européenne.

Oliver commence à débarrasser la table de ses papiers. « Tu vois, dit-il, tu les appelles les garçons. Tes fils, qui sont armés d'épées. »

Elle dispose les sets sur la table. « Albert Black est aussi un garçon qui a une mère, c'est ça que tu veux dire ?

– Oui.

– Comme l'était Alan Jacques.

– Qu'elle a abandonné il y a longtemps.

– Pauvre garçon, dit-elle. Mais il y a des sœurs, non ?

– Je crois.

– Un père ?

– Au retour de la guerre, il s'est mis en ménage avec une contrôleuse de bus. Il y avait une quantité d'enfants, alors il les a tous placés dans un foyer d'accueil. Ce garçon et deux de ses sœurs ont été mis sur un bateau et expédiés ici. J'ai entendu dire qu'une de celles restées en Angleterre est morte juste avant que Jacques ne se fasse tuer.

– C'est une histoire affreuse, dit-elle. Les filles ont assisté à son enterrement ?

– Pas que je sache. Les choses ne se passent pas trop bien pour elles. À ce qu'il paraît. » Les garçons déconcentrent Oliver. L'aîné fait semblant de pointer son fleuret sur son frère, bien que l'arme soit dans son fourreau. « *En garde* », crie-t-il.

« Ça suffit ! » Oliver se surprend à brailler. « Arrêtez ça tout de suite. »

Sa femme le regarde, étonnée. Mais elle pense saisir l'ensemble du tableau. « Peut-être que cela, tout cela, a un rapport avec cet horrible gâchis. Le garçon assassiné avait lui aussi son lot de problèmes. »

*

Il fallut plusieurs jours à la police pour identifier le cadavre. Tous les gens interrogés, y compris l'inculpé, avaient fourni le nom de Johnny McBride, bien que les journaux le nomment respectueusement John McBride, comme si sa mère avait eu le bon sens de ne pas le baptiser Johnny. Laurie Corrington, le cuisinier de La Vieille Grange, faisait partie de ceux qui avaient affirmé à la police que c'était cela son nom, et avait répété cette assertion à pratiquement tous les reporters de la ville. Laurie était courbé sur son gril à l'avant du café au moment de ce qu'il appelait « l'incident ». Il connaissait Johnny, déclara-t-il. Celui-ci venait souvent se restaurer ici. Un type sympa, qui lui disait bonjour en arrivant. Du genre mal dégrossi, mais pas pire que les autres. Qui racontait qu'il voulait se faire marin pour payer son voyage de retour en Angleterre.

« Je me suis retourné juste au moment où ça s'est passé. Johnny est parti tourner autour du juke-box. J'ai vu un type se lever dans une des stalles et aller se planter derrière lui. Oui, c'était Paddy, pas de doute. Tout d'un coup, Johnny a perdu l'équilibre et il est tombé en arrière. D'abord j'ai cru que Paddy l'avait frappé et j'ai foncé au bout du comptoir pour les arrêter. On aime pas la violence, dans ce café. Et puis j'ai vu le sang. J'avais un tablier blanc. Il était éclaboussé de sang. »

Laurie avait bondi vers la porte et couru dans la rue, son tablier blanc taché de sang flottant autour de ses genoux. Il courut jusqu'à Victoria Street, en réclamant la police à grands cris. Au poste, il trouva deux agents. Ils se précipitèrent avec Laurie vers le café, l'un perdit son casque en route, sans s'arrêter pour le ramasser.

L'ambulance arriva. « Mr McBride était encore conscient à ce moment-là, dit Laurie. Il avait le couteau planté dans le cou, là où on l'avait poignardé. Les gars l'ont fait rouler sur un brancard depuis l'endroit où il était tombé, mais vous savez, son pouls était très faible, on voyait bien qu'il était en train de partir. Pauvre garçon, il venait juste de perdre son logement. Il avait une valise avec lui, tout ce qu'il possédait. Quelqu'un a raconté qu'il s'était bagarré à propos d'une des filles, bon, on sait jamais, hein ? En tout cas c'est moi qui ai appelé l'ambulance, oui, monsieur, on fait son possible. »

Dans les bagages de la victime, la police trouva des informations qui ne coïncidaient pas avec ce qu'on croyait savoir de Johnny McBride. Au lieu de papiers d'identité à son nom, ils trouvèrent des documents appartenant à un nommé Alan Jacques, âgé de dix-neuf ans, et non vingt-quatre, un enfant migrant arrivé deux ans plus tôt. Il était déjà grand à son départ d'Angleterre, plus vraiment un enfant, à peine un homme, mais quand ses deux sœurs furent embarquées pour la Nouvelle-Zélande, on l'expédia par le même bateau. Dans l'une des valises, la police trouva une quantité de livres interdits du romancier américain Mickey Spillane, dont l'un intitulé *La Longue Attente*. Le personnage principal s'appelait Johnny McBride.

Au bout de quelques jours, on trouva la piste d'un fermier du Sud, qui fut convoqué pour venir identifier le jeune homme défunt. Oui, dit-il, quand il le vit à la morgue, c'est bien lui, Alan Jacques. Le fermier dit à la police qu'il l'avait employé lors de son arrivée en Nouvelle-Zélande. Il était parti depuis environ un an. Le gamin n'aimait pas trop vivre à la campagne et il se plaignait du travail. « N'importe qui aurait cru qu'il apprécierait la vie au grand air, et les occasions qu'il trouverait ici », expliqua le fermier aux journalistes qui l'attendaient dehors pendant qu'il procédait à l'identification. « Il disait tout le temps qu'il voulait rentrer chez lui, qu'il aimait pas traire les vaches.

– Et ses sœurs ? lui demanda-t-on.

– Je les ai reçues à la ferme le premier été pour leur offrir un peu de vacances. La plus jeune a donné un bon coup de main pour les foins. Je pense qu'elle devait avoir dans les treize ans à l'époque. L'autre était plus âgée.

– Est-ce que le garçon s'est montré violent pendant qu'il travaillait à la ferme ? interrogea un reporter.

– En tout cas, pas devant moi. Bon, il lisait ces livres, vous savez, ceux que Mazengarb a interdits. Et il avait bien raison, j'aurais dû les lui confisquer, nous on est une famille correcte. Me demandez pas où il les a trouvés. Il passait ses jours de congé avec une bande de durs, c'est peut-être eux qui les lui ont donnés. J'ai entendu dire qu'il avait fait des mauvais coups quand il était en ville.

– Ça vous est arrivé de lui coller une raclée ? demanda le reporter.

– Ça suffit, ce genre de questions. Il était bien traité, chez moi, il avait un lit dans l'appentis. J'ai jamais toléré ses insolences. De toute façon, il est entré à l'armée quand il a eu ses dix-huit ans. »

Peut-être que c'est à l'armée qu'il a appris à se battre, réfléchit tout haut le fermier. Mais comment pourrait-il le savoir, personne ne lui a offert de job à sa sortie de l'armée, et le garçon n'est pas venu en demander. Il y en avait des tas, là d'où il venait. Tout ce que savait le fermier, c'est que le gamin allongé sur la table là-dedans était bien Alan Jacques et il n'avait rien de plus à dire.

Entre autres tâches, Oliver dut informer Albert Black de l'identité de sa victime. (Difficile de savoir comment les appeler, l'un et l'autre. Paddy ou Albert ? Alan ou Johnny ? Cérémonieux ou familier ? Il sentait qu'il devrait se maintenir à distance professionnelle, mais Paddy semblait plus approprié.) Il observa l'expression sidérée de Paddy, sa stupeur croissante. « Pourquoi il m'a rien dit ?

– Qu'est-ce que ça aurait changé, demande Oliver, en s'efforçant de dissimuler une pointe de sarcasme.

– Peut-être que j'aurais pu devenir son ami. Il voulait rentrer chez lui, juste comme moi.

– Johnny ne semblait guère vouloir d'amis, dit Oliver, un peu radouci

– C'était rien qu'un gosse. Plus jeune que moi. J'aurais dû le savoir.

– Savoir faire mieux que de le tuer ? Là-dessus nous sommes d'accord. »

Paddy penche la tête presque entre ses genoux et fond en larmes. « J'avais pas l'intention, je voulais juste lui faire peur. Je pensais – oh, tant pis, c'est sans importance.

– Vous pensiez quoi ?

– Je pensais que je lui mettrais les boules, je lui taillerais juste une boutonnière, peut-être qu'on m'enverrait au trou et qu'on me rapatrierait. Oh, un truc dans ce genre, j'avais pas les idées très claires. Je regrette tellement. Le pauvre petit con. »

Oliver demande à ses fils s'ils ont lu des romans de Mickey Spillane. Ils sourient, haussent les épaules et lui disent que c'est bon pour les mômes. L'aîné prépare une licence de littérature anglaise. En ce moment il lit les œuvres de Thomas Hardy. Oliver se rappelle une phrase de Hardy. N'est-ce pas lui qui a écrit que *Pour chaque mal il y a un pire* ?

Oliver a lu *La Longue Attente*, et il est révulsé. Stupéfait qu'on puisse s'identifier si étroitement à l'anti-héros amnésique de Spillane. Il souligne un paragraphe du livre : *Quelqu'un allait mourir. Un autre aurait les deux bras brisés... un autre allait prendre une tannée qui laisserait les marques du fouet sur sa peau pendant toutes les années qui lui restaient à vivre.* Était-ce possible que, comme le personnage central du roman, Alan Jacques ait à tel point perdu le sentiment de son identité qu'il croyait à sa nouvelle incarnation ?

Il continue à lire le roman tard dans la soirée avec la sensation croissante de se dégoûter de lui-même. Malgré lui, il se sent contraint de poursuivre sa lecture. Toute sa famille est endormie. Quand il a fini, il va dehors. Il fait nuit claire dans le beau jardin. Les étoiles scintillent d'un éclat brillant, comme acéré. Les étoiles l'ont toujours fasciné, et maintenant, à l'approche de minuit, la Voie lactée répand son pâle rayonnement à travers le ciel. Dans l'hémisphère nord, l'été aura glissé vers l'automne. Oliver peine à imaginer qu'on puisse vouloir vivre ailleurs qu'ici à Auckland. Il a essayé de vivre à l'étranger et ne s'y est pas plu. Mais les jeunes gens de cette tragédie – ils ne voulaient ni l'un ni l'autre se trouver où ils étaient, et l'un d'eux est déjà mort. Sa compassion pour Alan Jacques a été stimulée, mais il a conscience que ce que raconte Albert Black pourrait être bien vrai aussi, qu'il était terrorisé par Alan Jacques, ce garçon qui se faisait appeler Johnny McBride.

Si Black se sentait un étranger, les sentiments de Jacques allaient encore plus loin. L'exclu. Quelqu'un allait mourir, et dans le fil des événements, c'était lui.

*

Horace Haywood sait qu'il devrait être chez lui auprès de sa femme. Depuis qu'ils ont déménagé dans le Nord, à la prison de Mount Eden, elle a peu d'amis. À la place, elle vient rendre visite aux prisonniers. Elle leur apporte des friandises, bonbons, gâteaux faits maison, et elle reste assise à leur parler quand ils ont le moral à plat, comme s'ils étaient ses enfants. Leurs enfants, puisqu'il en a la charge, lui la figure paternelle. La situation est insolite, il le sait, et les prisonniers, surpris, le savent aussi. Parfois, quand l'un d'eux est particulièrement malheureux, Ettie lui passe le bras autour des épaules et le réconforte. Elle a tenté cette approche consolatrice avec Albert Black, mais il semble, à certains égards, un solitaire. Black ne parle jamais de son crime avec d'autres prisonniers, ni avec le directeur et encore moins avec la femme du directeur. Il y a des jours où il reste assis dans sa cellule à chantonner en sourdine, et ça aussi c'est déconcertant. Bien qu'Albert Black rie et échange des cigarettes avec les autres dans la cour, Haywood le voit se tenir à distance de ce qui s'est passé le jour où Alan Jacques est mort, comme s'il ne croyait pas que cela s'était produit. Ce qui trouble le directeur. Si ce prisonnier est déclaré coupable et condamné à la peine capitale, ce sera son rôle de veiller à son bien-être depuis le moment du verdict jusqu'à l'exécution. Et ensuite il y aura encore la famille, avec qui il faudra communiquer, transmettre les dernières paroles, les derniers instants de la vie d'un homme.

Ni lui ni Ettie n'ont de vie sociale au-delà des murs de la prison. Une fois la mise à mort accomplie, on risque toujours de croiser des amis ou parents à lui qui vivent en ville. Cela reste un non-dit entre eux, mais Ettie et lui le savent tous les deux. Au moins la famille de Black, s'il est jugé coupable, vit trop loin pour que le directeur soit forcé de les voir. Il lui est impossible d'oublier la mère de l'Anglais, Frederick Foster, qui est venue si récemment en Nouvelle-Zélande pour plaider la cause de son fils, et qui est restée dans la ville après sa mort. Il ne la blâme pas, c'était une combattante ; ça le met en colère, que Black ne se batte pas davantage, parce qu'il ne peut pas se battre pour lui.

« Comment tu penses que l'affaire évolue ? » demande-t-il à Des Ball, en poussant la bouteille de whisky vers lui. Ils vont prendre encore un verre, pense-t-il, ensuite il faut vraiment qu'il rentre. Ce ne serait pas bien qu'il passe encore la nuit ici. C'est comme ça que le chaos et les mutineries commencent, les gardiens qui relâchent leur vigilance, les hommes qui en profitent.

« La fille pédalait un peu dans la semoule à la barre, dit Des. Trop tôt pour deviner ce que pense le jury.

– Buchanan va essayer d'obtenir l'homicide non prémédité ?

– Oui, c'est ça.

– En plaidant la provocation ? C'est un peu tirer sur la corde, non ? Il s'était écoulé vingt-quatre heures depuis que Jacques l'avait rossé. Il courait encore après cette fille ?

– Allez savoir. Il l'a pas regardée pendant qu'elle était à la barre, il gardait les yeux fixés droit devant lui.

– On dirait qu'il ne se rend pas compte qu'il risque de mourir lui aussi. Qu'est-ce qu'il a dans le crâne, il a envie de mourir ? Il ne comprend pas que la mort, c'est pour toujours ? Aucun de nous n'est immortel. » La voix de Haywood se teinte de colère. « J'ai vu trop d'hommes faire le plongeon depuis je suis ici. Tu sais, j'ai travaillé à la carrière de la prison de Paparua, là-bas, dans le Sud. Avec les hommes, auprès d'eux, pendant dix-sept ans. Jamais je n'aurais cru qu'on me choisirait pour faire ce genre de boulot. Je croyais que le monde était un roc aussi solide que les pierres de cette carrière. Je croyais que Dieu veillait au grain. Tu crois en Dieu, Ball ?

– Oui, plutôt. J'ai grandi dans la foi catholique, monsieur.

– J'aurais dû le deviner. Je regarde le prêtre pendant qu'on exécute des gens de cette prison. C'est un homme bon, le père Downey, très bon. Il fait le signe de la croix, et je vois à quel point il souffre. Mais je me demande s'il croit vraiment que Dieu soulève ce pauvre bougre qu'on vient de décrocher de la potence et qu'il le transporte dans un endroit meilleur. Peut-être que toi tu peux me le dire, Ball. J'espère qu'il n'y aura rien que les ténèbres quand mon heure viendra. C'est peut-être ça que Black veut aussi. »

Après un silence, brisé seulement par l'écho des cris des hommes dans leur cellule, Des dit lentement : « Black a pas envie de mourir. Je crois qu'il espère encore être déporté.

– Renvoyé en Irlande ? Eh bien, je le lui souhaite. » Haywood se lève, un peu chancelant sur ses pieds. « Dois rentrer. Aller retrouver Ettie. Se coucher de bonne heure.

– Le dîner est dans le four. Ouais, je sais, parlons-en ! »

Haywood regarde son gardien d'un œil soudain acéré. « Toi aussi, Des, il faut que tu rentres. Rentre chez toi. Marge, ça va ?

– Pas mal, monsieur.

– Les enfants ?

– Autant que je sache. Je les vois pas beaucoup. Grandissent vite.

– Tu es un homme fortuné, Des, tu le sais ? Fortuné. »

*

Après le deuxième jour du témoignage de Rita Zilich, le jury se rassemble de nouveau au Station Hotel pour prendre un verre au bar d'en haut. James Taylor a le chic pour se rappeler ce que chacun boit. Ken McKenzie voudrait s'échapper dans sa chambre, il ne s'habitue pas encore à être confiné dans l'espace étroit qu'il occupe avec les onze autres jurés. La petite salle du tribunal où ils se retirent pendant les pauses, prennent le thé, déjeunent ensemble, génère la claustrophobie. La fenêtre est un modèle à guillotine. Le professeur de littérature classique, qui se prénomme Arthur, s'est approprié son encadrement, perché sur le rebord, de sorte qu'il siège un peu au-dessus des autres, et la plupart du temps il feint l'indifférence aux conversations qui l'entourent, fumant des Camel d'un air maussade, la tête appuyée sur les doigts de sa main libre. À l'hôtel, il commande aussitôt un whisky sour, le boit rapidement et vise la porte du regard.

« Qu'est-ce qu'on peut tirer du témoignage d'aujourd'hui ? dit Taylor.

– Je trouve vraiment la fille ravissante, dit Jack Cuttance. Futée aussi, si vous voulez mon avis, mais je lui ferais pas confiance.

– Oh, je ne sais pas, dit Neville Johns, en tirant sur sa pipe. Une donzelle dotée d'un cerveau de taille modeste, je dirais. »

Deux ou trois d'entre eux approuvent de la tête.

« Une bonne dactylo, si ce qu'elle raconte est vrai, suggère le comptable. Je la recruterais probablement.

– Et vous, jeune Kenneth, qu'est-ce que vous en pensez ? »

Ken rougit, regrettant qu'on n'ait pas passé son tour.

Le professeur donne des signes d'impatience lassée. « Mr McKenzie vire au rouge. Je suis sûr qu'il admire chez Miss Zilich des atouts qui n'ont rien à voir avec ses talents de dactylographe. »

Ken se redresse sur son siège. « Je pense qu'elle a omis des choses dans son témoignage. Voilà ce que je pense.

– *Vraiment* ? Qu'est-ce qui vous fait dire ça ? » Taylor se penche en avant, son gin tonic posé en équilibre sur un genou.

« Je sais pas exactement. C'était juste sa façon de lorgner vers ses amis pendant le contre-interrogatoire.

– Mais sûrement elle cherchait juste à être rassurée. C'est une grosse épreuve pour une jeune gamine comme elle de venir témoigner à la barre, dit Taylor.

– Je crois qu'elle aimait bien Paddy, enfin, Albert Black, et maintenant elle veut pas que son petit ami l'apprenne. Je pense pas qu'elle a dit toute la vérité, la façon dont tout ça s'est passé. Elle donnait l'impression que l'accusé l'avait forcée à rester, mais après elle lui a dit qu'elle pouvait pas passer toute la nuit avec lui. Il fallait qu'elle rentre chez elle avant que ses parents découvrent son absence. »

Arthur, en dépit de ses airs languissants, commence à lui prêter attention. « Mais il ne pouvait pas bander, son pénis était mou. Ça ne serait pas suffisant pour lui donner envie de partir ?

– Non, je crois pas que ça s'est passé comme ça », dit Ken. Au moment où il parle, il se sent une envie d'uriner, juste comme à l'école quand la maîtresse lui posait un tas de questions auxquelles il ne savait pas répondre. « Elle a dit qu'elle pouvait pas rester toute la nuit *avant* que Paddy ait une panne d'érection. Elle savait pas qu'il pourrait pas. » Il s'interrompt, certain maintenant qu'il va se pisser dessus.

Jack Cuttance vient à son secours. « La tringler. Elle savait pas qu'il pourrait pas la tringler. »

Taylor hoche la tête, la mine sagace. « Nous verrons ce que les témoins suivants auront à dire. Pensez, ils ont suspendu ce type, Foster. C'est une décision grave.

– Pendu, dit le professeur. Ils ont pendu Frederick Foster. On suspend les tableaux, on pend les gens. »

Taylor se détourne, furieux.

Le professeur a changé d'avis, il n'a plus envie de partir. Il va au bar et se commande un deuxième whisky sour. « Vous avez peut-être raison, marmonne-t-il du coin de la bouche en passant devant Ken. Travail en cours. Non que ça change grand-chose. Au fond, quelle importance, qui elle avait envie de baiser ? Elle est grande, elle peut baiser qui elle veut. Ou bien, jeune Kenneth, êtes-vous un bon garçon au cœur vertueux, un garçon de ferme conservateur pur jus qui cherchez une jeune vierge pour épouse ? Bonne chance sur ce coup-là. Un couteau dans le dos reste un couteau. La moëlle épinière tranchée et une quantité de sang.

– Black s'est fait tabasser.

– Aha ! alors vous avez vraiment de la sympathie pour l'accusé ?

– J'aurais pu faire pareil. Si j'avais été à sa place. » Il n'avait pas l'intention de dire cela, les mots lui ont échappé.

Arthur le regarde avec surprise, une lueur de respect. « Ma foi, c'est un beau discours. Je ne l'aurais pas cru.

– Je sais me servir d'un couteau. Comme tous les garçons de ferme. On apprend à trancher la gorge d'un animal quand il faut. Monsieur.

– Le sens de la vie, c'est qu'elle s'arrête là ?

– Je vous demande pardon ?

– Demandez pardon à Kafka. Oh, peu importe. Nous sommes tous des animaux. Quand on est mort, fiston, on est mort. Mais je partage votre avis. Albert Black ne mérite pas la corde. Ça dépend de nous, n'est-ce pas ? »

Chapitre 15

L'ADOLESCENT À LA BARRE EST NERVEUX. Il n'était pas censé être à Auckland le jour où Alan Jacques est mort. Stan Cameron, dix-sept ans, a dit à ses parents qu'il allait dormir chez un ami, comme il le faisait souvent. Il passerait le week-end là-bas, puis resterait ensuite quelques jours. Sa famille vit en haut de Tinakori Road, à Wellington, en face des Jardins botaniques, dans une maison qui donne sur les magnolias. Il est apprenti imprimeur, affecté au journal du matin : les presses roulent jusqu'aux petites heures. En hiver ça lui fait une longue marche en ville s'il manque le bus, avec le vent qui fouette et siffle à travers les espaces caverneux entre les arbres du parc. D'ici l'été prochain il espère avoir économisé de quoi s'acheter une bicyclette. Au lieu de l'histoire qu'il a racontée à ses parents, une fois le travail fini et les petits livreurs partis distribuer la première édition, il a pris un car pour Auckland. En son for intérieur, il s'est dit qu'il pouvait prendre un jour de congé. Il ferait l'aller et retour avant que personne ne remarque son absence. C'est juste qu'il mourait d'envie de voir à quoi ressemblait Auckland. Il avait entendu dire que la ville était vaste et qu'il s'y passait beaucoup de choses. Il ne se passait rien à Wellington. Rien. En tout cas rien dans son expérience. Il n'avait pas imaginé que cette équipée secrète le ferait atterrir en première page du journal pour lequel il travaillait. Ses employeurs s'étaient montrés généreux, ou peut-être que sa mère leur parut suffisamment pitoyable quand elle alla plaider pour qu'ils lui conservent son job quand il revint à la maison. Maintenant il est de retour à Auckland, et presque tous les acteurs de ces deux jours de cauchemar sont présents dans la pièce. Tous sauf un, et il est mort.

À Auckland, Stan a réservé dans un immeuble de rapport de Symonds Street. Il a payé dix shillings d'avance, et il doit dormir dans un grand lit à côté d'un autre homme. L'idée de devoir partager un lit avec un inconnu dans un logement bon marché ne l'avait jamais effleuré, et ça le rend nerveux de se retrouver dans cette situation. L'autre homme paraissait jeune, mais grand avec des épaules lourdes. Il portait des vêtements bizarres. Stan éteignit la lumière avant de retirer sa chemise et son pantalon, et il grimpa prudemment dans le lit, en s'accrochant au bord.

L'homme lui dit qu'il s'appelait Johnny McBride et ajouta : « Te bile pas. Je préfère les filles. »

Ils dormirent dos à dos. Johnny ronflait par intermittence, et le jeune garçon trouva qu'il sentait l'alcool et la sueur. Pour finir, il tomba dans un sommeil agité. À un stade de la nuit, il s'éveilla et eut la certitude d'entendre son compagnon sangloter, même si sa respiration indiquait qu'il était encore endormi.

« T'as besoin de becqueter, dit Johnny le lendemain matin, comme s'il était entendu qu'ils étaient amis. Je connais un endroit qui reste ouvert toute la nuit, sept jours sur sept. »

C'était un dimanche matin, le café La Vieille Grange presque vide à part deux hommes plus âgés en train de lire le *Sports Post*.

Ce fut le début d'une amitié qui dura deux jours.

Ils burent de l'alcool de contrebande dans un appartement d'Onehunga. Ray Hastie, qui habitait là, leur dit qu'en réalité il s'appelait Rainton ; apparemment tout le monde portait un nom ou un autre à Auckland. Les murs de l'appartement étaient ornés d'affiches de filles en bikini, et un portrait osé qui couvrait la moitié d'un mur en montrait une aux seins énormes complètement à poil. Son cul était braqué vers l'appareil photo. C'est ta petite amie ? demanda-t-il à Ray, mais Ray se contenta de rire en disant qu'on ne risquait pas de le voir coincé avec une seule fille, elles étaient plus drôles quand elles étaient nombreuses. Un jour il en aurait une maison pleine, et comme ça il pourrait les contempler à longueur de journée.

Le jeune Stan rêvait de tenter sa chance et se faire admettre dans un pub, ce qu'il n'aurait pas osé faire dans la ville où il habitait. Le lendemain il se rendit avec Johnny à l'Albert Hotel, où on le servit sans que personne hausse même le sourcil. À mesure que le jour avançait, il pressentit qu'il n'irait pas travailler le mardi, ni même sans doute le mercredi. On avait déjà dû noter son absence. Ça lui coûterait le prix d'un appel en inter au bureau du journal à Wellington, où ils devineraient qu'il mentait s'il leur disait qu'il était malade.

Au tribunal, Gerald Timms, l'homme de loi, ne s'intéresse pas à ces détails. Timms a parcouru la déposition de Stan, en marquant les points qu'il souhaite élucider. C'est une bonne déposition, lui a-t-il dit en préambule.

Sa voix tremble quand il déclare être Stanley Cameron, de Wellington. Son père est assis dans la galerie bondée, il attend pour le ramener à la maison, là-bas dans le Sud, dès qu'il aura pu le faire sortir de cet endroit. « Je connais l'accusé, dit-il, je le connaissais sous le nom de Paddy. Je connaissais Johnny McBride depuis trois jours quand il a été tué. J'ai connu Paddy un peu moins de deux jours. Le matin du lundi 25 juillet, j'étais à l'Albert Hotel. Plus tard dans la journée, Ray Hastie m'a invité à une fête au 105 Wellesley Street. Je suis arrivé vers six heures et demie, et je suis resté jusqu'à environ onze heures et quart. Il y a eu des problèmes à la soirée, mais j'ai pas tout vu. J'étais sorti pendant environ vingt-cinq minutes.

– Pour aller où ? » l'interrompt Timms.

Stan Cameron a honte de ce qu'il doit répondre, parce que son père va l'entendre. Il est déjà au courant, bien sûr, mais reconnaître son mensonge devant tous ces gens semble aussi mauvais que tout ce qu'il peut dire. « Je savais qu'il y aurait quelqu'un de garde la nuit à mon travail. Je suis allé à une cabine téléphonique pour prévenir que je viendrais pas le mardi, mais j'y serais sûr le mercredi. Je comptais dire que j'étais naze, mais j'ai pas pu obtenir l'inter. Quand je suis revenu, j'ai vu que Paddy s'était battu. Il avait des meurtrissures autour de l'œil, et sa chemise et son pantalon étaient déchirés », dit-il, une tirade bien répétée. « J'ai vu aussi Johnny. Il avait aucune marque de blessure ou de dégâts sur lui. Paddy m'a demandé quelque chose. Il était allongé sur le lit et il m'a fait signe d'approcher. Il m'a demandé un couteau.

– Il vous a demandé un couteau ? » La voix de Timms se fait douce et insistante.

« Oui. J'en avais bien un, c'est celui que mon père m'a donné, un couteau de scoutisme. C'est un couteau de poche pliant. Dessus il y a un décapsuleur. Je l'avais sorti un peu plus tôt.

– Et qu'est-ce que vous avez dit ?

– J'ai dit non. J'avais peur de le perdre parce que c'est mon père qui me l'a donné. Quand j'ai refusé, il m'a attrapé par la veste et il l'a déchirée. Il y a eu une légère "altercation", mais pas de coups, juste une petite empoignade.

– Alors il s'est mis en colère ? Sorti de ses gonds, pourrait-on dire ?

– Oui, un truc dans ce genre. D'autres gars nous ont séparés. Je suis pas resté très longtemps après cette bagarre. J'étais un peu soûl, alors je peux pas me rappeler exactement ce que j'ai fait. Je suis bien retourné à la pension où je logeais, et Johnny est rentré plus tard et il a plus bougé. Je crois pas qu'il ait trop bien dormi, je dirais plutôt qu'il a beaucoup gigoté au lit, pas comme la nuit d'avant. Il parlait en dormant, comme s'il était furieux contre quelqu'un. »

Stan jette un regard de côté vers la galerie. Il voit la fille, Stella, assise à côté de Rita Zilich. Stella l'a vu et lui a fait un clin d'œil quand il est entré dans la salle d'audience. Elle porte une capeline noire à large bord décorée d'une rose sur ses boucles auburn. Qui gêne manifestement les gens assis derrière elle, mais elle n'en a cure. Il sait qu'elle a déjà témoigné. Le soir de la fête, elle l'avait effleuré de manière suggestive. « Tu es nouveau par ici », avait-elle dit, et puis tout était parti en vrille.

« Le lendemain c'était un mardi, le 26 juillet, poursuit Stan. Johnny et moi, on est allés dans une salle de billard en ville. On a passé une bonne partie de la journée ensemble.

Il y avait deux autres types avec nous, un nommé Jeff Larsen, mais qui se montrait pas très amical avec Johnny. Je me rappelle pas le nom de l'autre. On a fait des allers et retours entre la salle de billard et un café où on a déjeuné, et l'Albert Hotel. Johnny est allé s'acheter des habits neufs, il est retourné à la pension où on logeait pour se changer, puis il est revenu à l'Albert. Après la fermeture de six heures on a marché dans la rue, puis on est allés manger à La Vieille Grange.

« En tout cas, on était quatre à boire ensemble assis dans une stalle, avec deux autres gars que je connaissais pas. On a commandé à manger, c'est là que l'accusé est entré et il est allé s'asseoir dans la première stalle, face à l'arrière du café. Je suis allé à la table de Paddy pour lui dire bonsoir, histoire de lui montrer que de mon côté je lui en voulais pas. Il y avait quelques types que je connaissais de la veille. Je me suis pas assis avec eux. J'ai parlé avec Ted Quintal et je leur ai offert des cigarettes, mais Paddy a répondu qu'il fumait pas. Je croyais que si, mais on aurait dit que rien l'intéressait. Je suis retourné près de mes amis, et je leur ai dit que j'allais aux toilettes publiques, ils m'ont dit que c'était dans la rue d'après, juste au coin. Ensuite je suis revenu au café, mais j'ai trouvé la porte fermée, et une foule devant. J'ai pas pu rentrer dans le café. J'ai rien vu de ce qui s'est passé à l'intérieur. »

Timms place les mains sous l'encolure de sa robe. « Alors, entre le moment où vous êtes arrivé au café avec McBride et celui où vous en êtes reparti, quels ont été ses mouvements ? S'il y en a eu ?

– Pendant que j'étais là, il a discuté avec des gens dans la stalle d'en face, et puis il est retourné à sa place. Il est resté à sa place, je crois. Depuis le moment où il est entré dans le café avec moi jusqu'au moment où je suis parti, sauf quand il parlait avec les gens d'en face, il est resté à sa place. »

Un défilé de jeunes gens émerge de la salle réservée aux témoins de la Couronne où ils ont été cloîtrés, leur arrogance disparue, leur expression figée. Rainton Hastie fait un récit plat de la soirée. C'est un témoignage qui le tient à distance des désordres. Il n'était pas au café le soir de l'incident, et il est facile de voir à quel point il en est heureux.

Ted Quintal dit qu'en temps normal il travaille dans une blanchisserie, mais en ce moment il accomplit une peine de prison pour trafic de voitures. Pooch, dont on apprend qu'il s'appelle en réalité Claude, est dans une maison de correction à Invercargill pour le même crime. Les deux frères étaient partis faire une virée touristique, comme ils disaient, dans une voiture « empruntée » le lendemain de la mort de Johnny McBride. Les autorités avaient refusé d'expédier Pooch dans le Nord pour le procès, son témoignage n'étant pas jugé suffisamment important pour justifier les dispositions qu'il faudrait prendre pour le transférer d'Invercargill à Auckland et retour. Ted est donc seul. Pooch, raconte Ted, a joué de la guitare à la fête. Johnny était d'une humeur bizarre. À un moment il avait demandé à Pooch de jouer *Parce que je suis londonien*, et pendant quelques minutes, tout le monde avait repris en chœur, sauf Paddy, ce qui était dommage parce qu'il était le seul dans la pièce, à part les filles, à avoir une belle voix, qui s'élevait au-dessus des autres, mais il leur avait tourné le dos, comme s'il n'écoutait pas. C'est vrai, dit Ted, que Johnny et Paddy se disputaient, et ça s'était terminé par un coup de pied de Johnny dans les burnes de Paddy. Mais, ensuite,

Paddy avait essayé de foncer sur Johnny avec un verre de bière cassé à la main, alors rien d'étonnant si quelqu'un a été blessé. Il ignore quel était le motif de la dispute, Rita Zilich, il suppose. Au café, le lendemain soir, Paddy lui a parlé en lui montrant son œil au beurre noir, et il a dit, « C'est un bijou ». Rien de plus. Paddy a juste dit que c'était un bijou. Il n'a pas le souvenir que Johnny McBride se soit arrêté pour leur parler quand il est allé vers le juke-box.

Ted a tendance à prendre un ton insolent lors du contre-interrogatoire. Quand Buchanan lui demande si Johnny était debout devant le juke-box pour choisir un disque, il répond : « Eh bien oui, je crois pas qu'il se penchait juste pour inspecter le mécanisme. » Il admet qu'il a vu Johnny tomber.

« Il est tombé à plat sur le dos ? »

Ted a un instant d'hésitation. « En fait, dit-il, c'est son derrière qui a atterri en premier. Il est pas tombé à plat par terre, sa tête a cogné la cloison, et il a pas rebondi sur le sol à ce moment-là. Il est resté où il était avec la tête tournée. Un grand type et un autre gars l'ont ramassé. J'ai vu du sang qui sortait de sa bouche et de son nez. Et puis je suis parti. J'étais angoissé, j'avais qu'une envie, c'était me tirer de là. »

Lloyd Sinclair, plus connu sous le nom de Cookie, est ensuite appelé à la barre. Il a dix-sept ans, dit-il, et travaille comme apprenti bobineur. Il est né à Glasgow et arrivé dans ce pays il y a cinq ans. Il avait emmené sa petite amie Miriam à la fête du 105 Wellesley Street. Il a vu Paddy et Johnny se battre, et il a entendu Johnny dire qu'il reviendrait le lendemain continuer la bagarre. Cookie décrit la scène au café le lendemain soir, comment Paddy est venu s'asseoir à côté de lui, tandis que Johnny allait causer avec quelqu'un dans une autre stalle. « Paddy était pas complètement ivre, mais pas aussi sobre qu'il aurait pu. Enfin, il était pas ivre. J'ai vu Johnny McBride penché sur le juke-box. Et tout de suite après j'ai vu Black se lever du siège à côté de moi, faire deux pas en direction de Johnny, et puis lui planter le couteau dans le cou.

– Quel mouvement a fait son bras ? » Timms imite un coup de poignard d'un geste théâtral.

« Il s'est approché de Johnny par-derrière, depuis le côté droit, et la première fois que j'ai vu le couteau c'est quand la main de Paddy est descendue vers le cou de Johnny. Après le coup de couteau, Johnny s'est redressé, il a pivoté vers la droite, et il est tombé sur le dos. J'ai aidé à déplacer Johnny, et là j'ai vu le couteau. Il était au milieu de la nuque, sur le côté droit, juste à la hauteur du col. Paddy a reculé vers le fond du café, derrière l'arcade. Il a dit : "Vas-y, appelle les flics, ça m'est égal." Il est sorti et Jeff Larsen l'a suivi. À aucun moment j'ai vu Johnny parler à Paddy ce soir-là au café. »

Tous ces fleuves de mots, la même histoire répétée maintes et maintes fois, chacune avec ses propres broderies insérées dans le récit, à mesure que les hommes décrivent un monde fébrile, instable, où leurs jours semblent se fondre à leurs nuits, où les allégeances glissent aisément d'un point de vue à un autre.

Oliver Buchanan relève la tête et inspire profondément, comme s'il se préparait à une course d'endurance ou voulait peut-être simplement s'élever au-dessus de l'air fétide qui semble émaner de ce défilé de jeunes avec leurs ongles noirs et leurs mains tachées de nicotine. Il se tourne pour faire face à Cookie, l'expression sévère.

« Vous avez quitté votre travail dans la matinée, puis vous êtes allé passer tout l'après-midi à l'Albert Park avec votre petite amie. Ensuite vous vous êtes rendu à La Vieille Grange à dix-sept heures. C'est exact ? Oui. Mais vous ne vous rappelez pas si vous aviez dîné avant l'arrivée de Paddy.

– Je me rappelle pas sûr et certain si on avait mangé ou pas.

– Vous ne vous rappelez pas si vous avez parlé avec Paddy en dehors de le saluer ?

– Non.

– Vous ne vous rappelez pas si Paddy a parlé à quelqu'un d'autre dans votre stalle ?

– Il a parlé à Pooch. Je crois pas qu'il a parlé à d'autres gens.

– Mais vous n'en êtes pas sûr ?

– Non.

– Vous vous rappelez ce qu'il a dit à Pooch ?

– Plus maintenant. »

Cookie était allé et venu dans le café, bavardant avec l'un ou l'autre, ensuite il était sorti un moment, environ sept ou huit minutes, pensait-il. Comme les autres jeunes gens qui ont témoigné, il est sûr, puis pas si sûr, des mouvements exacts de Johnny à l'intérieur du café. Des mois se sont écoulés depuis l'incident, comme tous le désignent maintenant, et Buchanan a l'impression que des alliances se sont constituées, que les histoires se sont solidifiées, qu'un mur impénétrable se dresse désormais. Comme s'ils avaient peur de reconnaître leur amitié avec l'accusé, qu'elle risquait de ternir leur image et leur sécurité. Il demande à Cookie de décrire ce qui s'est passé ensuite.

« Eh ben, Johnny est tombé à la renverse. Il s'était levé et redressé, il a tourné sur le côté droit, puis il est tombé en vrille et il a atterri sur le dos.

– Et là, avez-vous dit, c'est vous qui l'avez allongé sur le côté ?

– J'ai pas dit ça.

– Vous avez aidé à l'allonger sur le côté ?

– On l'a déplacé. Y avait un serveur dans le café, je sais pas son vrai nom, peut-être Laurie. En tout cas, on l'a bougé. On a essayé de le mettre assis.

– C'est à ce moment-là que vous avez vu le couteau ?

– Je l'ai vu avant, quand il a été poignardé.

– Quand vous avez reposé Johnny au sol, vous l'avez mis sur le dos ou sur le côté ?

– Je l'ai pas reposé. » La sueur dégouline sur le front du jeune homme, se concentre autour de ses narines. Buchanan voit ses marques d'acné rougir comme si on l'avait placé sous un chalumeau.

« Qui l'a reposé par terre ? demande l'avocat.

– Je sais pas, je sais pas, quelqu'un a dû le reposer parce que c'était pas moi. J'ai regardé autour de moi, j'ai emmené ma petite amie dehors, et quand je suis revenu Johnny était allongé par terre. Je sais pas s'il était étendu sur le dos ou sur le côté. »

Il a peur d'être responsable de sa mort, pense Buchanan. Et qui va lui dire le contraire ? Ce garçon a eu littéralement du sang sur les mains, en essayant de faire ce qui lui paraissait juste, et maintenant il est terrifié. Ils le sont tous, terrifiés. Cookie, selon Buchanan, se demande, comme il l'a peut-être fait toutes les nuits depuis le meurtre, si par ses gestes il a pu enfoncer la lame plus profondément dans le cou de Johnny McBride et trancher ses vertèbres, et si, en le maintenant assis, on aurait encore pu le sauver. « Revenons un peu en arrière, dit-il d'un ton plus amène. Vous n'avez pas vu Johnny franchir le passage vers le juke-box. Avez-vous vu quelqu'un d'autre pendant que vous étiez assis en conversation avec Paddy ?

– Non.

– Estimez-vous possible que quelqu'un ait pu venir parler avec Paddy pendant que vous étiez dans la stalle ?

– Possible, mais pas probable.

– Stan Cameron a témoigné aujourd'hui et il a dit qu'il s'était levé de sa place et qu'il avait offert une cigarette à Quintal et à Paddy dans votre stalle. Est-ce que vous vous souvenez que Cameron est venu à votre stalle et a offert des cigarettes ?

– Non.

– Avez-vous vu Cameron au café ce soir-là, avant la bagarre ?

– Si je l'ai vu, je m'en rappelle pas. » Des larmes roulent sur les joues du témoin, sa voix tremble. « J'ai dit que je me *rappelle* pas qu'il serait venu à ma stalle.

– Oh ! Alors dites-moi, que faisiez-vous pendant que vous étiez assis dans la stalle ?

– Je causais avec Pooch. Il était assis à ma droite.

– Donc, si vous lui parliez, vous deviez tourner le dos à toute personne qui serait venue à l'autre extrémité de la stalle ?

– C'est ça. J'étais tourné. De dos, je veux dire.

– Merci, Mr Sinclair. Je n'ai pas d'autre question. »

Ensuite c'est au tour d'un pathologiste. Il a examiné le corps du défunt au moment du décès. Le coup unique qui a tranché les vertèbres de Jacques l'a tué. Une coupure très nette, et peut-être un genre de coup de malchance. Le pathologiste dit que lui-même n'aurait pas pu infliger une telle blessure avec certitude.

Un policier, l'inspecteur Bob Walton, vient à la barre. Il raconte qu'il était de garde à la section des Enquêtes criminelles du commissariat d'Auckland la nuit du 26 juillet. Peu après dix-neuf heures l'accusé, Albert Black, a été interrogé en sa présence et celle du surintendant. Black a été averti, conformément à la coutume, dit Walton à la cour, qu'il pouvait garder le silence sur les événements de la soirée, que tout ce qu'il dirait serait enregistré et pourrait être retenu contre lui. L'accusé a demandé « Il est mort ? » en parlant de la victime. On lui a répondu que cela semblait être le cas. Il a insisté : « Vous êtes sûr qu'il est mort ? » Et Mr Boston lui a dit que oui.

Black a alors demandé à voir un avocat, et sur la liste qu'on lui a montré il a choisi, au hasard, Oliver Buchanan.

Chapitre 16

« Ils sont tous alliés contre Black. » Ken McKenzie ne s'adresse à personne en particulier, bien qu'ils soient tous serrés les uns contre les autres dans la salle du jury pendant la pause thé. Il y a du thé fort dans une fontaine et des biscuits au gingembre. « Ses potes, ou qui l'étaient avant.

– Qu'est-ce qui vous fait penser cela ? demande le comptable.

– D'après moi ils ont discuté entre eux. Ils ont une histoire et ils s'y tiennent tous », dit Ken, à propos des jeunes gens qui ont témoigné. Il pense à Ohaka, l'endroit d'où il vient, et à sa ribambelle de frères vigoureux qui jouent au rugby et boivent plus de bière qu'ils ne peuvent en tenir. Il lui vient à l'esprit que, même si Albert Black n'a probablement jamais touché un ballon de rugby, il n'est pas si différent de sa fratrie, un jeune homme de bonne mine, doté d'un charme spontané et qui sait s'y prendre avec les filles. « Il est différent d'eux. Il vient d'un autre pays. Eux c'est tous des Kiwis.

– Et alors, qu'est-ce qu'il y a de mal à ça ? demande Wayne, le chauffagiste. Plus vite on appellera Black à la barre, mieux ça vaudra. On verra ce qu'il est en vrai, un plein sac de merde irlandaise. » C'est clair comme le nez au milieu du visage, développe-t-il, que l'accusé est coupable. Ils peuvent arriver au verdict et passer tous rapidement à la suite.

« Ça n'a rien de grave d'être un peu différent », dit James Taylor, affichant un air pensif et réfléchi.

Son ami Neville Johns, le directeur d'entreprise, tasse du tabac dans sa pipe. Sa lèvre inférieure rebondie accuse un léger creux à l'endroit où sa pipe loge de coutume quand il n'est pas dans la salle d'audience. L'odeur donne des maux de tête à Ken. « Il vient sans doute d'une famille pauvre, dit Neville. Pas comme les jeunes Néo-Zélandais.

– C'est comme les Yankees pendant la guerre, dit Wayne.

– Mais il est britannique, dit le veilleur de nuit, qui s'exprime pour la première fois.

– C'est un Irlandais. Qui vient nous prendre nos filles. C'est toujours pareil.

– Tout ça c'est de la foutaise. » Jack Cuttance donne de la voix, le visage soudain rouge et furieux.

« Je vous demande pardon ? dit Taylor d'un ton choqué.

– Le jeune Ken a raison. Si quelqu'un est pas comme vous, vous voulez pas le savoir. Je le vois bien dans cette pièce. Il y a vous et vos copains – là il désigne du geste Taylor, et Johns, et Leonard le comptable –, vous voulez diriger le spectacle. Les patrons. Prenez donc un verre. Oh, Mr Cuttance, pour vous ça sera une bière, vous le travailleur qui se salit les mains. Oh, là-bas dans le coin, n'est-ce pas, Mr Cuttance ? C'est qu'on a pas trop envie de s'asseoir à côté d'un boucher. Je risque de puer la viande crue. Et vous, là, indiquant du geste le veilleur de nuit, le vendeur de costumes pour hommes, et d'autres employés de Queen Street, vous avez des boulots commodes. Vous savez pas ce que c'est d'essayer de joindre les deux bouts.

Qu'est-ce que vous connaissez d'Albert Black ? Vous avez écouté ce qu'une bande de voyous ont à raconter. Qui peut deviner ce qui s'est vraiment passé ce soir-là ? Tous comme vous êtes, vous savez rien de rien.

– On est de mauvais poil, intervient Frank, l'instructeur en menuiserie. Vous qui avez l'habitude des couteaux, Mr Cuttance. Vous pensez que le couteau a juste glissé dans le cou d'Alan Jacques par accident ?

– Je vous revaudrai ça, dit Jack, sa tasse vibrant sur la soucoupe.

– Comme vous y allez, dit Frank avec un sourire. Vous savez, si je les avais eus sous ma responsabilité pendant qu'ils étaient à l'école, je leur aurais tanné le cuir à coups de trique, ces petits branleurs. Je vous les aurais redressés vite fait. »

Cela rappelle à Ken le professeur de menuiserie qui lui a flanqué une raclée quand il était à l'école. Il revoit l'homme en question, les veines gonflées sur son front, ses yeux prêts à bondir hors de leurs orbites comme s'ils allaient exploser. Pétard le père Fouettard, c'est comme ça qu'ils appelaient leur prof, et voilà qu'il se retrouve enfermé avec un homme juste comme lui, ce qui le terrifie. Quelqu'un, le veilleur de nuit, croit-il, leur crie à tous de la boucler, et le volume de bruit monte dans la pièce exiguë, au point qu'on dirait des animaux furieux enfermés dans une cage. On frappe à la porte ; elle est ouverte à la volée par un appariteur du tribunal. Ils doivent faire silence ou bien ils seront expulsés du jury s'ils sont incapables de se contenir, les informe-t-il. Est-ce qu'ils veulent faire capoter le procès ?

Un silence s'abat, un bruissement de pieds, et Neville qui tire sur sa pipe avec de bruyants *pouf pouf*. Arthur, l'universitaire, rompt la pause : « Il paraît qu'Albert Black va venir à la barre. Pourquoi ne pas cesser de nous déchirer en attendant de voir ce que la défense a à dire ? » Il pose la main sur l'épaule de Ken tandis qu'ils sortent à la queue leu leu.

*

Et le voilà, le meurtrier, debout à la barre, les mains crispées sur ses flancs, son visage attrayant, qui est resté figé comme pierre pendant toute la durée des témoignages, livre peu de chose maintenant qu'il parle. Sa voix semble vidée de toute émotion quand il prend la parole.

« C'est moi l'accusé. Je suis né à Belfast, en Irlande du Nord. J'ai eu vingt ans le 16 juillet dernier. Quand je suis arrivé en Nouvelle-Zélande, j'en avais dix-huit. » Il explique qu'il avait la charge de la maison du 105 Wellesley Street, comment il y a vécu seul un certain temps, en y hébergeant parfois quelqu'un de passage.

« J'ai rencontré Johnny McBride environ un mois avant mon arrestation. La première fois où je l'ai vu, c'était à La Vieille Grange. Il parlait avec une fille que je connaissais à l'époque. Il m'a parlé aussi. Je me souviens pas des mots exacts, mais le résultat de cette conversation, c'est qu'il avait pas d'endroit où dormir cette nuit-là, alors je lui ai proposé de venir chez moi pour quelques jours, le temps qu'il s'organise. C'est ce qu'il a fait. On s'est bien entendus au début. Il est resté onze jours en tout, jusqu'à ce que je lui dise qu'il devait trouver un autre endroit où crécher parce que ma propriétaire allait revenir. Ça m'inquiétait parce que j'avais pas l'autorisation de loger quelqu'un d'autre dans la maison. J'avais peur qu'elle pense que je lui faisais payer sa pension et que je me la mettais dans la poche. Il me payait pas de loyer. Chaque fois que je lui disais de partir, ça le mettait en rogne. Il a proposé de partir le temps qu'elle était là et de revenir ensuite. J'étais pas d'accord, alors il est parti, mais il a laissé ses affaires derrière lui. C'était un jeudi, dans la matinée. C'est le jeudi avant le 26 juillet qu'il est parti. J'ai revu McBride, je crois, le vendredi ou le samedi dans Queen Street. Il m'a vu, mais il m'a pas salué. »

C'est une longue déposition, qui prend près d'une heure. Il décrit la fête, l'arrivée de Rita et ce qu'il appelle son regard suivez-moi-jeune-homme. Le jury apprend qu'il a raccompagné Bessie March au bout de la rue à l'arrêt du tram.

Mais il ne leur dit pas qu'il a senti son cœur se briser tandis qu'il retournait à la soirée. Ni qu'il a eu envie de caresser la peau d'une femme, faire glisser ses doigts sur la soie douce de son corps, et que Rita était consentante. Mais il leur dit qu'il l'a vue embrasser Johnny McBride sur la véranda, et comment Johnny l'a agressé à ce moment-là.

« Je les ai prévenus que, si la propriétaire les voyait, des voisins se plaindraient à elle. McBride a dit, “Allez, barre-toi” – ça voulait dire “va-t'en”. J'ai répété ce que j'avais dit avant, qu'il pourrait y avoir des plaintes, et alors il m'a collé son poing dans l'œil. Rita a filé dans la maison. Quand j'ai reçu le coup, j'ai basculé en arrière, puis en avant ; il m'a donné un coup de pied dans le ventre ; j'ai eu le souffle coupé et je me suis plié en deux. Après il m'a donné un coup sur la jambe gauche, au-dessous du genou. J'ai perdu l'équilibre et je suis tombé. Jusque-là je l'avais pas du tout frappé. Quand j'étais par terre, il a voulu me donner un nouveau coup de pied, je me suis relevé d'un bond, et ma tête lui a cogné le menton. Mais ça l'a arrêté rien qu'un moment. Là on s'est tous les deux empoignés et cognés dessus, et puis deux types sont sortis de la maison et ils nous ont séparés. Je me débrouillais pas trop bien dans cette bagarre. Si ça avait continué, j'aurais pas pu me défendre. Je me sentais mal en point, et McBride se servait de ses pieds. C'est là que les deux types nous ont séparés, et on est rentrés. Quand on était dans la cuisine, McBride m'a traité de sale foie jaune de bâtard irlandais. Un des types qui étaient là a proposé qu'on se serre la main. Moi j'étais pour. Je lui aurais serré la main, mais il a refusé. Il a dit qu'il reviendrait le lendemain finir la bagarre. »

En écoutant Albert Black relater les événements de cette soirée, Ken voit comment ça s'est passé. Paddy, ou Albert (car il n'arrive à faire la différence entre les deux, l'homme qui est accusé, et le gamin de la bagarre que tous connaissent sous le nom de Paddy), décrit les embrouilles à l'intérieur de la maison, comment il a demandé un couteau pour ouvrir la bière et qu'on le lui a refusé, comment McBride est revenu à la charge encore et encore, jusqu'à ce que Paddy le flanque dehors. Il ferme les yeux pendant la description des combats, et quand l'accusé en arrive au point où il reçoit un coup de pied dans les testicules, ses mains se posent instinctivement sur son bas-ventre. Il rouvre les yeux, embarrassé, et voit d'autres hommes qui ont la même réaction furtive. Leurs valseuses, leurs joyaux de la couronne, diront-ils ensuite quand ils discuteront de l'affaire, la douleur que cela provoque, comme s'il allait être à jamais impossible de les réassembler.

Et puis il y a la soirée qui a traîné sans enthousiasme jusqu'au matin avec la dénommée Rita. Paddy ne bandait pas vraiment, a-t-elle dit, et Ken pense que le coup de pied a dû le rendre provisoirement impuissant. Ken a peu d'expérience sexuelle ; elle se résume pour l'essentiel à des filles qui travaillent sur Karangahape Road, et chaque fois qu'il a payé, il s'est promis qu'il ne recommencerait jamais, que d'une manière ou d'une autre il allait se trouver une vraie petite amie. La plupart du temps, il se caresse tout seul. Paddy a fait allusion à son amie, et Ken se demande ce qu'elle pense de tout cela. Il observe la salle et aperçoit cette fille pâle assise les mains pliées sur les genoux, qui ne regarde ni à gauche ni à droite, et jamais en direction de Rita et ses amis. Peut-être y a-t-il des choses que Paddy s'abstient de dire au tribunal. Ken pense qu'il ne tenait pas beaucoup à Rita, elle n'était présente que par un caprice réciproque. Elle ne s'en rendait pas compte ? se demande-t-il. Non que ce soit important, juste gênant.

Paddy arrive au point où il quitte la pension le lendemain pour se rendre au centre-ville. « Juste avant de sortir de ma chambre, j'ai vu un couteau. Il était sur le dessus d'un carton plein de fourbi. Je l'ai mis dans ma poche de manteau. J'ai fait ça à cause de ce que McBride avait dit la veille, qu'il reviendrait le lendemain finir la bagarre. Il m'avait raconté qu'il avait vingt-quatre ans. Je mesure un mètre soixante-dix-huit et il est beaucoup plus grand que moi. J'ai pensé que mes chances contre lui étaient nulles, parce qu'il avait beaucoup plus d'expérience que moi, et il savait très bien se servir de ses pieds. En plus, j'avais déjà reçu ma dose la veille, je pouvais pas encaisser davantage. Alors j'ai pris le couteau et je l'ai mis dans ma poche. J'avais l'intention de m'en servir pour me protéger, si jamais il me défiait encore et me faisait venir sur le terrain. Je me suis jamais battu, sauf quand j'étais à l'école. » Il s'interrompt, prend une profonde inspiration. « J'ai pas de goût pour ça. Ça me fait peur. »

Ken frissonne. C'est exactement comme s'il avait dit *lui* ces derniers mots.

Paddy décrit l'épisode des boissons à l'hôtel, comment le barman a fini par refuser de le servir. Il était entré avec quinze shillings et huit pence en poche. En partant il lui restait un shilling huit pence, et il avait appelé le barman deux fois, on ne peut pas dire qu'il avait beaucoup bu. Il s'était rendu au café pour retrouver son amie, avec une heure de battement devant lui. « J'avais le dos tourné à tous ceux qui étaient dans la stalle. Je crois que j'ai parlé à personne. J'ai commandé une tasse de café au serveur. Je voulais mettre une chanson sur le juke-box, mais Jacques est venu m'arrêter et m'a traité de sale bâtard jaune, d'un ton comme s'il parlait normalement. Il se tenait toujours penché en avant avec les épaules voûtées. Et sa tête, penchée aussi. Il avait la même dégaine cette fois-là. Quand il m'a traité de sale bâtard jaune, je lui ai juste dit : "Barre-toi." Alors il a dit qu'il allait m'en coller une dans l'œil, et il l'a fait, un coup rapide. J'ai pas réagi sur le moment. J'étais un peu sonné, et mes réflexes répondaient pas. Il a commencé à avancer, et il a dit "viens dehors", ou un truc dans ce genre. Je me suis remis assis. Il était debout, vautré sur le juke-box, il attendait que je le suive. J'ai sorti le couteau de ma poche en me levant de mon siège. Je l'ai sorti pour me défendre une fois que je serais dehors. Je savais que j'aurais pas trop de billes contre lui une fois qu'on serait dans la rue. C'est le genre de mec qui vous foutrait des coups de pied jusqu'à faire tomber vos boyaux par terre ou vous enfoncer les côtes. J'avais pas l'intention d'utiliser le couteau dans le café, j'étais juste dépassé, ou un truc comme ça. Peut-être que c'était la trouille, je sais pas. Tout ce que je me rappelle, c'est que j'ai bondi vers lui, je pouvais pas m'en empêcher, je pouvais pas parce que j'avais perdu la tête. Quand j'ai bondi, je pensais pas qu'il arriverait quelque chose. Je voulais pas lui faire aussi mal. »

Gerald Timms, le procureur, pose un pied chaussé de cuir fin sur le socle de la barre. « Mr Black, redites-nous ce que vous avez fait après l'avoir poignardé.

– J'ai marché. La seule chose que je me rappelle, c'est de m'être retrouvé devant une boutique au coin de Wellesley Street.

– Qu'est-ce que vous faisiez là ?

– Je me suis juste arrêté pour réfléchir.

– Qu'avez-vous pensé à ce moment-là?

– Je me suis rendu compte de ce que j'avais fait. J'ai pensé que le mieux, ça serait d'aller au poste de police.

– Comment vous sentiez-vous ?

– Je me sentais très embrouillé et bouleversé.

– Qu'est-ce qui vous donnait ces sentiments ?

– Eh bien, je venais de poignarder un homme. Je regrettais ce que j'avais fait.

– Quelqu'un est-il venu vous parler ?

– Je tournais juste le coin de la rue pour aller au poste de police quand Jeff Larsen est arrivé. Je me suis toujours bien entendu avec Jeff. J'ai pensé qu'il était sympa de m'avoir suivi. Il a dit qu'il avait vu ce qui s'était passé.

– Il a dit ce qu'il avait vu ?

– Eh bien, j'ai supposé que c'était ce que je viens de vous raconter.

– Mais votre histoire est très différente de ce que nous ont dit les témoins.

– Je sais pas pourquoi ils ont dit ça. Jeff savait ce qui s'est passé.

– Vraiment ? Alors qu'avez-vous fait ensuite ?

– Jeff a dit qu'il allait venir avec moi au poste de police. »

Les événements de la soirée sont répétés une nouvelle fois, comment Paddy est tombé sur Rita et Johnny qui s'embrassaient sur la véranda, la bagarre qui a suivi. C'est devenu presque une litanie, comme dans une chanson de western, où chaque strophe raconte un chapitre de l'histoire, mais le refrain se répète encore et encore, retournant toujours au même point.

« Je vous suggère, dit Timms, que tout cela s'est produit parce que vous étiez irrité de voir Johnny vous évincer auprès de cette jeune fille sur laquelle vous aviez jeté votre dévolu.

– C'est pas exact.

– Mais vous aviez bien des vues sur elle.

– Elle m'avait fait de l'œil. Mais c'était pas si important. J'en voulais pas à Johnny McBride de lui courir après. J'y tenais pas tant que ça. Une baston a commencé, et j'ai pris une trempe et c'est ça qui m'a mis en rogne.

– Plus tard dans la soirée, quand tous les invités excepté Rita Zilich sont rentrés chez eux, vous étiez étendu sur le lit et vous ruminiez tout haut. Vous pensiez à Johnny McBride ?

– Oui.

– Vous pensiez à votre œil au beurre noir ?

– Je pensais à tout ce qui avait un rapport avec lui.

– Vous marmonniez que vous alliez tuer Johnny McBride ?

– Oui, j'ai dit ça. Je le pensais pas. Je voulais juste lui rendre sa pareille.

– Et Rita vous a demandé comment vous alliez le tuer ?

– Non, c'est pas vrai.

– Mais vous avez entendu son témoignage sur ce point ? Vous hochez la tête, je suppose que cela signifie oui ? D'après elle vous avez dit que vous alliez l'étrangler ou le poignarder ?

– C'est faux. J'ai jamais parlé d'étrangler ou de poignarder Johnny McBride. Elle ment quand elle prétend que j'ai dit ça.

– Pouvez-vous expliquer pourquoi elle ment ?

– Peut-être qu'elle aimait bien McBride et qu'elle essaie de semer la zizanie.

– Mais c'est très grave de dire une chose pareille à propos de vous, non ?

– Oui, je l'ai entendue jurer que j'avais dit ça.

– Et vous dites qu'elle ment ?

– Oui.

– Qu'est-ce que vous comptiez faire quand votre amie arriverait au café ?

– Aller voir un film, peut être, ou aller danser.

– Vraiment ? Mr Black, vous aviez seulement un shilling huit pence en poche. Cela ne vous aurait pas emmené très loin. Je ne pense pas que vous étiez venu là dans l'intention de la rencontrer.

– Objection, Votre Honneur, s'interpose Buchanan.

– Objection accordée, dit le juge. »

Buchanan se lève. « Votre Honneur, j'aimerais clarifier un point avec l'accusé. » Le juge regarde sa montre. « Soyez bref. »

Se retournant vers Paddy, Buchanan lui demande : « Rappelez-vous le moment où McBride est passé à côté de vous dans le café en ressortant. Vous saviez qu'il sortait dans la rue ? Aviez-vous peur qu'il vous attaque dans Queen Street ?

– Oui.

– Quand il a vu que vous le suiviez, il s'est tourné pour aller vers la porte ?

– Il a marché vers la porte.

– Vous dites qu'il est allé devant vous en direction de la porte donnant sur la rue ?

– Oui, c'est comme ça que je me rappelle. Il marchait devant et j'étais derrière lui.

– Et c'est là que vous étiez quand vous l'avez frappé dans le cou ?

– Oui.

– C'est cela que vous voulez nous faire comprendre, que vous l'avez frappé par mesure de protection contre une attaque que vous redoutiez ?

– Oui.

– Une attaque que vous pensiez qu'il allait commettre contre vous quand vous seriez tous les deux dans la rue ? Vous l'avez frappé pour vous protéger de cela ?

– C'est exact.

– Et c'est cette pensée-là que vous aviez en tête à ce moment-là ?

– Oui. » La voix de Paddy se réduit à un murmure. Il s'incline en s'appuyant sur la balustrade sculptée devant lui. « J'avais l'esprit brouillé, dit-il, j'ai les idées confuses sur tout ça. »

Le juge ajourne la séance jusqu'au lendemain, où auront lieu les plaidoiries de clôture. L'heure du jugement est proche.

*

C'est le dernier soir où le jury va se réunir au Station Hotel. Demain tout sera sans doute terminé. S'ils parviennent à un verdict, ils reprendront chacun leur chemin. Les hommes desserrent leur cravate. Descendent un deuxième et un troisième verre. Une torpeur s'est infiltrée dans leur conversation, comme si, en dépit de leurs divergences, ils étaient arrivés au stade où ils se sont mutuellement évalués, presque une forme de camaraderie. Seuls Arthur, Marcus et Ken se tiennent à part. Ken se sent encore la langue nouée devant les autres jurés ; même si lui et Arthur ont échangé des mots de sympathie, Ken garde l'impression que le professeur s'estime au-dessus de tous les autres, et probablement de lui. Il n'arrive pas à se faire une opinion sur Marcus, qui, au début du procès, était tout sourire, et qui semble maintenant plongé dans un lourd silence intérieur, comme s'il craignait quelque chose. Les usagers de Queen Street restent en groupe, des gens qui parlent le même langage, échangent des cancans sur la famille et les amis, mais ce soir même eux se montrent expansifs. Le veilleur de nuit connaissait de vue l'accusé et la victime. James Taylor lui demande s'il ne s'est pas senti tenu de déclarer cette relation lorsqu'il a été appelé, mais il écarte la suggestion d'un haussement d'épaules. Les *bodgies* et les *widgies* font simplement partie de la vie urbaine. En y réfléchissant, eux-mêmes font tous les douze partie de ce qui se passe dans la ville, pas vrai ? Il n'y aurait pas de jury du tout s'il fallait exclure l'un ou l'autre d'entre eux.

« Il y en a un des deux qui ment, dit Neville Johns. La fille ou le garçon.

– Les deux, probablement, dit l'instructeur en menuiserie. Seigneur, je me rappelle une paire de jeunes qui baisaient comme des serpents à sonnette dans la cour de récré pendant la pause du déjeuner. On aurait dit des champions de boxe, à voir comment les autres gosses les encourageaient. Vous auriez vu leur mine innocente quand on mentionnait le sujet, vous leur auriez donné le bon Dieu sans confession.

– C'est la fille, je parie, dit Wayne, le chauffagiste. Une traînée, si vous voulez mon avis. Qu'est-ce qu'elle fichait dehors quand ses parents la croyaient dans son lit ? Alors que ce pauvre type pouvait même pas se mettre au garde-à-vous. Pitoyable.

– C'est bien ce que dit Mr Mazengarb dans son rapport, dit le comptable. Toutes ces filles légères qui excitent les garçons. Une honte.

– Je crois pas qu'il s'agisse de la fille », dit Ken, en s'éclaircissant la gorge. Il a encore le sentiment de commettre une intrusion quand il parle dans cette assemblée, mais au moins il a trouvé le courage de dire quelque chose quand cela lui paraît suffisamment important.

« Alors il s'agit de quoi, Bison Futé ? » C'est de nouveau Frank le menuisier qui parle.

« Il avait peur, comme il l'a dit. Je crois qu'il était terrifié et qu'il avait personne à qui parler.

– Vous êtes un mou, dit Frank. Il a tué un homme, il mérite d'être puni. »

Arthur semble soudain se détendre. « Vous parlez d'une question de vie ou de mort. » Son interruption fait taire le groupe, comme si un étranger était entré dans la pièce. « Vous êtes si sûrs de vous que vous pouvez honnêtement décider de ce qu'il mérite ? Vous êtes tous tellement sans péché que vous avez le droit de prendre cette décision ? Je ne suis pas sûr que moi je le sois. »

Johns bourre sa pipe, un tic au coin de la bouche. « Peut-être que nous devrions être indulgents. Moi, je penche pour cette solution. Ce n'est qu'un gosse. » Il retourne ses mains soignées sur ses genoux, comme s'il se demandait de quoi elles auraient l'air si elles étaient couvertes de sang. « Il y a peut-être des arguments en faveur de l'homicide non prémédité. »

Un murmure bienveillant parcourt la salle ; pas tout à fait un accord, mais l'expression d'un sentiment partagé que les choses sont allées assez loin, qu'il est encore temps d'éviter de tuer ce garçon. L'impression que l'atmosphère s'est allégée, que même si un ou deux restent intransigeants, un par un ils se délivrent de la responsabilité d'une seconde mort.

C'est le moment où le barman, qui s'était absenté quelques minutes, revient dans la salle, une pile d'exemplaires de l'*Auckland Star* sous le bras. Il en tend un à chacun des membres du jury. Le titre de la une hurle son message : LE JUGE DU GRAND JURY DIT QUE BLACK « N'EST PAS UN DES NÔTRES ». Et le voilà, le rapport des conclusions du grand jury qui a décidé de faire juger Albert Black aux assises, présidé par le juge Finlay, celui devant qui se déroule actuellement le procès. Selon son opinion, *le délinquant n'est pas l'un des nôtres, sinon par adoption, et semble être du type dont nous aimerions être dispensés dans notre pays. Il appartient à une secte étrange, si on peut la qualifier ainsi, ou une association étrange d'individus dont le point de vue sur la vie diffère de la normale. Malheureusement nous avons hérité de cet indésirable qui nous est venu de sa terre natale. Nous avons affaire à un meurtre apparemment délibéré commis dans un restaurant d'Upper Queen Street, et il semble n'y avoir eu aucun geste de provocation ou d'auto-défense, ou de tout autre type de défense habituellement présentée dans une affaire de ce genre.*

Le juge a dit cela. Avant même l'ouverture du procès.

C'est imprimé ici noir sur blanc.

Le journal du matin, déposé dans leur chambre le lendemain, rapporte la même histoire.

Chapitre 17

Des Ball dépose deux pâtés de rognons sur des assiettes, et un flacon de sauce tomate, sur le bureau de Haywood. « Je les ai pris à la cuisine, spécialité du chef. Vous feriez bien de manger un peu, monsieur. »

Haywood a déjà vidé un tiers de la bouteille de scotch posée devant lui.

« Ça ne t'est jamais venu à l'esprit, Ball, comme c'est commode d'avoir la cuisine juste à côté de la potence ? Ça ne fait pas trop loin pour apporter son dernier repas au condamné. » La cuisine de Mount Eden est un vaste espace garni de brûleurs à gaz et de cuves dans lesquelles on puise la nourriture à la louche.

« Il est pas encore condamné.

– Mais la messe est dite, hein ? » Haywood frappe du poing le journal ouvert entre les pâtés.

« Monsieur, le juge a peut-être pas tort. Est-ce qu'on a besoin de ce genre d'individus chez nous ?

– Tu veux le voir pendre ? C'est ça, hein ? »

Des se gratte l'arrière du crâne. « C'est bizarre, on peut pas s'empêcher de l'aimer. Mais je peux pas non plus voir plus loin que le couteau dans le dos. D'après moi ce jury est une drôle d'équipe, ils ont l'air de tirer à hue et à dia. Ils pourraient voter l'homicide simple.

– Si le juge leur en laisse le choix. Il a déjà rendu son jugement, avant même d'entendre les témoignages. Il dit qu'il n'y a pas eu de provocation. Tu as vu le journal.

– On sait jamais, peut-être qu'il en a entendu assez pour changer d'avis, dit Des, qui cherche à l'apaiser. Mrs Haywood a demandé après vous, elle veut que vous rentriez à la maison. »

La très active Ettie Haywood, sans enfants, qui aime tant les prisonniers, est assise seule chez elle, où elle s'entraîne à un style de coiffure bouffante et raccourcit ses jupes. Elle a téléphoné trois fois à la prison au cours de la soirée. Haywood refuse de décrocher, alors elle fait le numéro de ce que les gardiens appellent pompeusement la réception, l'endroit où les hommes sont accueillis une fois franchie l'arcade de pierre, puis mesurés et pesés, tandis que leur univers rétrécit jusqu'à ce qu'ils ne puissent plus se voir ni savoir qui ils sont, réduits à des ombres d'eux-mêmes. Le cœur d'Ettie va se briser. Elle devine sûrement qu'Horace a plongé dans la bouteille. Elle doit savoir que le pronostic pour Albert Black est mauvais. Une fois elle lui a tapoté la main maladroitement et dit qu'elle était sûre que tout irait bien pour un garçon comme lui. Maintenant elle ne doit plus en être aussi sûre.

« Black le sait ? interroge Haywood.

– On a pas distribué de journaux. Le service de chambre est un peu lent par ici.

– C'est fou comme les bruits circulent vite dans nos murs. Allez, mon vieux, sers-toi un verre. » Haywood pousse la bouteille vers Des.

« Un seul », dit Des. La dernière fois où il est rentré chez lui en titubant après une de ces séances, Marge avait verrouillé la porte, et il a dû aller chercher une échelle dans le garage afin de briser la vitre et ouvrir le loquet pour pouvoir rentrer dans sa propre maison. Sans compter que Marge avait hurlé si fort qu'il aurait juré que les voisins l'entendaient. Une lampe s'était allumée de l'autre côté de la rue, un rideau soulevé, mais personne n'était venu.

*

Étendu sur son lit au Station Hotel, Ken McKenzie est éveillé, les yeux secs comme des croûtons. Il a mené jusqu'à maintenant une vie dépourvue d'ambition. Il a vingt-sept ans ; le temps file devant lui, et il n'a rien accompli de plus remarquable jusqu'ici que sa propre survie. Il lui vient à l'esprit que sa vie a toujours été soumise aux décisions d'autrui : son père, ses frères, ses oncle et tante, l'homme pour qui il travaille au magasin d'électricité. À l'école il faisait ce qu'on lui disait parce que rester sage était le plus sûr moyen de ne pas exposer ses faiblesses, sa vessie instable, son manque d'intelligence, ou du moins c'est ce qu'on disait, alors qu'il parvint à obtenir son baccalauréat quand personne n'y comptait. Un coup de chance, un fameux coup de chance, telle fut alors la réaction de ses proches.

Et quand il s'agit de son avenir, c'est sa famille qui décida qu'il devrait quitter la ferme, être jeté dehors, au fond. Ce fut son oncle qui décida quel serait son emploi. Il a beau aimer ses oncle et tante, des gens paisibles dont les enfants ont depuis longtemps quitté leur foyer, et qui le tolèrent du moment qu'il ne les dérange pas pendant qu'ils lisent le journal du soir ou écoutent les nouvelles à la radio, il se demande dans combien de temps ils lui diront que l'heure est venue pour lui de mener une vie d'adulte de son côté. Et là, ce qu'il fera ensuite reste un mystère à explorer. Peut-être que sa famille lui dira quoi, mais est-ce que cela le tentera ? Ce soir, quelque chose en lui s'est animé. Son oncle s'attend à ce qu'il appelle quotidiennement pour lui dire s'il se comporte bien, et aussi, devine Ken, avec l'espoir qu'il lâchera une perle d'information sur la marche du procès que lui et son épouse pourront faire reluire avant de la passer à leurs voisins. Clin d'œil, coup de coude, petite tape sur le côté du nez.

Mais, ce soir, Ken n'a pas téléphoné. Son oncle ne pourra pas s'empêcher de lui dire ce qu'il doit faire, même s'il sait, tout comme Ken l'a appris au cours des trois derniers jours, que c'est illégal d'influencer un juré. N'empêche, son oncle serait capable de lui glisser en aparté quelques mots du genre *Attrape-le, mon garçon.* Parce que Ken sait ce que ferait son oncle s'il était à sa place. Il n'a pas besoin qu'on le lui dise. Le ciel, vu par la fenêtre du bar, luisait d'un éclat printanier qui lui rappelait la lumière du Nord, puis, à l'approche de la nuit, une couche de cirrostratus s'est abattue sur la ville, annonçant un front orageux. Des lumières surgirent dans l'obscurité, et il se dit que cette ville lui plaisait assez pour qu'il envisage d'y rester, mais pas dans son état actuel, il devait changer, et c'était à lui de décider ce qu'il ferait ensuite.

Entre-temps il reste cette petite affaire de la vie d'un homme à décider. Un garçon qui a vécu sur les marges. Comme lui – même si vous ne le croiriez pas en les regardant côte à côte. Mais, concernant Albert Black, il sait. Le juge l'a énoncé clairement. On n'en veut pas ici.

On frappe un petit coup à sa porte, presque inaudible, si bien que pendant un moment il pense s'être trompé, mais le bruit reprend. Il sort de son lit et entrebâille la porte. Jack Cuttance est debout devant, en robe de chambre par-dessus son pyjama de flanelle. Il se glisse rapidement dans la pièce tandis que Ken referme la porte derrière lui.

« Une sale affaire », dit-il en sortant un paquet de cigarettes Capstan de sa poche de pyjama. Il en allume une, inspire une grande bouffée de tabac et la recrache par les narines. « Ça vous ennuie si je m'assois ?

– Ils vont pas le lâcher, c'est ça ?

– Coupable comme tous les diables, voilà ce qu'ils vont dire. Peut-être que c'est vrai. La fille dit qu'il l'avait prémédité.

– Et il a dit que non.

– Mais qui il faut croire ? Ils comptent que je vais les suivre, Taylor et ses copains. Ils s'imaginent que j'ai pas assez de tête pour penser tout seul. Je le vois dans leurs yeux. Vous savez, des fois, je regarde un animal dans les yeux avant de le tuer. Et pendant une seconde, je pourrais jurer qu'il sait. Vous avez déjà entendu un animal crier quand on l'abat ?

– Oui, souvent. Je viens d'une ferme

– Ah ouais, ça me revient, vous l'avez dit. Vous êtes du côté de Black depuis le début. Pourquoi, je me demande ? »

Ken hésite avant de répondre. « Pour autant qu'on sache, Black a commis une seule faute. Au sens criminel. Est-ce qu'on fait pas tous des fautes ?

– Alors parlez-moi de la vôtre.

– Oh, je sais pas. Sûrement pas un crime. » Sauf que, vue du point où il est assis maintenant, sa vie tout entière lui paraît une erreur, un manquement au devoir envers soi. « Peut-être que c'est ça mon problème. J'ai jamais pris aucun risque. »

Avant qu'il puisse développer, un autre coup se fait entendre à la porte. Le verrou n'est pas enclenché et Arthur l'entrouvre.

« Refermez la porte », dit Ken.

Ils échangent des regards, trois conspirateurs improbables, assis en rang sur le lit, comme des merles sur un fil électrique. Arthur porte un pyjama fait d'une matière soyeuse et des mocassins de cuir clair en guise de pantoufles.

Arthur dit : « Il n'y a que nous trois. Tous les autres vont le déclarer coupable.

– Et vous croyez pas qu'on devrait aussi ? » demande Jack, pour tâter le terrain. Arthur et lui ont à peine échangé dix mots au cours du procès. « Enfin, je veux dire, vous pensez quoi ? Si vous permettez que je vous pose la question. »

Arthur plonge soudain la tête entre ses deux mains, les coudes sur les genoux. « Vous n'imaginez pas, dit-il, la voix rauque d'émotion, à quel point j'ai sondé ma conscience ces quelques derniers jours. Ma vie, ma vocation, ont été vouées à l'étude de la littérature classique. J'ai cherché des réponses, écouté en esprit les paroles des philosophes, comme s'ils pouvaient me guider dans toutes mes actions.

– Et qu'est-ce qu'ils vous ont dit ? interroge Jack, d'un ton narquois, presque amusé.

– Rien que je veuille entendre. Black a tué Jacques, cela nous le savons. Mais si nous le déclarons coupable, cela revient à lui passer nous-mêmes la corde autour du cou. Si nous le déclarons non coupable, nous nions aussi ses actes.

– Eh bien, dit Ken, si nous pouvons pas nous mettre d'accord, ils devront organiser un autre procès.

– Exact, cette fois le verdict ne peut pas se faire à la majorité. Nous abdiquons notre responsabilité et nous la refilons à d'autres, c'est cela que vous proposez ?

– Je pense qu'on devrait essayer de persuader les autres de comprendre notre point de vue », dit Ken.

Jack émet un grognement. « Frank ? Wayne ? Je crois pas.

– Quand Socrate a été mis à mort, dit Arthur, comme s'il se parlait à lui-même, on croyait qu'il accéderait à l'immortalité spirituelle, qu'il continuerait à vivre dans l'au-delà. Mais je ne peux pas croire cela.

– Eh bien peut-être que ce mec, Socrate, faisait pas des galipettes avec une gonzesse dans le dos de sa copine, dit Jack. Je veux dire, il aurait pu obtenir un meilleur marché. »

Arthur dit d'un ton plus ferme, comme s'il se ressaisissait : « Je ne peux pas croire que nous ayons acquis le droit de décider qui doit vivre et qui doit mourir. Je ne crois pas à la peine de mort. Et me voilà, défié par un jeune Irlandais de me lever et faire compter ma voix. Il y a des hommes puissants dans ce jury, croyez-moi. Quand ce sera terminé, la consigne circulera : tenez cet individu à l'œil, ou cet autre-là, il ne mijote rien de bon. Ils dîneront à une table où ils converseront avec des chanceliers et des doyens, et ils prononceront un terme dédaigneux qui sera transmis et répété partout où ils voudront qu'il soit entendu.

– Vous voulez dire, dit Jack, que vous avez la trouille pour votre boulot si vous vous opposez à eux ?

– Peut-être. Oui, ça pourrait se produire, j'ai vu comment les choses se passent dans cette ville.

– Je crois pas qu'ils iront acheter leur viande ailleurs si je leur tiens tête. J'ai un très bon rayon de charcuteries.

– C'est facile de plaisanter, répond Arthur. Je m'en tiendrai à mes principes.

– On devrait dormir un peu », dit Ken, qui se surprend lui-même en décidant de les mettre à la porte.

Une fois qu'ils sont partis, il est deux heures du matin. Il s'allonge et glisse à nouveau dans un sommeil agité.

*

Oliver Buchanan erre dans sa demeure, pieds nus, afin de ne pas déranger sa famille endormie. Il observe son épouse, le visage immobile sous un rayon de clair de lune tombé par un rideau entrouvert, peau de porcelaine, cheveux bruns étalés sur l'oreiller. Faisant halte devant la porte de chacun de ses fils, il espère à moitié que l'un d'eux va se réveiller, qu'il pourra lui proposer une tasse de chocolat chaud, un toast enduit de pâte à tartiner, ces aliments de réconfort qu'ils aimaient quand ils étaient enfants. Ni l'un ni l'autre ne bougent. Peut-être cela vaut-il mieux, car c'est lui qui a besoin de réconfort, et il ne peut pas le leur mendier. Il n'a aucune envie de leur faire porter le chagrin de sa journée, la certitude de la calamité qui l'attend. Au lieu de cela, il contemple chacun des jeunes gens endormis, leur beauté qui reflète celle de leur mère et ne cesse encore et encore de le stupéfier. Ils lui rappellent des dessins de Michel-Ange. Ses enfants. Leur visage au repos. Le monde entier devant eux. Que sait-il vraiment de leurs vies ? Un homme croit connaître ses enfants, mais est-ce bien sûr ? On attend de ces jeunes gens qu'ils deviennent des guerriers, qu'ils agissent en pionniers, en soldats, le cœur si vaillant. Il leur demande simplement d'être des hommes droits. Peut-être même pas cela, simplement qu'ils survivent intacts, sans faire de mal aux autres. Jadis il aurait souhaité les voir choisir la voie du droit, comme il l'a fait lui-même, mais maintenant il espère que non. La loi, dans son état actuel, semble cruelle et injuste, une cuirasse pour le pouvoir et la vengeance, conçue par des hommes qui ont fait la guerre et ne peuvent pas renoncer au passé, qui doivent continuer la chasse aux ennemis jusqu'à la fin de leur vie.

C'est la première fois que Buchanan participe à un procès où la peine de mort est une forte probabilité – encore plus forte depuis la livraison des derniers journaux. Il n'est pas grand pratiquant, mais il a été élevé dans la foi de sa mère, une anglicane dévote. Elle a demandé qu'à son enterrement il lise le psaume 23 qu'elle aimait tant, et les paroles affluent maintenant à sa mémoire, alors que sa mère est morte depuis plus de dix ans. *Grâce et miséricorde m'accompagnent tous les jours de ma vie et j'habiterai à jamais dans la maison du Seigneur.* La grâce et la miséricorde vont-elles triompher aujourd'hui ? Il craint le pire. Le jeune homme au banc des accusés est beau garçon. Pas très grand, un point qu'il a lui-même souligné, mince mais avec le torse solide, une lueur vive dans ses yeux verts profondément enfoncés. Un fils à sa maman, aussi. Comme tous les jeunes gens qui ont fini sur la potence cette année. Il rectifie. Tous les hommes qu'on a pu y envoyer. Et pensant à ses propres fils, qui vivent dans le bonheur inconscient de la jeunesse et des privilèges, il voit comment leur existence même pourrait s'effondrer après un seul faux pas, avec quelle aisance elle pourrait tourner mal.

Il retourne à la table où ses papiers sont étalés. Il manque quelque chose, mais il ne parvient pas à retrouver le document. Quelque chose à propos de Larsen et de son témoignage.

*

Paddy est au courant de ce qu'ont raconté les journaux. Au début de la journée, Ettie Haywood l'a dit à Edward Horton, le prisonnier condamné à perpétuité pour l'assassinat de Kitty Cranston. C'est la férocité de ce meurtre qui a entraîné le rétablissement de la peine de mort en 1950. Horton adore rappeler à ses congénères qu'il a échappé à la corde parce que la sanction ne pouvait pas être rétrospective. « Tu pues la mort, hein ? » fit Paddy la première fois où Horton lui raconta cette histoire. Horton le regarda, déconcerté. « T'es un petit malin. T'inquiète. Ça doit être mon sang irlandais, et j'en suis fier. »

Maintenant Horton est dans l'équipe de boulistes qui a droit à une sortie par mois pour aller jouer sur la pelouse hors des murs de la prison. Il y a douze perpètes dans l'équipe, et Ettie Haywood se fait un devoir de converser avec chacun d'eux quand ils se préparent pour l'expédition. Elle aime bien les tenir informés de ce qui se passe dans le monde, ça aide à les maintenir en contact avec la réalité, explique-t-elle. D'ailleurs, elle apporte souvent un journal pour leur faire la lecture des gros titres. Quand elle a croisé Horton ce jour-là, elle avait le journal dans son panier. Il le lui a emprunté. « Juste un coup d'œil rapide, Mrs Haywood », c'est comme ça qu'il a formulé sa requête. Et quand elle le lui a mis dans la main sans réfléchir, il n'a pu retenir un air de jubilation déplaisant.

« Ils veulent ta peau », dit Horton à Paddy quand ils se croisent dans la cour de promenade peu avant la fermeture.

Paddy pense qu'il risque de ne pas dormir, mais le sommeil et le tabac sont les seules drogues accessibles, et c'est le sommeil qu'il préfère. Sommeil qui s'abat sur lui par grandes lampées d'inconscience quand il autorise son esprit à faire le vide, à découvrir ce qu'il appelle le trou noir au fond de son crâne. Quand il dort, il rêve à nouveau de l'Irlande, toujours l'Irlande. Il est dehors en pleine campagne, loin des limites de la ville. Il est en vacances à Ballycastle avec sa mère et son père et le petit Daniel. La bruyère est en fleur sur les flancs de la Knocklayd et elle bruit par ondes tout autour d'eux ; ils se tiennent à la pointe extrême de l'Irlande, avec la mer qui s'étend à leurs pieds. Regarde, c'est l'Écosse, là-bas, on peut la voir d'ici, s'écrie sa mère, tandis qu'ils avancent parmi les broussailles. Des libellules dansent au-dessus de leur tête. Ils chantent, tous ensemble, le modèle de chanson qui traverse leur existence :

Le grand navire vogue
ally-ally-oh
Sur l'ally-ally-oh, l'ally-ally-ho
Oh, le grand navire vogue
sur l'ally-ally-oh.

Tout comme lui va voguer. Il les quitte. Il s'en va au loin. Dans son rêve, il avance vers le visage blême de la jeune fille qu'il pourrait aimer. Il se réveille et l'obscurité le reprend.

*

La nuit n'est pas encore terminée pour Buchanan. Jeff Larsen a fourni un témoignage qui s'accorde avec celui des autres témoins, la seule variante étant qu'il a suivi Black hors du café après le coup de couteau et l'a accompagné jusqu'au poste de police, où il l'a quitté. Bon, c'était un pote, a-t-il dit dans sa déposition, il pensait que quelqu'un devait s'assurer qu'il allait bien. Il n'avait pas vu ce qui s'était déroulé dans le café. Voilà ce qu'il avait dit.

Buchanan passe en revue un dossier de coupures de presse et tombe sur un article. Le samedi suivant la mort d'Alan Jacques, il y a eu de nouveaux incidents au café La Vieille Grange, qui impliquaient, selon les termes de l'article, des Teddy Boys, des *bodgies* et des *widgies*. Jeff Larsen se trouvait sur place quand quelqu'un l'informa qu'on avait mis du sucre dans le réservoir d'essence de sa voiture. Larsen s'était précipité sur les lieux. Il y avait déjà plusieurs morceaux de sucre dans le tube de remplissage, et dix autres posés sur le coffre du véhicule. Larsen dit qu'il n'avait pas la moindre idée de qui avait pu vouloir saboter son moteur.

S'il s'agissait d'un avertissement, Larsen l'avait bien reçu. Le lendemain, il disparut. La police l'avait cherché, car il se trouve qu'il était en liberté surveillée. Il avait fait le mort jusqu'à ce que la police le retrouve, juste avant le procès, et lui impose par une sommation de venir témoigner. On ne peut pas dire que ce témoin de l'accusation s'était porté volontaire. Buchanan se frotta les yeux, en mal de sommeil à mesure que la nuit s'amenuisait. Le témoignage de Larsen était identique à celui des autres, et Black ne semblait pas au courant de ce qu'avait vu son ami. On tombait sur une impasse à chaque coin de rue. S'ils avaient eu de l'affection pour Albert Black jadis, apparemment ce n'était plus le cas chez aucun d'entre eux.

Et voilà encore autre chose. Une fille de quinze ans avait été découverte un peu plus loin dans Queen Street le même soir, en train de se prostituer. Quand la police l'interrompit au milieu d'une fellation, elle dit qu'elle récoltait de l'argent pour les obsèques de Johnny McBride.

Tout le monde, à ce qu'il semble, était devenu le meilleur ami de McBride.

Chapitre 18

L'HEURE A SONNÉ.

Gerald Timms se lève pour prononcer son réquisitoire, résumant les données qui selon lui apportent la preuve de ce qu'il appelle le meurtre prémédité de Johnny McBride par Albert Black. Quand les deux hommes se sont approchés du juke-box de La Vieille Grange le soir du 26 juillet 1955, personne n'a vu McBride frapper l'accusé, dit-il au jury. L'argument de la provocation avancé par la défense devrait être écarté. Rien de tel ne s'est produit.

« Voyons, dit-il, ils sont en rivalité pour les attentions de la jeune personne qui a témoigné ici. Une jeune femme courageuse. Il faut du courage pour paraître devant ce tribunal et raconter les événements de la soirée précédant un meurtre. Imaginez-la, écartée de ses amies, qui se retrouve seule devant un homme ivre de rage, déchaîné, qui projette de tuer son rival.

« Il apparaît clairement d'après son récit, poursuit-il avant de conclure, que l'accusé était si furieux de voir le défunt courtiser ce témoin qu'il l'a tué dès qu'il en a eu l'occasion. Un meurtre commis de sang-froid par un homme dont notre pays se passerait volontiers. »

Timms fait un signe de tête au juge pendant ce commentaire, comme pour apporter son soutien à ce que celui-ci a déclaré devant le grand jury, une opinion qui a maintenant parcouru tout le pays. « Nous avons là, conclut-il, simplement affaire à un jeune homme violent qui a ruminé l'affront fait à son amour-propre. »

La salle d'audience est silencieuse. Rita Zilich, vêtue à nouveau de son tailleur noir, béret incliné sur son oreille droite, renverse la tête en arrière, menton relevé, en se serrant plus près du jeune homme assis à côté d'elle.

Pearson, l'avocat en charge du dossier de Black, entame sa propre plaidoirie. Albert regarde droit devant lui tandis que l'homme de loi s'avance face au jury, à un mètre des jurés, les pieds légèrement écartés pour assurer son équilibre. Buchanan retient son souffle. Il a préparé un memorandum pour Pearson, qui est pris par d'autres affaires légales à part celle-ci, et regrette de ne pouvoir prononcer le discours, mais ce n'est pas la place d'un membre junior de la défense. Il n'est pas sûr que ce cas passionne autant Pearson que lui-même. Même si c'est lui que Black a choisi pour le défendre, le système a sélectionné Pearson pour lui faire obtenir justice.

« Messieurs les jurés, commence Pearson, l'accusé est inculpé pour meurtre, et le châtiment du meurtre, c'est la mort. Ce simple énoncé suffit à nous rappeler la terrible solennité de l'occasion qui nous amène vous et moi face à face.

« Albert Black est un jeune homme de vingt ans qui n'a jamais de toute sa vie fait l'objet d'une inculpation jusqu'aux événements du 26 juillet cette année. »

Il marque une pause pour laisser à son propos le temps de pénétrer. C'est un bon début. Les jurés s'agitent, mal à l'aise sur leur siège.

L'avocat leur demande de s'interroger pour savoir s'ils croient vraiment, en toute sincérité, que le mobile des gestes de l'accusé est bien une rivalité pour les faveurs de Rita Zilich. Il porte la main à son menton, comme pour y chercher la solution d'une énigme. « C'est le raisonnement présenté par mon savant confrère. Mais, voyez-vous, si vous prenez le temps d'y réfléchir, il ne tient pas debout. Le témoin a suggéré qu'elle avait été forcée contre sa volonté de passer la nuit avec l'accusé et que, cette nuit-là, il a prononcé des menaces de mort contre McBride. Mais l'accusé dit que ce n'est pas vrai, en dehors d'une vague remarque sur son envie de tuer McBride. Rappelez-vous, ceci après que McBride l'a brutalement frappé et blessé. C'est une phrase que la plupart d'entre nous pourraient prononcer dans la chaleur du moment, au vu des circonstances. Il nie avoir discuté de la méthode qu'il emploierait pour tuer McBride. C'est parole contre parole, n'est-ce pas ? Quand à savoir si Miss Zilich a été contrainte de rester avec Black cette nuit-là, c'est là encore parole contre parole. Quel témoignage faut-il croire ? Miss Zilich ne s'est pas montrée vraiment sincère avec ses parents le soir en question. Pouvez-vous vous fier à son témoignage ? »

Un bruissement gêné se fait entendre dans la galerie. Une femme d'âge mûr étouffe un cri, la main sur la bouche. Son regard traverse la salle en direction de Rita, les joues inondées de larmes. Rita se retourne, saisie, et aperçoit sa mère.

« Examinons cette question de plus près, dit Pearson. Elle nous dit qu'elle a été forcée à descendre de voiture par les congénères de Black. Mais alors, une fois sortie de la voiture, elle retourne dans la maison, sans demander de l'aide aux personnes présentes, et elle y reste en compagnie de Black jusqu'à ce que tout le monde s'en aille. Quand elle entre dans la maison, ses amies sont encore là, occupées à reprendre leur manteau. Elle n'en appelle aucune à la rescousse. On peut supposer qu'elle leur souhaite bonne nuit. L'accusé est étendu sur le lit pendant qu'elle ramasse quelques verres ici et là. C'est une petite scène des plus domestiques. Quand Black lui demande un miroir, elle en décroche un de la paroi. Il est lourd, cela lui demande un réel effort. Maintenant rappelez-vous, il n'y a plus personne dans la maison et Black est étendu sur le lit. Elle n'avait pas besoin d'obéir. Black jette un coup d'œil sur son visage contusionné, et il lâche le miroir, bien qu'elle raconte qu'il le jette. Quand il lui demande de passer la nuit avec lui, elle le prévient qu'elle ne peut pas rester toute la nuit, ce que bien sûr nous comprenons, puisqu'elle doit rentrer chez elle avant le réveil de ses parents. Pour finir, elle s'étend sur le lit, où la tentative de rapport sexuel échoue. »

Le visage de Paddy trahit une lueur d'émotion ; sa tête s'incline brièvement.

« Rien de tout cela ne résulte du fait que le témoin a été contraint à rester. À l'évidence elle ne l'était pas. Quand elle décide de rentrer chez elle, Black lui prête dix shillings et l'accompagne à une station de taxis.

« Bien sûr, si vous observez tout cela selon une perspective morale, vous pouvez juger répréhensible que Black, qui avait déjà une petite amie, ait tenté de la trahir. Mais les faiblesses morales ne sont pas des preuves de meurtre. En dépit de tout ce que vous avez pu entendre et lire sur la dégradation des mœurs au sein de la jeunesse de ce pays, vous ne pouvez pas vous appuyer sur la perspective de Mr Mazengarb et de ses collègues pour déterminer la culpabilité ou l'innocence d'Albert Black. Je risque l'opinion que la monogamie est une pratique instillée en nous par la société, elle n'a rien d'inné chez aucun de nous ; les jeunes peuvent décider de s'accoupler sans trop de discrimination avant de se ranger avec un partenaire pour la vie. Black a tenté sa chance avec le témoin, et vous pourriez dire qu'il a gagné, au sens où elle l'a choisi lui, de préférence à McBride. Alors pourquoi diable l'accusé déciderait-il de se rendre à La Vieille Grange le lendemain et tuer l'homme qu'elle a dédaigné pour lui ? Cela n'a pas grand sens à mes yeux, et ne devrait pas en avoir aux vôtres. »

Pearson marque une pause si longue que l'auditoire pourrait se demander s'il va continuer. Buchanan observe les jurés, s'efforçant de voir ce qui se passe derrière leurs yeux. Certains d'entre eux ont le regard baissé.

Pearson reprend, d'un ton proche de la lassitude, comme si ce qu'il va dire n'a guère besoin d'explications. « Albert Black dit qu'il avait peur de Johnny McBride. Eh bien, cela paraît raisonnable, non ? Vous pouvez éprouver de la compassion pour le défunt, McBride, ou si vous lui donnez son vrai nom, Alan Jacques, et elle n'est peut-être pas entièrement déplacée. Après tout, il est mort. Et en fait, il se trouve qu'il était plus jeune que l'accusé, même s'il ne le paraissait pas et prétendait être bien plus âgé. Il est arrivé en Nouvelle-Zélande comme enfant migrant, une situation qu'il n'avait pas choisie. Pas plus qu'il n'avait envie de demeurer dans ce pays. Comme nombre d'adolescents qui ont été et restent soumis à une migration forcée, il voulait simplement retourner chez lui. Mais ne vous y trompez pas, Jacques était un garçon aigri, forgé par la rue, qui avait reçu une formation militaire et montrait une aptitude à la violence quand les choses n'allaient pas à son gré. Il lisait non pas simplement pour se divertir, mais en quête de justifications à sa propre violence. Son héros était un personnage culte, le héros d'un roman de Mickey Spillane intitulé *La Longue Attente.* Il a adopté le nom de ce personnage comme une représentation fictionnelle de lui-même, de ce jeune homme malheureux qu'était en réalité Alan Jaques. Il a découvert, aussi, de nouvelles façons de faire souffrir et humilier ses victimes. Jacques, ou McBride, comme vous voulez, a accepté l'hospitalité d'Albert Black quand il s'est trouvé sans abri. Mais l'accusé ne pouvait l'héberger que temporairement, et quand est venue l'heure de partir, le défunt a refusé et s'est retourné contre lui. C'était cela, le motif du conflit, et non la jeune fille. Jacques a tabassé Black jusqu'à ce qu'il ne tienne plus debout, l'a couvert de coups de pied quand il était à terre, lui aurait porté des coups à la tête si on ne l'avait pas retenu et lui en a donné un dans les testicules. Albert Black, l'accusé, dit qu'il n'a pas de goût pour la bagarre et qu'il ne s'est pas battu depuis les chamailleries de cour d'école dans la lointaine Belfast. Il avait de bonnes raisons d'avoir peur de Johnny McBride.

« Alors, craignant pour sa vie, il glisse un couteau, un ustensile de cuisine ordinaire qu'il utilise pour peler les patates, dans la poche de sa veste. Ce n'est pas une sage décision, mais une décision inspirée par la peur. Messieurs les jurés, nous espérons toujours que les garçons vont se montrer aussi sages que nous le devenons en vieillissant. Hélas, ce n'est pas toujours le cas. »

Buchanan commence à se détendre. Ce sont ses propres mots et Pearson les prononce avec éloquence.

« Vous avez entendu plusieurs jeunes gens qui étaient présents à La Vieille Grange le soir où Alan Jacques est mort. Black dit que le défunt est entré dans le café, lui a donné un coup au visage et l'a convié à sortir. Les témoins racontent une histoire qui ne s'accorde pas avec sa version. Ils disent n'avoir pas vu ce geste. Ils n'ont rien vu. Ils avaient la tête tournée ailleurs. Ils parlaient à leur amie, ou ils étaient sortis pour aller aux toilettes. Ils avaient bu ce jour-là, tous autant qu'ils étaient. Comment savoir qui a vu quoi et qui dit la vérité, les témoins ou l'accusé ? Et que faut-il penser du témoignage de Jeff Larsen, l'homme qui s'est levé pour suivre Albert Black et qui l'a accompagné au poste de police ? Il se trouve que ce jeune homme a tenté de se dérober à ce procès. La police a dû aller le chercher et l'amener ici afin d'obtenir qu'il témoigne. Quelque temps après l'arrestation de Black, la voiture de Larsen a été sabotée. Est-ce possible que sa version des faits ait été plus proche de celle de Black, qu'il ait vu quelque chose qui leur a échappé ou qu'ils n'étaient pas prêts à admettre ? Vous voudriez peut-être envisager la possibilité que Larsen ait été intimidé par ses amis frappés de cécité.

« Messieurs les jurés, nous parlons ici de vie et de mort. » Pearson se balance légèrement en arrière sur ses talons.

Certains des hommes assis devant l'avocat l'observent sans ciller, ou bien ils contemplent leurs ongles, se frottent la barbe ou jettent un coup d'œil en coin à la galerie, comme s'ils souhaitaient éviter son regard. Certains commencent à paraître mal à l'aise, presque fiévreux.

« Vous avez devant vous ce jeune être mortel, qui a commis une faute, sans intention, mais une faute malgré tout, aux conséquences terribles. La mort est éternelle, dit Pearson, et Albert Black le comprend maintenant mieux que la plupart d'entre nous. Tous, dans cette salle d'audience, vous êtes entourés par la beauté et la vitalité de la jeunesse, mais aussi par ses vanités et son arrogance. Les jeunes occupent un univers incertain. Il arrive que des fautes soient commises dans la chaleur du moment par les jeunes vulnérables. Qui parmi nous n'a pas vécu le moment irréfléchi qui ne peut pas être rattrapé ? Pourtant aucun de nous n'a eu à le payer de sa vie. Dans le long éclat lumineux des jours qui attendent ces jeunes gens, la plupart de leurs fautes seront surmontées ou pardonnées. À mesure que nous vieillissons, nous renonçons à croire que nous sommes immortels ; nous acquérons une meilleure forme de sagesse et nous mesurons mieux les conséquences de nos actes. Nos passions se tournent vers une recherche de vérité et de justice autant que vers les passions de la chair. En tant qu'êtres qui priez pour le pardon de vos fautes, vous avez aujourd'hui l'occasion de pardonner un autre être. Puissiez-vous être guidés par la grâce et la miséricorde. »

Des paroles, de bonnes paroles, qui volent tout autour de la salle et murmurent jusqu'à l'oreille des auditeurs. Des paroles qui vous feraient verser des larmes si vous étiez un homme ou une femme au cœur tendre, comme font certains des présents, tandis que d'autres détournent le visage.

Buchanan observe les jurés. Quelques-uns d'entre eux ont les lèvres qui tremblent. Il sait déjà sur lesquels il peut compter. Il y a une surprise parmi eux. Mais ils ne sont pas assez nombreux. Tout simplement pas assez nombreux.

Chapitre 19

« Eh bien, Black, dit le juge une fois terminé son exposé récapitulatif, vous avez eu droit à un procès long, minutieux et attentif. Il ne peut y avoir qu'une seule sentence prononcée. Vous êtes oui ou non coupable d'un meurtre. Il appartient au jury, douze hommes droits et sincères, de décider de votre innocence ou de votre culpabilité. »

Bien sûr, pense Ken McKenzie, ils ont délibéré tout du long. Au Station Hotel, les esprits s'étaient fixés avant les plaidoiries finales. Ces paroles lui avaient poigné le cœur, mais pas celui de ses congénères, en tout cas pas la plupart d'entre eux. Et si bien qu'ait parlé l'avocat de Black – certains des durs et purs parmi les membres du jury avaient pu être momentanément ébranlés –, le juge a promptement réglé le problème. Il a efficacement écarté l'homicide non prémédité, disant qu'il n'est applicable que si la provocation peut être prouvée, et vu le temps écoulé depuis la bagarre au 105 Wellesley Street, ils devraient se montrer prudents quant à l'hypothèse d'un tel verdict.

Quand ils se retrouvent derrière les portes closes de la salle des jurés, James Taylor déclare : « Ça ne devrait pas présenter de difficultés, messieurs. Commençons par voter à main levée pour voir qui estime Albert Black coupable.

– C'est irréfutable », déclare le comptable.

Des têtes s'inclinent autour de la table en signe d'accord. Des mains se lèvent, huit en tout.

Ken, Jack Cuttance le boucher, Arthur le professeur, et Marcus, du magasin de vêtements pour hommes, qui n'a pratiquement pas parlé sinon au veilleur de nuit et à l'épicier pendant les pauses, gardent les mains sur leurs genoux. Ken voit l'expression inquiète sur le visage crispé de Marcus, comme s'il ne pouvait croire ce qu'il est en train de faire.

« Comment il pourrait être non coupable ? demande Wayne, le chauffagiste. Un couteau planté dans la nuque, c'est un meurtre.

– Mais c'était un coup de hasard », dit Ken, qui se rappelle les paroles du pathologiste. Il s'efforce de prendre un ton calme, espérant qu'ils peuvent encore entendre raison. « Rappelez-vous, il a dit qu'il aurait jamais pu toucher l'endroit exact du premier coup, même s'il avait essayé. »

Neville Johns intervient alors. « Le juge le croit manifestement coupable. Vous pouvez lui chercher toutes les excuses fantaisistes que vous voulez, un bon Néo-Zélandais ne ferait jamais une chose pareille. »

Et le revoilà, pense Ken, ce préjugé contre l'étranger que le juge a exprimé devant le grand jury. Il est là fort et vif dans la pièce ; il a toujours été là.

« Irlandais. Encore un de ces talas.

– Il vient de l'Ulster, dit doucement Arthur, c'est un protestant. Non que sa religion importe dans cette affaire.

– Il parle comme un plouc à peine sorti de sa tourbe. »

Ainsi ils se répartissent, avancent et reculent, revivent les moments du procès qui les ont le plus frappés. La fille est jolie et elle parle poliment, vous ne trouvez pas ? Une fille impressionnable qui a fait une sottise en allant à cette soirée, mais elle ne manque pas de courage, et ça se voyait qu'elle avait du caractère.

« Larsen était pas très brave, dit Ken. J'ai lu ça dans le journal, qu'il a fallu un ordre de comparaître pour qu'il vienne témoigner, juste un petit paragraphe. » Ce point lui tourne dans la tête depuis un bon moment, comme une mouche à viande enfermée dans une bouteille. Ils l'ont trouvé et ils l'ont ramené. Comme l'a dit maître Pearson, il devait avoir la frousse de témoigner. Les autres voulaient le faire taire. Mais pourquoi ?

« Mr McKenzie, dit Taylor, l'attitude amicale des jours précédents s'évaporant comme brume froide dans la pièce surchauffée, cela ne fait pas partie des témoignages. Ils n'ont pas rappelé Larsen à la barre. C'est trop tard pour les spéculations.

– Je vous dis, c'était dans le journal, ils ont versé du sucre dans son réservoir.

– Cela ne nous mène nulle part.

– Mais si, vous voyez pas ? Ces témoins, ils veulent tous être du bon côté de la loi. J'imagine qu'ils ont tous des choses à cacher.

– Il est un peu tard pour jouer les Sherlock Holmes. » Le ton de Taylor est glacial.

« Ça vous est égal qu'on fasse une erreur judiciaire ? » Ken a la voix pleine d'angoisse. « On parle de la vie d'un homme.

– Messieurs, il faut que nous avancions, dit Taylor, comme si Ken était un enfant récalcitrant. Je crois que la plupart d'entre nous sommes de la même opinion. Monsieur, dit-il, en se tournant vers Marcus, je suis surpris que vous ne partagiez pas notre point de vue. » Il montre de la tête les autres hommes de Queen Street. « Vos amis semblent assez sûrs d'eux.

– Ils pensent que ça vaut pas le coup de discuter.

– C'est vrai ? » demande Taylor.

Il y a des haussements d'épaules et un silence. Marcus baisse les yeux, se noue et dénoue les doigts.

« Vous ne semblez pas en être très sûrs. » Taylor les passe en revue.

« On a tous nos secrets, dit le veilleur de nuit.

– Vous voulez dire que c'est une pédale et pas vous, dit Johns, d'un ton calmement menaçant.

– J'en suis pas une, répond Marcus d'une voix aiguë, terrifié.

– Vous savez ce qui arrive aux pédales si la loi les attrape, n'est-ce pas ? dit le banquier. Peut-être que Black vous plaît. »

Marcus lève les mains en un geste de soumission. Ken ferme les yeux. Il flotte une forte odeur corporelle autour de lui, sueur, tabac, une vilaine tension qui s'est emparée d'eux. Il suppose qu'il savait que Marcus est homosexuel, peut-être que tous le savent. Ce n'est pas un point qui lui a occupé l'esprit pendant le procès. Mais il voit que les amis de Marcus étaient au courant et qu'ils n'ont cessé de craindre pour lui.

« Coupable, murmure Marcus.

– Cela fait neuf d'entre nous qui sont d'accord. Allons, mes amis, quel est le pire sort qui puisse attendre Black ? Oui, il peut être mis à mort, mais je pense qu'il y aura un recours en grâce. Il est jeune, on va probablement le rapatrier en Irlande une fois qu'il aura fait une longue peine de prison.

– Vous n'en savez rien, dit Arthur. Vous avez inventé un scénario qui vous convient, comme ça vous pouvez rentrer chez vous, dormir tranquille et ne plus y repenser. Si vous le déclarez coupable, le juge est tenu de le condamner à mort une fois que le verdict sera tombé. Tout le reste est pure spéculation de votre part. Imaginez que vous vous trompiez et que Black soit exécuté, vous serez toujours aussi sûr de vous ? Certains d'entre nous souhaitent émettre un avis différent du vôtre.

– C'est vrai, Black a bien planté Johnny McBride, dit Jack Cuttance, comme s'il commençait à hésiter. Le problème, c'est la peine de mort. Je fais ça aux animaux, et c'est déjà assez dur. C'est pire de penser qu'on va le faire à un homme. »

Johns bourre sa pipe, la lèvre inférieure projetée en avant. « C'était madame votre épouse avec qui vous bavardiez l'autre soir, Mr Cuttance ? »

Jack le dévisage, une veine se met soudain à palpiter sur sa gorge. « Vous avez écouté ma conversation ?

– J'ai attendu assez longtemps pour pouvoir utiliser le téléphone. J'étais debout près de la cabine et vous n'aviez pas l'air de me voir. Très affectueux, je me suis dit, très érotique, même, tout ce que vous avez l'intention de faire à votre épouse. »

Le seul bruit dans la pièce, c'est celui qu'émet Johns en tirant sur la pipe qu'il vient de rallumer. La fumée s'élève en volutes, glisse autour de leurs têtes. Ken remarque un filet de salive qui court sur le côté de la bouche du banquier quand il aspire, et cette vue lui donne la nausée.

« Va falloir que je vote coupable, alors », dit Jack Cuttance, en évitant de regarder Arthur ou Ken. Son visage se vide de toute couleur. « Faut que je pense à mes gosses.

– Brave homme, très bien, nous y sommes presque », dit Taylor.

Ken se prend à hurler. « Vous avez pas écouté. Vous avez rien *entendu*, sauf ce que vous vouliez entendre. Vous êtes juste un tas de fanatiques à l'esprit étroit. » Et là le pire se produit. Son urine descend le long du pied de sa chaise ; l'odeur, comme de l'huile de citronnelle, se mêle à l'atmosphère crasseuse. « Non coupable », dit-il, sa détresse visible de tous.

« Non coupable », dit Arthur. Mais, bizarrement, ses paroles et celles de Ken se perdent, comme s'ils n'existaient tout simplement pas.

Ken dit : « Arthur, vous pouvez les arrêter. » Les visages qu'il voit sont implacables, leur dégoût et leur indifférence manifestes, excepté chez Cuttance qui se couvre le visage de ses mains. Marcus est penché si bas au-dessus de la table qu'il est impossible de voir son expression. « Alors je suis un gosse de ferme qui s'est pissé dessus. Je vous fais chier parce que je suis pas d'accord avec vous. Ça veut pas dire que vous devriez pas faire ce qui est juste. »

Arthur lui pose la main sur le bras. « Ce n'est pas votre faute. Nous pouvons rester assis là pendant des heures et des jours. Ils ont pris leur décision.

– Vous avez changé d'avis aussi. À cause de quoi ? Votre boulot important, vous aussi ? » Il peut s'affirmer et tenir bon. Mais d'abord il va falloir qu'il change de pantalon. Peut-être qu'on le déclarera inapte en son absence. C'est terminé, il le sait.

Arthur soupire. « Bizarrement, au contraire, cela pourrait rehausser mon statut, d'être le juré dissident, l'homme de principe. Mais ça ne changera rien ici. Ken, ils ont toujours été résolus à déclarer cet homme coupable. Au mieux nous pouvons provoquer une défaillance du jury, et peut-être que le jury suivant verra les choses d'un autre œil. Ou pas. Je ne peux pas nier que Black a tué Jacques. A-t-il été provoqué ? Je le crois. Est-ce qu'il se défendait ? Les témoins disent que non. Je pense que c'était un homicide non prémédité, mais le juge refuse ce verdict. Le mieux qu'on puisse espérer, c'est qu'il obtienne sa grâce. »

*

Rita Zilich et ses amis interrompent leur incessant bavardage quand le jury revient dans la salle d'audience pour la dernière fois. Une heure et quarante minutes seulement se sont écoulées depuis leur départ. Encore quatre minutes pour qu'ils regagnent leur siège. Le silence étouffé est momentanément rompu par une armée de filles qui se sont précipitées au tribunal pendant leur pause déjeuner, deux pleins taxis de spectatrices. Elles sentent le parfum et le fish and chips, les sandwiches aux œufs rapidement engloutis, et sucent en douce des boules au réglisse. Au banc des accusés, Albert Black se tient à la balustrade, qu'il tripote comme s'il essayait de déchiffrer du braille.

Le juge demande à James Taylor si le jury déclare l'accusé coupable ou non coupable de meurtre.

« Coupable, Votre Honneur. »

Paddy bascule en avant, de sorte que Des Ball et un appariteur, qui se tiennent debout à ses côtés, doivent faire un pas et lui prendre les bras pour le soutenir.

« Avez-vous quelque chose que vous souhaiteriez ajouter ? » demande le juge.

Au bout de quelques instants, pendant lesquels il se ressaisit, Paddy répond d'une voix calme, blanche : « Rien à dire, Votre Honneur. »

Le juge Finlay, son long visage patricien sévère, prend la coiffe noire, qui n'est pas du tout une coiffe mais un carré de tissu, et la place sur le sommet de sa perruque. Il se passe un moment pendant qu'il la manie, l'arrangeant de manière à faire tomber une des pointes devant son visage. « Vous avez entendu le verdict du jury, lui dit-il. La sentence de ce tribunal est donc que vous serez reconduit à l'endroit d'où vous êtes venu et gardé sous étroite surveillance jusqu'à ce que soit confirmée la date de votre exécution, et ce jour-là vous serez conduit au lieu de l'exécution et serez pendu par le cou jusqu'à ce que mort s'ensuive. Dieu ait pitié de votre âme. »

Dans le silence, l'épais silence parfumé de la salle d'audience, Paddy fait demi-tour et titube jusqu'à la porte de la trappe menant à sa cellule au sous-sol. À l'arrière du tribunal, la jeune fille pâle qui est restée assise là pendant toute la durée du procès, ses yeux suivant chaque fluctuation des événements relatés, commence à sangloter, ses pleurs deviennent de plus en plus forts, jusqu'à ce qu'un appariteur lui fasse quitter la salle.

Le soleil brille au ciel quand les jurés pénètrent dans la lumière, laissant la salle d'audience derrière eux. Ils sont maintenant dispensés de service de jury pendant sept ans. La plupart d'entre eux espèrent ne jamais avoir à revenir, ou c'est ce qu'ils déclarent, tandis qu'ils avancent sous la verdeur pâle des feuillages printaniers. Certains se serrent la main avant de se séparer, promettent de se revoir avant longtemps. Ken se retourne pour partir, son pantalon trempé lui glace la jambe. Arthur lui tend la main et Ken la prend.

« Je suis désolé, dit Ken. Si j'avais pas été là.

– Ce n'est pas vous. Je vous ai donné ma parole. Quand on est arrivé à la question cruciale, je n'ai pas vu la moindre lueur d'espoir. Je continuais à me dire que Black serait peut-être épargné. Il y aura sûrement un appel, un peu de bruit et de fureur. Vous devriez rentrer chez vous, tourner la page.

– Vous m'avez écouté. C'est déjà ça, je suppose. » Le ton de Ken est froid.

« Je suis aussi navré que vous.

– Vraiment ? J'ai jamais rencontré un homme instruit jusqu'ici. Je savais pas à quoi m'attendre.

– Je ne suis pas différent de vous. J'ai eu la chance de pouvoir faire des études, c'est tout », dit Arthur. Il a sorti un petit carnet et un crayon de la poche intérieure de sa veste. Ses chaussures reluisent dans la lumière tandis qu'il écrit un numéro de téléphone.

Ken frissonne dans son pantalon, malgré le soleil qui leur réchauffe le dos. « Tout le monde a pas cette chance.

– Vous pourriez encore en bénéficier. *Carpe diem*, Kenneth, mon ami. Ça veut dire, saisis le jour.

– Vous avez une meilleure opinion de moi que je le mérite », dit Ken. Maintenant il se moque un peu de l'autre, mais Arthur est insensible à son ironie sous-jacente.

« Le calendrier universitaire de l'année prochaine va être publié d'un jour à l'autre. » Arthur tend à Ken le bout de papier. « Appelez-moi si vous pensez que je peux être utile. » Il pivote sur ses talons, se dirige vers l'université. Bizarrement, Ken a envie de rire. Il lui vient à l'esprit qu'il n'est ni meilleur ni pire que le professeur. Tout en marchant vers l'arrêt de bus, il déchire le bout de papier en petits morceaux et les jette dans une poubelle.

*

Dans le fourgon aux vitres obscurcies, Albert et Des sont assis en silence. Des l'ignore encore, mais, quand il rentrera chez lui, sa femme et ses enfants seront partis. Il va comprendre assez vite que Madge a enduré tout ce qu'elle pouvait et que maintenant elle n'en supportera pas davantage. Il sera surpris d'apprendre qu'elle sait très bien quand les ennuis approchent, qu'elle est capable d'en lire les signes dans les histoires que racontent les journaux et d'additionner deux et deux. Il regrettera de toute son âme de n'avoir pas su lui confier le chagrin qui lui pèse sur le cœur, les choses qu'il a vues. Quand le véhicule s'arrête aux carrefours, on n'entend que le cliquetis des trams. C'est l'heure de la sortie de l'école, et les voix haut perchées des enfants résonnent. Le fourgon roule, retour à la prison. Puis, dans la pénombre, Albert se met à chanter, sa voix d'abord hésitante s'élève et emplit le fourgon :

Giroflée, giroflée, qui pousse en hauteur
Tous les petits enfants vont mourir, c'est l'heure
Excepté Albert Black, il est le seul
Il sait danser, il sait chanter
Il sait danser, se balancer
Quelle honte, quel malheur !
Tourne-toi vers le mur, mon cœur.

« Ta gueule, Black, hurle Des. Ferme-la ou je t'écrabouille. »

Paddy s'interrompt juste le temps de dire : « Vous avez toujours été un bonnet de nuit, Mr Ball ? Vous avez jamais vécu ? Feriez mieux d'en profiter vite, on sait jamais quand votre heure arrive. »

Plus tard, au cours de la longue nuit qui l'attend, Des se dira que le gosse irlandais a un don de double vue.

Et la voix de Paddy persiste, implacable dans l'obscurité, tandis que les grilles s'ouvrent pour laisser entrer le fourgon et les voilà de nouveau à l'intérieur de la prison.

Quelle honte, quel malheur !
Tourne-toi vers le mur, mon cœur.

*

La mère de Rita regarde sa fille comme si elle ne la reconnaissait pas tout à fait. Elle est restée debout tard à l'attendre. L'aube est proche.

« Rita, chuchote-t-elle, qu'est ce que tu as fait ?

– Je pensais pas que ça se passerait comme ça.

– Tu as menti au tribunal ?

– Je sais pas, maman. C'est comme ça que je me rappelle la soirée.

– Tu es de la marchandise avariée.

– Je sais. Je vais réparer. Je resterai à la maison et c'est toi qui me chercheras un garçon sympa.

– Si ton père et moi on y arrive. Et ce garçon qui va mourir ? »

Rita n'a pas de mots pour répondre, ses yeux s'emplissent soudain de larmes. « Il était plutôt gentil, maman. Pas un mauvais garçon.

– Que Dieu te pardonne, Rita », dit sa mère.

Chapitre 20

Et maintenant on est dimanche matin, et son mari veut qu'elle reste au lit avec lui.

« C'est l'alcool qui parle, dit Kathleen. Faut dire que tu es rentré tard, la nuit dernière. » Le drap, rugueux contre sa joue, a besoin d'être lavé, mais, chaque fois que c'était jour de lessive, le brouillard est tombé en roulant de la Black Mountain, et elle a décidé d'attendre un meilleur moment.

Il l'attire contre lui, et elle entend au fond de sa poitrine le raclement d'un sanglot. « Qu'est-ce qu'un homme peut faire d'autre ? dit-il. J'ai oublié pendant un moment. » Il lui caresse la cuisse, et il fut un temps où elle aurait volontiers accueilli son geste, quand eux deux faisaient des garçons ensemble.

« Je peux pas oublier, dit-elle, même pas un moment. J'ai pas dormi de la semaine.

– Kathleen, je sais bien », et elle sent la pression torturée des doigts sous sa cage thoracique avant qu'il la relâche.

« J'ai le petit déjeuner de Daniel à préparer. » Elle sort du lit, s'appuie au mur pour se soutenir. Une pièce étroite dans la maison exiguë, deux en haut, deux en bas, et au coude à coude avec toutes les autres de Gay Street, qui débouche sur Sandy Row.

« Alors tu vas le faire ? demande-t-il, à voix basse maintenant.

– Préparer son petit déjeuner ? Oui, bien sûr. Tu veux pas que le petit meure de faim.

– L'autre chose. Ce que tu m'as dit. L'idée que tu as eue l'autre nuit ? »

Kathleen se retourne pour faire face à son mari tandis qu'elle enfile son jupon, prend une robe imprimée sur son cintre et se la glisse par-dessus la tête, avant de choisir son plus beau cardigan, un tricot mauve en point de blé. Il lui rappelle le temps où elle et son fils emportaient un seau et traversaient les champs derrière la ceinture de la ville pour faire la cueillette des mûres sauvages dans les ronces, le goût succulent du jus qui leur coulait sur le menton, comment le petit piétinait parmi les vignes en riant comme s'il ne sentait pas les épines, parce qu'il voulait lui faire plaisir. Il frimait un peu, pensait-elle à l'époque, mais quelle importance, heureux comme une pleine timbale de soleil. Voilà comme il était, son petit Albert, avec le chapeau bleu en coton qu'elle lui avait cousu tiré sur ses cheveux, bruns et brillants comme les fruits mûrs, sa peau couleur de lait, et maintenant c'est un homme adulte parti à l'autre bout du monde faire fortune. Et quelle fortune !

« Fais-moi bouillir un bol d'eau, je vais me tailler la moustache, dit Bert.

– Alors tu vas venir avec moi ?

– Ouais, habille le petit. » Il note l'expression de son visage. « Il va bien falloir qu'il s'habitue, c'était dans les journaux. Les gens en parlaient à l'hôtel, hier soir.

– Comment ? De quelle façon ils en parlaient ? » Elle ne s'est pas montrée dehors dans les rues ces derniers jours. Le déshonneur lui brûle les joues.

« Ils m'ont serré la main. Ils disaient qu'ils étaient vraiment désolés de tout ça.

– Mais qu'est-ce qu'ils ont dit à propos de notre Albert ?

– Un brave gars, voilà ce qu'ils disaient. Ton garçon aurait pas le cœur d'écraser un escargot qui fait sa balade matinale, voilà ce qu'ils disaient. On le sait bien, voilà ce qu'ils disaient.

– Alors il va falloir en parler à Daniel. Et lui qui a à peine dix ans ! Son frère, l'assassin.

– Tu crois pas ça.

– C'est ça qu'ils croient en Nouvelle-Zélande. Le juge a mis sa coiffe noire. Pour le pendre par le cou jusqu'à ce que mort s'ensuive.

– Je m'en occupe pendant que tu prépares le petit déjeuner. Je vais parler à Daniel. »

Et pendant un instant, cela semble moins terrible, maintenant qu'elle et son mari l'affrontent ensemble. Il y a de l'espoir dans l'air, et quand elle regarde la lumière dehors, elle voit que le ciel matinal est bleu, un torrent de soleil inonde les maisons au pied du pont de la Boyne.

Kathleen sort l'épais bloc de papier qu'elle a caché dans le tiroir du bas de la commode. Les feuilles sont fines, rayées de discrètes lignes bleues. Le bloc lui a coûté un shilling entier, le prix d'un steak. C'est un espoir démesuré de le voir se remplir de noms, mais qui mérite une tentative. Tout ce qui se prépare la mérite, et eux trois, elle, son mari, Daniel, le petit garçon qui leur est venu sur le tard, tout ce qui reste de la famille, se rendent à Saint-George, où ils vont se tenir à l'entrée après l'office religieux du matin et tendre ce bloc de papier aux membres de la congrégation quand ils passent devant eux, nourris du sang du Christ, demander leur miséricorde, les prier de signer la pétition qu'elle a rédigée, implorant le lointain gouvernement de Nouvelle-Zélande d'épargner la vie de son fils. Elle imagine les noms, volant à travers les pages : quarante lignes par page, et cinquante feuilles de papier. Si Dieu le veut, elle aura besoin d'autres blocs, et ils mourront de faim plutôt que se priver de tout le papier qui pourrait être nécessaire.

Elle met son chapeau, un feutre bleu orné d'une plume de faisan fixée sur le ruban, et enfile son manteau, car l'automne est là, le soleil sournois se faufile entre les nuages, mais ne dispense pas de chaleur. Son mari porte sa chemise blanche et son bon costume, qui a connu des jours meilleurs, mais qu'est-ce qu'il mettrait d'autre, pour aller à l'église et les jours de défilé orangiste. Elle serre les épaules quand ils arrivent dans Sandy Row, lève le menton, regarde droit devant elle. Clodagh l'interpelle : « Eh, bonjour Kathleen, bonjour Bert, et comment il va aujourd'hui, le petit bonhomme ? »

Kathleen se raidit, mais c'est de Daniel que sa voisine prend des nouvelles. Il a manqué l'école la semaine dernière à cause d'un rhume, pendant qu'elle partait travailler à l'usine de Jennymount, où chaque jour de la semaine elle lisse la belle toile de lin qui sort de l'énorme machine, sa texture striée comme de la crème à peine fouettée. Elle a honte d'avoir imaginé le pire de la part de sa voisine, qui veille sur le petit pour que Kathleen ne manque pas une journée de travail. Des quantités de gens font la queue pour trouver un emploi, et l'industrie recule comme la marée. Clodagh a pris de la raideur avec l'âge, pendant les années où ils vivaient à Sandy Row, ses articulations sont épaissies par les rhumatismes, les pieds si enflés et couverts de durillons, la peau si fendillée, qu'elle porte des pantoufles toute la journée.

« Il va beaucoup mieux, merci, Clodagh. Et toi ? »

Clodagh plie les mains sur sa large taille. « J'aimerais bien aller aujourd'hui dans la mienne, d'église, mais j'en suis pas capable. Tu diras une prière pour moi, Kathleen ? »

Et avant qu'elle puisse se retenir, le visage de Kathleen s'inonde de larmes. Bert lui prend le bras, comme pour la faire avancer.

« C'est bon, laisse-la pleurer, dit Clodagh avec un hochement de tête. On est au courant de vos ennuis. On sait pour celui qui est parti outre-mer. C'était un bon garçon. Je me souviens du petit Albert, il allait me faire une course sans demander un penny. »

Il faut saisir le présent, et Kathleen ouvre son sac, sort le bloc et le crayon. En travers de la première page, elle a écrit les mots : *Une pétition au gouvernement de Nouvelle-Zélande de faire grâce à notre fils Albert et pas l'envoyer à la potence.*

« Tu serais d'accord pour mettre ton nom là, Clodagh ? » demande-t-elle.

Et en un rien de temps, le voilà, le premier nom, Clodagh McGuire, Sandy Row, Belfast.

Mais ce n'est pas tout, car Clodagh fouille dans la poche de son immense tablier. « Je te guettais, Kathleen, dit-elle, et elle sort une pièce qu'elle lui met dans la paume. C'est le penny porte-bonheur que l'oncle Niall a rapporté de la Somme. Il était tout neuf quand il l'a eu la première fois, avec un reflet comme la lumière du feu qui dansait dessus, il m'a dit, il savait que c'était forcément un truc chanceux. Qu'il te garde en sécurité. »

Kathleen observe le penny lustré et voit qu'il garde encore cet éclat sombre, profond, comme a dit Clodagh, sa date, 1916, l'année de la bataille de la Somme. Il porte les mots *Edward, Roi d'Angleterre et Défenseur de la Foi*, 1916. Cette bataille où plus de deux mille hommes de la 36e division de l'Ulster ont marché dans la mort aveuglante des tirs ennemis, cinq mille blessés, et ceux qui sont rentrés n'ont plus jamais été les mêmes. Des milliers de maisons de Shankill Road où les femmes attendaient, redoutant l'arrivée du postier et l'enveloppe fauve pâle qui apporterait la nouvelle. Des familles entières de fils disparus. Et pourtant ils étaient fiers. Fiers d'être des hommes de l'Ulster et de porter leur écharpe orange pour célébrer le Douze.

« Merci », murmure Kathleen, les mots coincés dans la gorge. Car ce ne sont pas juste des protestants de l'Ulster qui sont tombés, mais des hommes de Falls Road, aussi. Des frères d'armes. Peut-être qu'après tout les choses vont s'arranger.

Son mari lui fait signe, il commence à s'impatienter. Le jeune Daniel avance devant eux, franchit les mares d'un bond, comme s'il n'avait aucun souci au monde. Kathleen pense que ce qu'a pu lui dire son père n'a pas vraiment pénétré. C'est encore un enfant et déjà le souvenir de son frère s'estompe. Ils se hâtent en direction du centre-ville, passent devant les maisons à terrasse, les boutiques de barbier, d'épicier, la mercerie où un mannequin pose en vitrine, chaste dans la robe large qui lui descend au-dessous du genou, les quincailleries, les pubs. Une quantité de pubs, fermés le dimanche, rien que les propriétaires qui balaient le seuil où ont atterri les mégots de cigarettes, et une odeur croissante de vomissures à cause des clients qui n'ont pas su tenir leur bière, puis ils traversent le pont de la Boyne. Mais le penny que Kathleen tient toujours serré lui rappelle la journée du Douze, et la dernière fois où Albert était là pour le défilé.

Elle entend à nouveau le chant aigu des cornemuses, les flûtes et les tambours, revoit les arches érigées dans les rues, couvertes de banderoles orange et de drapeaux de l'Empire britannique. Peut-être est-ce cela qui l'a fait fuir. Le jour de cette dernière Parade, il semblait avoir perdu un peu l'esprit de l'Ulster, comme s'il voulait rompre, s'appartenir. Avait-il raison, est-ce que la différence entre les deux croyances n'est pas aussi importante qu'on le leur a enseigné pendant toutes ces années ?

Foi ou non, ils sont parvenus au seuil de l'église Saint-George. Ce n'est pas son église à elle, Sainte-Anne, mais, à cause de la guerre et des travaux de restauration (ici un frisson l'interrompt ; encore maintenant, des années après, le souvenir du Blitz lui brûle le cerveau), c'est une église qui la réconforte, avec sa façade de grès et son portique corinthien, et à l'intérieur, tels des joyaux, les minuscules vitraux et les peintures anciennes. La promenade le long de High Street la fait toujours penser à la Farset qui coule sous la chaussée, l'eau entièrement voilée pendant son trajet jusqu'à la confluence avec la Lagan. Elle n'a jamais vu cette rivière, qui a été recouverte bien avant sa naissance, mais la simple idée qu'elle est là dans le noir sous ses pieds la fait imaginer tout ce qui peut résider sous la surface, tout ce que les gens savent et ne savent pas les uns des autres. Elle va voir maintenant ce que les gens de son bord trouvent à dire sur le malheur qui frappe sa famille.

À l'entrée ils sont accueillis par un sacristain qu'elle connaît vaguement pour l'avoir croisé à des services religieux. « Mr Russell, si je peux vous parler un moment », et elle lui fait part de leurs ennuis et de ce qu'elle a prévu. Si le pasteur approuve, elle aimerait qu'on annonce qu'elle se tiendra à la porte pour recueillir des signatures qui seront adressées au haut-commissaire de Nouvelle-Zélande à Londres, un appel à la clémence envers son fils qui, autant qu'elle sache, n'a jamais rien commis de pire que perdre la bille préférée de son père jusqu'au jour où il a agi pour se protéger contre un agresseur violent. C'est ce qu'Albert lui a écrit depuis la prison, dans sa première lettre après son arrestation, et elle prie Dieu que ce soit bien la vérité qu'il lui a racontée.

Le sacristain dit qu'il va lui en toucher un mot, que c'est un peu inhabituel, mais que l'affection d'une mère qui désire protéger son enfant est une attitude très chrétienne, il va donc exposer son cas au pasteur, et peut-être que sa pétition obtiendra la bénédiction de l'Église. Tandis qu'elle s'agenouille à la table de communion, elle a le sentiment que le pasteur fait une pause plus longue que d'habitude quand il murmure les paroles de rigueur, *le corps du Christ*. Elle laisse l'hostie reposer sur sa langue, l'avale, puis, une fois le ciboire passé, elle se relève en chancelant et retourne à son banc. L'église compte cinq cents places assises et aujourd'hui elle paraît pleine.

Puis le pasteur s'adresse à la congrégation et dans un brouillard elle l'entend prononcer son nom et celui de son mari, et encore mieux, dire du bien de son fils qui était parti en quête du nouveau monde et a été trahi par lui.

Sur le parvis, elle et son mari se tiennent côte à côte, avec auprès d'eux Daniel, qui ressemble à l'un des enfants de chœur avec son col blanc et sa figure bien frottée. Il sait, en fait, se dit-elle. Elle le voit, maintenant, à l'expression saisie de l'enfant, ses yeux écarquillés, sa mine qui devient sérieuse. Kathleen tend le bloc avec son crayon attaché à une ficelle.

« Mrs Black, c'est bien triste, nous l'avons lu dans le journal. Terrible, ce qu'ils font là-bas, la Nouvelle-Zélande est un endroit féroce », dit une femme en lui prenant le bloc des mains. Bientôt les paroissiens font la queue, si bien que le pasteur est perdu parmi eux quand il serre les mains de ses ouailles.

« Il va vous falloir d'autres blocs, dit un homme. Je vais à Antrim demain, au marché de Ballylagan. C'est sûr que je pourrai rassembler d'autres signatures là-bas. J'achèterai un bloc à la papeterie sur mon chemin.

– Le marché, ça, c'est une bonne idée », dit un autre.

En deux temps trois mouvements, ils ont un bloc rempli et un lot de promesses, et quelqu'un a donné une livre pour acheter davantage de blocs et de crayons.

Quand ils rentrent à la maison, Bert met la bouilloire en route, car il voit bien que sa femme a démarré une action et qu'elle aura besoin de toute l'aide possible, elle compte les signatures. Plus de quatre cents, et le pasteur a signé aussi, de même que le sacristain Mr Russell. Elle compte l'argent qu'on lui a glissé dans la main : vingt-deux livres.

« Peut-être que je pourrai aller en Nouvelle-Zélande, après tout, dit-elle, mélancolique. Mais ça me fera pas beaucoup avancer. » En outre, elle sait que ce pays ne veut pas d'elle, un pays où Albert n'aurait jamais dû partir.

« Tu devrais te reposer un peu, dit Bert.

– Eh, non, parce que j'ai décidé d'écrire à la reine. Je vais lui demander, entre mères, d'utiliser le droit de grâce royal.

– Tu peux pas faire ça, la reine a déjà assez d'ennuis de son côté en ce moment.

– Sa sœur ? Pauvre petite. Mais tout est réglé maintenant puisque Margaret a annoncé qu'elle épousera pas Townsend. » La princesse venait de renoncer à l'élu de son cœur quelques jours auparavant.

« C'est juste parce que l'archevêque de Canterbury a été si sévère avec elle. Il y a un tas de gens qui sont très fâchés contre la reine et son équipe.

– Raison de plus pour qu'elle montre un peu de pitié pour notre fils. » Le visage de Kathleen se raidit de détermination. « Ça montrera qu'elle a un cœur.

– Ça m'étonnerait beaucoup qu'on lui fasse lire ta lettre.

– Bert, on peut pas renoncer maintenant. Tu vas pas abandonner notre fils, quand même ?

– Non, bien sûr que non. » Son angoisse est de nouveau à vif. « Écris la lettre, Kathleen. »

Chapitre 21

Novembre 1955. Depuis la condamnation à mort de Paddy, Des Ball a disparu. Paddy est surpris de constater que le gardien lui manque. Il s'était habitué à Des et à sa méchante langue. On aurait dit presque qu'ils s'étaient pris d'affection l'un pour l'autre. Au moins, ils se comprenaient. Où qu'il aille maintenant entre les murs de la prison, Paddy est surveillé. Un nommé Knowles a pris la suite de la vérification horaire. Alors que Des était petit et noueux, Knowles est massif, costaud, avec une épaisse couche de chair autour de la nuque et une toison sur les doigts. Knowles est différent à tous égards, pas tant méchant qu'un peu chafouin quand personne n'écoute. « Je suis censé t'empêcher de te foutre en l'air, lui glisse-t-il la première fois où ils se trouvent ensemble. On peut pas te laisser échapper à la corde, ça serait pas de la justice.

– Je suis pas encore raide », dit Paddy. Lui et Knowles vont devoir s'entendre. Il paraît que c'est Knowles qui a enfoncé les doigts dans les yeux de Frederick Foster quand celui-ci a tenté de résister à la pendaison, le condamné qui s'est battu jusqu'au bout. Paddy fait vœu, en son for intérieur, de ne pas donner à Knowles la même satisfaction. Personne n'explique l'absence de Des, même si Horace Haywood a marmonné qu'il lui fallait un congé. « Nous ne voulons pas que nos gardiens portent le poids de votre condamnation », a-t-il dit, comme si c'était la faute à Paddy si Des avait besoin de repos. Apparemment, ce poids-là n'affecte pas le directeur de la prison, dont la tâche est désormais de conseiller et réconforter le prisonnier. C'est Haywood qui arrive dans la cellule de Paddy, porteur d'un télégramme.

« À votre service, dit-il, s'efforçant de donner un ton léger à sa visite, c'est moi maintenant votre garçon de course, votre service postal, pourrait-on dire. » Il lui tend l'enveloppe fauve.

« Peut-être que je devrais vous filer un pourboire, monsieur. Mais en ce moment je suis un peu à court de thunes. Le jour de la prochaine paie, si vous pouvez attendre aussi longtemps.

– Ha ! Ball disait toujours que vous aviez la répartie rapide. La langue bien aiguisée, hein ?

– Ça sert à rien de faire du foin, monsieur.

– Sérieusement, mon garçon, vous savez ce qui vous attend ?

– J'ai pas besoin qu'on me le rappelle, monsieur.

– Très bien. Vous allez voir le prêtre maintenant, je crois ?

– Oui, monsieur, ses visites me sont d'un grand bénéfice. Merci d'avoir fait en sorte que je puisse voir le père Downey. » Il jette un coup d'œil à l'enveloppe qu'on lui a tendue, anxieux d'en connaître le contenu.

« S'il y a quoi que ce soit que je puisse faire. » Haywood prend appui sur un pied, puis sur l'autre, comme si c'était lui qui était en situation délicate. « Eh bien, je vous laisse à vos occupations. »

Paddy a un moment de déception. Le télégramme aurait pu émaner de son amie, mais il vient de Peter Simpson :

« Paddy, je suis si affreusement désolé de ce qui s'est passé, et la famille ici à Naenae est bouleversée. J'essaie de trouver du temps libre au travail pour venir à Auckland te voir. Ton ami fidèle, Peter. »

Ils lui reviennent en foule, les jours là-haut sur les collines qui surplombent Wellington, bleus quand le soleil brillait, les grands vents et la pluie qui le terrifiaient quand du faîte d'un pin il mesurait la distance entre lui et le sol, les enfants dans le petit logement social, et la gentille Rose qui l'avait nourri, soigné. Il en était presque tombé amoureux, ou l'aurait fait si elle avait été une jeune fille plutôt qu'une femme entrant dans l'âge mur. Un genre de mère, suppose-t-il. En repensant à eux tous, il est envahi par la honte et un brusque dégoût de soi, l'émotion qu'il a tenue à distance. Il a tué un homme, c'est la vérité, qu'il en ait eu ou non l'intention. Ces personnes de cœur avaient hébergé un assassin condamné dans leur foyer. Ils seront couverts de honte, et lui aussi. C'est peut-être cela que la religion inspire à un homme.

*

Ce n'est pas la première fois que Haywood apporte du courrier à Paddy. Un matin précédent, il est apparu à la porte avec une autre lettre. Paddy a été surpris de le voir accomplir une tâche aussi servile.

Haywood lui a tendu une enveloppe mauve pâle portant une petite écriture élégante. « Vous feriez mieux de la lire », a-t-il dit en détournant le visage. Tout le courrier devait être lu avant d'être donné aux prisonniers pour s'assurer qu'il ne contenait pas de plans d'évasion.

Paddy a lu, puis relu la lettre, le message de la jeune fille est bref et simple, mais il frissonne en le découvrant. Il lui semble saisir le parfum de Bessie sur le papier, mais son imagination lui joue toutes sortes de tours ces temps-ci. Il comprend maintenant pourquoi elle est restée assise à l'arrière de la salle et qu'elle a pleuré à l'annonce du verdict. Il comprend avec horreur pourquoi elle ne lui a pas parlé le soir où il a flirté avec Rita. La lumière se fait dans son esprit. Il voit si bien comment les choses auraient pu se passer, comment elles auraient pu être différentes.

« Vous voulez qu'on en parle, Black ? »

Il fait non de la tête. « Pas vraiment.

– Elle dit qu'elle veut venir vous rendre visite.

– Oui, monsieur, je vois. » Il n'y a plus rien qu'il puisse faire pour elle. « Je suppose que je devrais la voir.

– Vous n'y êtes pas obligé si vous ne voulez pas. Vous aimiez cette fille ?

– Oh oui, monsieur. Je l'aimais beaucoup. Je l'aurais épousée.

– Vous projetiez de vous marier ? Vous êtes très jeune.

– Ah non, je lui avais pas demandé sa main, rien de tout ça. » Il montre la lettre. « Mais je l'aurais fait, si vous voyez ce que je veux dire. Et j'en aurais été très content. » Catholique, elle est catholique, se rappelle-t-il.

« Alors vous ne voulez pas qu'elle vienne vous voir ?

– Elle est trop bien pour cet endroit, ça je peux vous le dire. Elle est belle, et, bon, qu'est-ce que je peux faire d'autre que rendre les choses pires ? »

Haywood donne lui aussi des signes d'agitation. « Vous pourriez lui parler, lui montrer de la gentillesse, tout au moins.

– Monsieur, je voudrais voir un prêtre, si c'est possible.

– Un prêtre ? Vous êtes enregistré comme protestant ! »

Comme si Paddy ne le savait pas, et plus encore. Toute sa vie, il a compris que les deux religions étaient comme l'huile et l'eau, pas moyen de les mélanger. Vous pouviez parler poliment à une fille catholique, mais ça ne devait pas aller plus loin. Vous ne pouviez pas lui sourire avec une lueur dans l'œil, vous ne pouviez pas l'embrasser, ni lui faire un câlin, ni l'épouser. Ses parents le lui avaient rappelé, le jour de cette dernière Parade orange. On racontait des histoires à propos de filles de Shankill Road qui avaient fréquenté des garçons de Falls et passé le reste de leur vie sans plus jamais que leurs parents leur adressent la parole ; elles avaient fait des allées et venues au bord de la rue en poussant leur landau, et personne ne s'était retourné pour leur parler. Il voyait maintenant ce traitement pour ce qu'il était : injuste.

« C'est d'un prêtre que j'ai besoin, monsieur. Il y a pas un père qui vient voir certains des hommes ?

– Le père Downey ? Oui, si vous êtes sûr. »

Le prêtre qui se présente est un homme brun d'âge mûr, qui serre la main de Paddy comme si c'était la chose la plus naturelle au monde. Paddy s'attendait à sentir une brûlure, lui qui n'avait jamais auparavant serré la main d'un prêtre. La main lui paraît chaude, et elle retient la sienne un peu plus qu'il ne s'y attendait.

« Je vais bientôt mourir, père, sort-il tout à trac.

– J'ai appris ça, mon garçon. C'est bien cruel. »

Paddy ne sait que dire ensuite. Il avait dans l'idée que la mort semblerait différente, vue sous l'angle catholique. À la mort de ses grands-parents – ceux du côté de sa mère, bien sûr –, il y avait juste des cercueils fermés avec des fleurs dessus, sa mère et ses tantes qui reniflaient proprement dans leur mouchoir, et une cérémonie avec un éloge funèbre très direct. Ensuite, on leur avait servi une tasse de thé et des gâteaux meilleurs que d'ordinaire, chez une des tantes. Il se rappelle qu'on l'avait jugé trop jeune pour assister à l'enterrement, il était donc resté à la maison pour se faire consoler par Clodagh.

Il était allé chez Clodagh dans Sandy Row quand elle perdit son père, et là c'était une tout autre affaire. Elle avait appelé Kathleen au cours des minutes déchirantes après sa fin inattendue. (Bon, en fait, Clodagh aurait dû s'y attendre, confia Kathleen à Paddy, il était très vieux, mais elle était pas prête, pas prête du tout.) Paddy tente d'expliquer cela au père Downey. « Toutes les pendules de la maison se sont arrêtées au moment exact où le Pa de notre voisine est mort. Ils ont baissé les stores et couvert les miroirs de linge blanc. Il y avait du papier crépon noir fixé sur la porte d'entrée, et les fenêtres sont restées grandes ouvertes pendant les premières heures.

– Pourquoi elles ont fait cela, Paddy ?

– Je pensais que vous saviez, père. Clodagh a dit à Mam qu'il fallait laisser la fenêtre ouverte pour que l'esprit de son père trouve le chemin de la sortie. La nuit était vraiment glaciale, le vent sifflait à travers la maison, mais Clodagh a dit qu'il fallait attendre au moins quatre heures avant d'être sûr qu'on pouvait refermer. Quand mon Pa et moi on est venus chez elle pour présenter nos respects, j'ai vu le père de Clodagh, étendu là où tout le monde pouvait le voir, habillé d'une robe consacrée. Ça sanglotait très fort dans la pièce. » Il s'interrompt, se rappelant le visage de son propre père, long comme un manche de pelle. « Vous auriez dû voir mon Pa. On aurait dit qu'il s'attendait à voir le diable en personne apparaître d'une minute à l'autre. Avec les gens qui faisaient le signe de croix et tout ça, il avait hâte de sortir. »

Le prêtre était resté assis en silence, attendant qu'il ait fini. « Eh bien, il y a peut-être des gens qui ont apporté leurs coutumes du vieux pays. Je n'ai rien vu de tout à fait pareil ici. Les Maoris sont plus éloquents dans leurs expressions de chagrin quand une personne meurt.

– Je sais. J'étais ici quand Te Whiu est mort. J'ai entendu ses parents pleurer, c'était terrible. La fin. Mais j'arrive pas à imaginer la mort, ça paraît pas réel.

– C'est une fin modeste, ici, dans cette prison. » Le prêtre hésite.

« On est enterré à l'intérieur des murs, je sais. On a pas l'autorisation d'être dans la cour où les autres reposent.

– Oui, en effet.

– J'aurais aimé revoir ma mère une dernière fois. » Paddy se mord la lèvre. Jusqu'ici il a résisté aux larmes. Son père lui aurait dit qu'un digne rejeton de l'Ulster ne pleure pas. « Et qu'est-ce qui se passe après, père ? Vous pouvez me le dire ?

– Nous pouvons en parler ensemble. Il faudra qu'on en parle, si c'est moi qui dois vous assister. Mais je ne crois pas que ce soit pour cela que vous vouliez me voir aujourd'hui.

– J'aimerais devenir catholique. Si l'Église veut bien accepter un pécheur comme moi.

– C'est un grand pas à franchir pour un jeune protestant. Il y a une raison ? » On aurait dit qu'il la connaissait déjà. C'était probablement le cas, il n'y a guère de secrets dans une prison quand il s'agit du contenu d'une lettre. Haywood avait dû le prévenir.

« Il y a une fille. Il paraît que je vais devenir papa. Enfin, si j'étais vivant, je veux dire. »

Le père Leo Downey hoche la tête. « Vous serez le père, pour toujours. Ça, on ne peut pas vous le retirer.

– Et alors elle est catholique. Vous pouvez lui pardonner d'avoir péché avec moi ?

– Seul Dieu peut pardonner le péché, et c'est à elle de le lui demander.

– Et se repentir sincèrement ? »

Le père soupire et croise les mains devant lui. « Pour qui posez-vous cette question, Albert ? Pour elle ou pour vous ? Cette jeune fille va souffrir, peu importe ce que moi ou n'importe quel autre prêtre peut dire. Peut-être que Dieu le verra. Sa souffrance sera une absolution en soi.

– Ce serait comme un cadeau pour elle et le bébé s'il avait un père catholique.

– Et vous ? Se convertir à une autre foi, il faut le faire aussi pour soi.

– Ah, père, faut croire que vous plaisantez. Les filles de Sandy Row qui ont dû se convertir pour donner un père à leur enfant. Les protestantes, il fallait qu'elles sautent le pas si elles voulaient se marier. Votre Église les recueille drôlement vite, et sans poser trop de questions.

– Je vais faire comme si je n'avais pas entendu.

– Mes excuses, père, je voulais pas vous offenser. Je veux faire ça. C'est tout ce que je peux leur offrir, à elle et au bébé. Comme une bénédiction.

– Eh bien, dans ce cas, nous avons un peu de temps devant nous. Vous allez devoir faire un peu de lecture, à commencer par le catéchisme. Vous allez prévenir vos parents de votre conversion ?

– Je leur dirai que je dois changer de religion, oui. Ma mère va prier pour moi, de toute manière. Mon père, je sais pas, il m'a toujours regardé d'un œil soupçonneux. J'ai perdu sa plus belle bille, une fois, celle qu'il avait rapportée de la guerre. Il y a tellement de choses que je sais pas, et tellement peu de temps. »

Du temps s'est écoulé depuis ; le procès est passé, il a étudié le catéchisme, et bientôt il sera reçu dans l'Église.

*

Haywood surgit un matin quand Albert ne s'y attend pas. En fait, il ne s'y attend jamais. La routine de la prison est identique de jour en jour, et tout changement ne peut être qu'inattendu. « Je dois vous annoncer qu'il va y avoir une procédure d'appel, dit-il. Et Paddy, je prie pour qu'elle aboutisse. Vous n'êtes pas un mauvais garçon. Je ne supporte pas l'idée que vous allez vous balancer.

– Je crois pas que vous êtes censé me dire ça, monsieur. » Paddy se sent une envie insouciante de rire.

« Ce système est odieux, petit. » Le nez de Haywood est couvert de fines veines violacées. Paddy peut sentir des relents moisis de Johnny Walker dans l'haleine du directeur.

« Merci, monsieur. » Et sans être convoqué, l'espoir le submerge. Il pensait l'avoir surmonté. « Qu'est-ce que je dois faire ?

– Votre avocat a pris rendez-vous pour venir vous voir demain. »

Quand Haywood quitte sa cellule, Paddy écrit deux lettres, la première à la jeune fille. Il lui a écrit quatre fois depuis qu'il a reçu la sienne, mais jusqu'ici elle n'a pas répondu. Juste expédié la plus grosse bombe possible et fait retraite au lieu inconnu où elle est partie. L'adresse d'où elle avait écrit était celle de la ferme de ses parents dans le Sud, mais elle n'allait pas y rester longtemps : bientôt elle irait loger dans un foyer pour les gens comme elle, des filles-mères. Elle avait dit qu'elle voulait le voir, mais maintenant elle a disparu.

« Bessie, écrit-il, j'aimerais tellement te parler de l'avenir. S'il te plaît, contacte-moi si tu peux. Je sais pas s'il reste de l'espoir pour moi, mais s'il y en a je veux faire les choses correctement pour toi et pour le bébé. Et pour moi. Je sais que ma mère a eu notre William, mon frère décédé, juste après avoir épousé mon Pa. Je ferai pareil avec toi si c'est ce que tu veux, et j'en serais heureux. Prends ça comme une demande en mariage si jamais je suis libéré. »

La deuxième lettre est pour Peter à Naenae.

« Mille mercis pour ton télégramme, pour être honnête c'était vraiment une surprise. J'allais t'écrire plus tôt, mais, tu sais, il m'est arrivé tellement de choses ces derniers mois, je sais vraiment pas où j'ai la tête, ou plutôt je savais pas, je devrais dire, puisque tout ça est presque terminé. Bon, Peter, je crois que je suis arrivé dans une impasse. Pas besoin de t'expliquer parce que tu as probablement tout vu dans les journaux. Sincèrement j'aimerais beaucoup te voir avant de partir, Peter, si mon appel échoue, même si je peux pas mettre trop d'espoir là-dessus, parce qu'on a plein de choses à discuter, j'imagine. Bon, Peter, je vais pas t'écrire trop longuement parce que chaque mot c'est du temps en moins. Au fait, si par hasard tu arrives à trouver du temps libre pour venir à Auckland, les heures de visite sont de 9 à 11 et de 2 à 4 les jours de semaine et les week-ends. Alors bye-bye, Peter, comme ils disent à Liverpool. Ton vieux poteau, Albert. »

Chapitre 22

Paddy se sent l'esprit plus léger depuis qu'il a commencé ses entretiens avec le père Downey. Quand il écrit son nom au bas d'une lettre, il a repris l'habitude de signer Albert, son vrai nom, et il en est fier, même si en prison tous continuent à l'appeler Paddy. Mais Albert, c'est la personne qu'il est réellement. Il ne reconnaît pas l'individu Paddy Donovan qui traînait dans la pension de Wellesley Street. Il a vu venir et s'enfuir le jour de son jugement, et avec le recul il n'arrive pas à croire que c'est arrivé. Toute cette pompe et ce cérémonial, les perruques et les robes, les courbettes et les ronds de jambe, à cause de lui ; il ne se sentait aucun lien avec tout cela. La fille à la barre des témoins ; le défilé de jeunes gens qu'il avait brièvement pris pour des amis, mais qui s'étaient révélés tout autres, juste un lot de jeunes étourneaux trop imbibés d'alcool pour raconter correctement leur histoire ; le juge sinistre aux lèvres pincées ; les jurés au visage fermé. La plupart, en tout cas. Quand il les observait du coin de l'œil, il sentait qu'il n'avait aucune chance. Seules les images fugitives de Bessie Marsh s'imprimaient comme une réalité, un sentiment profond de lien entre eux, inéluctable, comme si leurs âmes reposaient ensemble. Le véritable jour du jugement est encore à venir, quand il paraîtra devant Dieu, face à face. Il a la certitude qu'il Le verra, mais exactement où et comment il l'ignore. Quand il demande au père Downey ce qu'il en pense, celui-ci lui répond de manière oblique, *Qui est Dieu, où est Dieu, où est Sa demeure ?* Un prêtre irlandais lui avait déjà dit cela jadis, il ne savait pas trop si ça venait d'un vieux psaume, d'une chanson ou d'un poème, mais c'était la question universelle que tout croyant se pose d'une manière ou d'une autre, avait-il répondu.

D'un autre côté, depuis sa conversion, les rêves de Paddy sont hantés par le son de la cloche des agonisants. Celle qui annonce une mort imminente, la première des trois sonneries qui complètent le glas. Son âme se prépare déjà à l'envol, et elle sera seule, sans que la jeune fille soit là pour l'encourager. Le matin où le directeur lui apporte le résultat de la procédure d'appel, il a pratiquement perdu tout espoir qu'elle vienne lui rendre visite.

En écrivant à Peter, et de nouveau à Bessie, il s'est autorisé à espérer rester au monde assez longtemps pour les revoir. Quelques jours seulement se passent avant qu'il ne reçoive des nouvelles de Peter. Il vient à Auckland la semaine prochaine, ayant obtenu de s'absenter de son nouvel emploi à l'hôpital de la Hutt. Eh bien, pense Paddy, il a dû raconter une histoire drôlement sinistre à ses employeurs pour qu'ils lui donnent une permission alors qu'il vient juste de commencer à travailler pour eux. Sur son pote mourant, peut-être. Alors Peter n'a sans doute pas beaucoup d'espoir pour lui, s'il se dépêche de venir dans le Nord.

Peter n'est jamais venu à Auckland auparavant, mais Paddy se rappelle que son ami est capable de se débrouiller. Après tout, il vient de Liverpool.

Dans sa lettre suivante, Paddy écrit : « J'espère que tu vas pas te perdre en route, j'imagine que la prison de Mount Eden est facile à trouver, c'est un endroit très populaire. Nos jours de Naenae ont l'air bien loin, mais j'ai pas réalisé combien de temps s'est passé depuis jusqu'à ce que j'y repense. Depuis qu'on s'est quittés, bon, eh bien, tu sais, la vie a été comme un énorme tourbillon. Je crois que j'ai fini de tourner, maintenant, au moins pour un moment, ha ha ! Je vais arrêter là, parce qu'il y a rien de tel qu'une bonne causerie à cœur ouvert en personne.

« Bye-bye pour l'instant.

« Ton copain, Albert. »

*

Dans la cour de promenade, le dénommé Horton se glisse jusqu'à lui. « Cigarette, mec ?

– J'avais jamais fumé avant de venir ici. » Paddy en prend une, et tousse en l'allumant. « Mauvaise habitude. » Ils continuent à marcher, six tours de la cour, et ce sera l'heure de retourner à l'intérieur. Le ciel semble très éloigné.

« Ça va pas durer longtemps, fait Horton.

– Ça veut dire quoi ? » Lui seul sait ce que Horton sous-entend : il sera bientôt mort, même s'il proteste qu'il est encore vivant.

« Ça t'a fait plaisir ? demande Horton. De tuer ce salopard.

– Je sais pas de quoi tu parles.

– Ah ha, mais si, tu sais, pas vrai ? J'ai tué une vieille bonne femme à Wellington, après l'avoir baisée. C'était chouette, je te jure. Elle était anglaise, et prude comme il est pas possible, je lui ai vite effacé sa mine pincée.

– Jamais je forcerais une femme. Jamais je la tuerais.

– T'avais pas prévu de tuer ton pote non plus, pas vrai ? Te raconte pas d'histoires – toi aussi, t'es un assassin, tout comme moi. »

Paddy aspire une grande goulée de fumée, qu'il retient dans ses poumons. C'est tout ce qu'il peut faire pour s'empêcher de cogner Horton. « T'as pas de regrets ? » demande-t-il quand il est prêt à parler, libérant une plume de fumée dans l'air immobile au-dessus de la cour. Il la regarde s'élever paresseusement vers la liberté.

« Oh ben, il me reste juste les souvenirs maintenant. Et j'en ai plein le dos de cette taule. Ça, je peux te dire, je me taillerais si je pouvais.

– Pourquoi ils t'ont pas pendu ?

– Ça te choque, hein ? Regarde-toi, on jurerait que le beurre te fondra pas dans la bouche. Mais tu vas voir, c'est moi qui rirai le dernier, mon gars. Y avait pas la peine de mort à l'époque. C'est parce que j'étais un tellement sale type qu'ils l'ont rétablie, mais c'était trop tard pour me régler mon compte. Tu pourrais dire que tu vas monter à la potence grâce à moi. »

Paddy s'arrête net. « Tu me donnes envie de te casser la gueule.

– Eh ben vas-y. Sauf que j'ai entendu dire que t'aimais pas la castagne. C'est rien qu'un mioche avec des coups de sang irlandais, voilà ce qu'ils disent. Allez, vas-y, tout ce qu'ils peuvent faire, c'est te coller à l'isolement. »

Knowles s'approche d'un pas nonchalant. « Ça suffit, vous deux.

– Pas de problème, dit Paddy. Tout va bien. » Parce que tôt ou tard le gardien va sûrement tourner le dos, et

Horton va lui faire les deux yeux au beurre noir, et il ne peut strictement rien pour l'en empêcher.

« C'est l'heure de ta répétition d'orchestre, dit Knowles à Horton. Tu ferais mieux d'y aller. » Il y a une clique dans la prison ; quand Paddy l'a entendu mentionner pour la première fois, il a fermé les yeux et vu le Douze se dérouler devant lui. La clique n'est pas aussi bonne que celles qui traversent le pont de la Boyne le jour de la fête orangiste, mais c'est exaspérant que des hommes qu'il estime n'être pas meilleurs que lui puissent produire leur propre musique.

Paddy colle les mains à ses côtés, luttant contre la colère qui l'envahit. S'il cède à Horton, il ne verra pas son ami. Les matons se montrent assez amicaux à son égard, mais seulement parce que Haywood leur a dit qu'ils le doivent ; il faut croire qu'il fait partie des chouchous du directeur. Une mise à l'isolement le ramènerait au point où il était en arrivant dans cette prison. Il se rappelle que Horton ne reçoit jamais de visites, seulement les soins de la pauvre Mrs Haywood. Qui se fait des illusions, estime Paddy, si elle croit qu'elle peut réformer Horton. Mais il se reprend, qui est-il pour juger les autres ? Il a porté un jugement sur Alan Jacques et le seul résultat c'est qu'il a abouti ici.

*

Peter a la même allure que jadis quand il arrive, les grands méplats de ses joues un peu rougis par l'expérience de franchir le système de sécurité de la prison, son accent de Liverpool toujours aussi épais. Rose lui a confié des œufs frais pour Paddy, et il lui a apporté une cartouche de cigarettes, ce qui lui semble de première nécessité, ainsi qu'un lot de magazines. Il s'est vu en imagination les donner tous à Paddy, lui dit-il, et voir ses yeux s'illuminer. Au lieu de quoi on les lui a confisqués à l'entrée. Ils seront inspectés avant qu'on décide ce à quoi Paddy aura droit. Les œufs pourraient être un problème, même si on ne lui a pas expliqué pourquoi. C'est d'autant plus irritant, dit Peter à Paddy, qu'il est resté assis toute la nuit dans le train avec les œufs sur les genoux pour qu'ils ne se cassent pas.

« Heureusement qu'ils ont pas fait des poussins », dit Paddy, et les voilà tous deux partis d'un éclat de rire, et ça lui fait du bien, de mémoire c'est son premier rire depuis longtemps.

« Les gardes aimeront peut-être pas les doubles pages au milieu des magazines.

– Ils les aimeront trop. Je les verrai probablement jamais. »

Ils sont assis dans des cabines séparées par une vitre transparente incassable en Perspex qui leur monte jusqu'au milieu du visage. La zone des visites est située à l'arrière de la chapelle, toute une rangée de box côte à côte. Peter travaille maintenant comme laborantin, dit-il à Paddy. Plus question de faire des acrobaties dans les pins, c'est le genre de job dont il a toujours rêvé. Les infirmières sont sympas et il a une petite amie.

« Tu as fait le voyage pour trouver une meilleure vie, dit Paddy. Je suis content que tu aies réussi. » Peter se tait. « C'est bon, mon vieux poteau, tu dois pas te sentir coupable parce que tu as tiré profit des occasions. J'ai foutu en l'air tout seul celles que j'ai eues. Ça fait pas une grosse différence que j'aie voulu ou pas tuer Johnny. Il a perdu sa chance de faire quelque chose de sa vie, à cause de moi. J'ai pas le droit d'espérer mieux.

– Tu vas quand même peut-être pouvoir sortir d'ici.

– J'espère. Sois pas si triste. J'ai accepté ce qui m'arriverait, de toute façon.

– On dirait que tu souhaites la mort.

– Non. J'ai plein de choses qui me donnent envie de vivre. Mais j'ai besoin de faire ma paix. »

Peter secoue la tête. « Je comprends pas.

– Ça viendra », dit Paddy. Il en a assez de parler de cela.

Peter a prévu de passer trois nuits à Auckland afin de pouvoir rendre une seconde visite à Paddy. Quand il part, au bout de sa première visite, Paddy réclame les œufs à son geôlier.

« Pas question, dit Knowles.

– Et pourquoi ça ?

– Ton régime, tu sais bien que tu dois le suivre.

– J'ai pas vu un œuf depuis bientôt quatre mois. Je vois pas quelle différence quelques œufs vont faire pour le bourreau.

– Qui a parlé de bourreau ?

– Vous croyez que je sais pas pourquoi vous me pesez tous les jours ? Ça fait quel poids, un sac de sable ? Un sac qui pèse exactement mon poids, pour que le bourreau s'entraîne à me faire tomber dans le trou. Vous pouvez pas me passer la corde cette semaine. J'ai pas encore reçu mon appel.

– Tu manques pas de bagout, Black.

– Hein ? J'ai raison, pas vrai, Mr Knowles ? Ça pèse lourd, un œuf ? Ça tiendrait en équilibre sur une plume.

– Je vais demander au directeur. »

Au moment où il parle, l'ombre du directeur en personne se dessine sur la porte, encore une visite impromptue, et ils l'interrogent sur-le-champ à propos des œufs. Haywood fronce le sourcil, se frotte le menton. « Juste une fois, dit-il.

J'en ferai cuisiner pour vous demain. » Mais sa venue n'a rien à voir avec les œufs ; cette fois ses nouvelles sont d'une autre espèce. « Vous allez avoir de la visite.

– Oui, monsieur, c'est mon ami Peter, qui a fait tout le chemin en train depuis Wellington.

– Quelqu'un d'autre. » Le directeur fait sortir Knowles de la pièce, le renvoyant d'un geste. « C'est la jeune fille. Celle qui vous a écrit. Elle peut venir ici après-demain. Je lui ai autorisé une demi-heure après la visite prévue de Mr Simpson.

– Rien qu'une demi-heure ? » Le sang lui afflue à la tête. « Peter m'en voudra pas si je raccourcis un peu son temps. J'ai besoin de la voir. Je dois. Juste une demi-heure, c'est tout ce que vous lui donnez ?

– C'est tout le temps qu'elle peut passer ici.

– Peut-être qu'elle pourra rester plus longtemps la prochaine fois ?

– J'en doute. C'est la surveillante en chef du foyer où elle habite en ce moment qui va l'amener.

– Le foyer ?

– Pour filles perdues. » Le directeur attend que les mots pénètrent.

Paddy plonge la tête entre ses mains. « Monsieur, je suis tout embrouillé.

– Sa visite est arrangée. L'heure est fixée indépendamment de la visite de votre ami. Assurez-vous seulement qu'il part à trois heures trente précises. »

Elle vient me voir, pense Paddy, et son cœur s'emplit de désir. Il va la revoir. Il commence à compter les heures.

*

Ainsi, une fois de plus, il va faire ses adieux à Peter, et il ignore si ce sera ou non la dernière fois. Peter semble s'installer pour une longue visite. Ils ont reparlé du temps qu'ils ont passé ensemble, se rappellent mutuellement comment ils accrochaient leur chemise à l'auvent de la fenêtre pour se protéger du soleil dans leur cabane pendant ce premier été à Trentham, les bières au pub, et comment les enfants de Rose font des progrès à l'école ; Peter lui montre à nouveau la photo qu'il a prise d'eux, lui fait remarquer à quel point Evelyn a grandi, et Harry, qui dépasse déjà sa mère. Et il s'est inscrit pour jouer au foot, ça, déjà, c'est une grande victoire, il vient d'être nommé capitaine de l'équipe, ce qui a clos le bec aux petits malins du rugby. Mais, pendant tout ce temps, Paddy surveille la pendule fixée au mur. « Je crois qu'il faut qu'on arrête maintenant, dit-il.

– Je suis pas pressé, dit Peter. Le train part seulement dans quelques heures. »

Un silence s'installe entre eux. Il est trois heures et quart. Paddy veut lui parler de la jeune fille et du bébé, mais ça ne lui semble pas une bonne idée, car les choses pourraient mal se passer quand il la verra, ou Peter se fera peut-être une idée fausse du genre de fille que c'est. À bien le regarder, Peter pourrait se faire traiter de ringard au café La Vieille Grange, large pantalon gris, col boutonné, chandail tricoté. Comment pourrait-il lui décrire Bessie en cinq minutes, lui expliquer qu'ils s'entendraient très bien tous les deux, elle qui enseigne et tout, et très sérieuse. Là, son imagination s'arrête net, car il devine que maintenant elle risque de ne plus jamais pouvoir devenir enseignante.

« Je suis un peu fatigué », dit Paddy, et l'excuse paraît bien faible.

Peter hoche la tête, et Paddy voit que, même si tout à l'heure il n'était pas prêt à partir, maintenant il l'est.

« Il faut que tu t'évades avant qu'ils t'enferment avec moi, dit Paddy. Je te donne les clefs, mon ami. »

Il n'y a plus grand-chose à dire, et ils ne peuvent pas se serrer la main, ou faire comme les filles qui envoient des baisers à leurs hommes en partant. Peter pose la main sur le Perspex, applique sa paume contre la paroi, Paddy fait de même avec la sienne, et pendant un moment ils restent assis comme cela et Paddy refoule ses larmes quand Peter se lève et s'en va sans ajouter un mot.

Quelques minutes après, la jeune fille est là.

Elle prend le siège que Peter vient de quitter, et le regarde sans parler. Il voit le petit renflement autour de sa taille. S'il n'était pas au courant, il n'aurait rien remarqué.

« C'est pour quand ? demande-t-il.

– En mars.

– Tu te portes bien ?

– Ça va.

– J'aimerais tellement pouvoir prendre soin de toi. Tu le sais, n'est-ce pas ? »

Bessie mord sa lèvre tremblante et fait oui de la tête.

« Cette fille qui a témoigné. Elle comptait pas.

– Pas ça, tais-toi. Je ne veux plus jamais reparler d'elle. Pas maintenant, ni jamais.

– Ce que j'ai dit dans ma lettre, je le pense vraiment. »

Instinctivement, elle effleure son annulaire. « Oh, Paddy, qu'est-ce qu'on a fait ?

– On a créé une vie. »

Il se penche contre ce qui fait office de vitre. « Écoute, dit-il, rapproche-toi autant que tu peux. » Il se met à chanter si bas que personne hormis elle ne peut l'entendre :

Je te tresserai une tonnelle
Près de la claire fontaine argent
Et la couvrirai entièrement
Des fleurs de la montagne.
Je traverserai les terres sauvages
Et les grands vallons si sombres
Et reviendrai avec mon butin
Vers la tonnelle de mon aimée.
Partons, mon amie, partons.

« Ma mère nous la chantait à nous les petits quand c'était l'heure de dormir. Tu la chanteras au bébé ? »

Ses épaules tremblent si fort qu'elle peut à peine parler. « Paddy, tu ne comprends pas ? On nous les enlève dès qu'ils sont nés.

– Non. Oh non. Ils peuvent pas faire ça.

– Le bébé devra être un secret. Notre secret.

– Bien sûr », dit-il, se rappelant les règles de conduite là-bas au pays – soit le mariage, qu'il ne peut pas lui offrir maintenant, ou un bébé qu'on enlève en hâte pour l'envoyer grandir sans connaître ses vrais père et mère. « J'avais pas pensé à ça.

– Mais je me souviendrai de la chanson. Juste au cas où.

– Tu promets ?

– Je promets. Il faut que je parte, maintenant, Paddy. »

Comme Peter le lui a montré, il pose sa main sur le Perspex, paume à plat, et elle l'imite. Elle a les doigts si longs et fins qu'ils rattrapent presque les siens. Ils les tiennent là si longtemps que le gardien s'approche pour les séparer, comme s'ils se touchaient.

« Je t'aime, Bessie Marsh. »

Elle prend une profonde inspiration. « Je sais. Je le sais bien, Paddy. »

Et elle est partie. Elle ne lui a pas dit si elle l'aime. Il espère que oui.

CHAPITRE 23

NOVEMBRE 1955.

« Cher Peter,

« ta lettre tellement bienvenue est arrivée aujourd'hui, et j'étais très heureux d'avoir si vite de tes nouvelles. Et Peter, mon vieux, j'espère que tu as pas cru que je m'ennuyais en ta compagnie quand je t'ai demandé de partir à ta dernière visite. Tu comprends, ma petite amie attendait pour me voir, et j'avais droit seulement jusqu'à quatre heures avec elle. J'espère vraiment que tu comprendras. Bon, mon appel va passer mardi, alors il y a de l'espoir. Oui, les prisonniers entrent et sortent, mais moi je devine que je suis là pour toujours. Ha ha ! Alors comme ça, je vois que tu es allé visiter mon ancien terrain de chasse. Désolé que La Vieille Grange t'ait pas plu.

« Tu me demandes ce que j'aimerais faire comme travail. J'ai pas beaucoup réfléchi à un métier, mais peut-être que je ferai plombier si on me laisse une chance. Le temps semble filer tellement vite pour moi, on dirait que c'est seulement hier que j'ai réservé dans cet hôtel.

« Dieu te bénisse, Peter. Ton ami, Albert. »

*

Cette fois il y a cinq juges qui siègent, mais Albert Black est absent.

« Vous voulez dire qu'ils vont tous parler de moi dans mon dos ? a-t-il demandé à Buchanan qui lui détaillait la procédure.

– Ils ne vous autoriseront pas à ajouter quoi que ce soit, je le crains. La discussion va porter exclusivement sur des points de droit. » N'empêche, Paddy était tout excité quand il a entendu les arguments présentés pour son compte dans l'appel. Il retiendrait son souffle toute la journée, a-t-il promis. Buchanan a dû lui expliquer que tout ne se passerait pas le même jour. Les juges devraient se retirer pour réfléchir.

Une mouche vole en cercles autour de la salle de tribunal, et plusieurs des honorables juges tentent de l'écraser. On dirait presque que l'inculpé a envoyé l'essence de lui-même dans la pièce sous la forme d'un petit insecte malveillant, pense Oliver Buchanan, un irritant qu'il va falloir neutraliser.

Pearson se met debout. Le savant juge qui a présidé au procès de Mr Black, soutient-il respectueusement, a omis d'instruire comme il se doit le jury du fait que, indépendamment de la question de provocation, ils pouvaient encore rendre un verdict d'homicide non prémédité s'ils le jugeaient approprié. « Je maintiens, Vos Honneurs, qu'en dehors de l'intention de tuer, le jury était en droit de prononcer l'homicide s'ils estimaient que l'accusé n'avait pas l'intention d'infliger une blessure corporelle de nature à causer la mort.

« De même, les jurés auraient pu conclure à des violences ayant entraîné la mort sans intention de la donner, s'ils estimaient que, quelle que soit l'intention de Mr Black, en fait la blessure corporelle infligée avait peu de chance d'être fatale. Le témoignage du pathologiste, Mr Cairns, suggère qu'il était hautement improbable que l'accusé ait eu l'intention de trancher la moëlle épinière d'Alan Jacques, que c'est un hasard qu'il l'ait fait. Donc, s'il n'a pas cherché à trancher la moëlle épinière, mais seulement à poignarder le cou de la victime, il est hautement improbable que cela aurait causé la mort. Je suggère qu'un verdict d'homicide simple était non seulement à la discrétion du jury, mais tout à fait possible, et que le juge aurait dû instruire le jury en ce sens. »

Mr Gresson, le juge qui préside la séance, intervient. « J'aurais cru on ne peut plus probable qu'un coup de couteau dans le cou cause la mort, quel que soit l'endroit où il était porté. »

Il y a un murmure général d'assentiment parmi ses collègues, des hochements de tête à l'unisson. Parce qu'il s'agit de la cour d'appel, les juges ne sont pas en robe, ils ont tout à fait l'allure d'hommes d'affaires sur le point de se rendre à la bourse de commerce ou au conseil d'administration d'une entreprise.

« Franchement, dit le juge assis à sa gauche, j'ai trouvé le résumé bienveillant envers la défense. On voit mal comment les avocats du condamné peuvent sérieusement contester la récapitulation des faits. » La mouche paresseuse franchit la paroi de son nez ; il la chasse avec une irritation croissante. Buchanan pense alors, voilà à quoi ça peut tenir, une mouche qui distrait les juges. Si seulement il avait une tapette tue-mouches dans la poche. Cela pourrait-il lui attirer leur faveur ? Son cœur plonge ; il voit peu de compassion sur le visage des magistrats.

C'est maintenant son tour de prendre la parole. « Ce ne sont pas les seuls arguments pour faire appel, leur dit-il.

– Oui, oui, dit Gresson, nous en sommes conscients. »

Buchanan passe à nouveau en revue ces arguments. Le deuxième motif de l'avis d'appel est un déni de justice causé par certaines déclarations publiées dans la presse pendant le procès, dans les journaux du matin, puis de nouveau dans ceux du soir, reflétant l'opinion du juge sur l'accusé avant que le verdict ne soit rendu, en fait, avant même le début du procès, et que cette opinion était préjudiciable à l'affaire de Black. « Écoutez, dit-il en citant une coupure de journal, puis-je vous rappeler ceci, l'individu – c'est-à-dire Black – appartient à une secte étrange, si on peut la qualifier ainsi, ou une association étrange d'individus dont le point de vue sur la vie diffère de la normale. Le propos émis continue en disant qu'on n'a pas besoin de lui dans ce pays, et que son acte est un meurtre prémédité. Si cela n'est pas préjudiciable, qu'est-ce qui peut bien l'être, Vos Honneurs ? »

Même si ces commentaires avaient été prononcés devant le grand jury six semaines auparavant, leur rappelle-t-il, ils ont été reproduits dans la presse de manière à coïncider avec le procès d'Albert Black. Les jurés des assises ont reçu des exemplaires de ces journaux et, déclare Buchanan à la cour, ces commentaires étaient de nature à influencer l'issue du procès.

« Nous avons la déclaration sous serment d'un témoin. Mr Rabone, directeur adjoint du Station Hotel, déclare avoir reçu la consigne de distribuer des exemplaires de l'*Auckland Star* et du *New Zealand Herald* aux membres du jury pendant qu'ils résidaient dans l'hôtel. »

Le juge North demande, avec une note d'impatience : « Eh bien, s'agit-il de ce que le juge a dit, ou du fait que ses propos ont été publiés ? » Il semble avoir pris la direction de la ligne d'interrogatoire.

« Votre Honneur, dit Buchanan, choisissant ses mots avec soin, il n'est pas pertinent que la transcription soit fidèle ou non. Je ne suis pas en mesure de savoir s'il s'agit d'un compte rendu verbatim des instructions du juge. Ce que je sais, c'est que la personnalité et la réputation de mon client ont été effectivement détruites quand le jury a lu les commentaires du juge.

– Le juge s'adressait au grand jury à propos des dépositions de la cour des magistrats. Il ne dévoilait pas la démarche de la défense. Vous devez prendre garde aux conclusions qu'on pourrait tirer de vos commentaires, Mr Buchanan. »

Il vient à l'esprit de Buchanan que c'est sa propre réputation qui est placée sous surveillance. Puis il voit le jeune visage de Paddy flotter devant lui, l'espoir inextinguible que sa vie puisse encore lui être rendue. Il prend une profonde inspiration et continue comme si le juge n'avait rien dit. « Il n'y a rien à redire à la façon dont le juge s'est exprimé, Votre Honneur, mais au fait que ses propos ont été publiés. C'est une chose de les tenir devant le grand jury, qui doit décider uniquement du bien-fondé d'un acte d'accusation, et non des questions de défense, mais cela importe si ce qui est dit peut gravement influencer un jury d'assises.

– Allons, vraiment, riposte le juge, tout cela ne se résume-t-il pas à la question de savoir si la publication de propos convenables adressés par le juge au grand jury peut être considérée tant soit peu préjudiciable ?

– En substance, oui. Le juge a le droit de dire ce qu'il veut, du moment qu'il précise que les jurés d'assises ne doivent pas entendre ce qu'il dit.

– Alors comment protégez-vous le jury une fois qu'il est constitué ? Qui est censé s'acquitter de cette mission ?

– Je ne suis pas en position de répondre sur ce point, Votre Honneur. Au minimum, il eût été souhaitable qu'on ne communique pas les comptes rendus des journaux aux jurés.

– Donc le fond de votre argument, c'est que soit les juges devraient s'abstenir de toute remarque ayant le moindre rapport, même éloigné, avec l'affaire en cause, ou que les journaux devraient d'une manière quelconque être empêchés de publier ces remarques ?

– Ce pourrait être le résultat. » Buchanan pense que peut-être il progresse, mais il n'en est pas sûr.

Le juge Gresson commence à leur prêter attention, comme s'il avait dérivé auparavant dans une rêverie personnelle et s'était soudain rappelé où il était. « Ce serait contredire le fondement même de l'administration de la justice si les propos adressés à un grand jury devaient être tenus secrets. »

Buchanan voit l'affaire échapper à son contrôle. C'est la mouche, pense-t-il, cette foutue mouche.

Timms, le procureur, vient à la rescousse. « Pour que cette requête aboutisse, l'auteur de l'appel doit prouver qu'il y a eu un déni de justice – au sens où, après examen objectif de l'ensemble de la procédure, cette cour doit estimer qu'il y a une probabilité que la publicité des journaux ait fait pencher la balance contre l'appelant. Or rien ne permet de croire que les membres du jury aient été si fortement influencés par ce qu'ils ont pu lire ou entendre qu'on ne puisse se fier à eux pour accomplir leur devoir de jurés.

– Vos Honneurs, insiste Buchanan, que ce soit fondé ou non, nous parlons d'envoyer un homme à la mort. La peine capitale peut bien être inscrite dans le marbre de la loi telle qu'elle existe actuellement, mais cela n'a pas toujours été le cas. En fait la loi a changé plusieurs fois au cours des deux dernières décennies.

– Est-ce que maintenant nous allons devoir subir une croisade en faveur de l'abolition ? demande le juge assis à la droite de Gresson.

– Je suis au fait des campagnes pour l'abolition, dit Buchanan, mais je parle du fond du cœur. Le célèbre écrivain Victor Hugo, dont le nom je suis sûr vous est familier à tous, a mené toute sa vie une croisade contre la peine de mort. Il a écrit ces mots : "Voyez, examinez, réfléchissez. Vous tenez à l'exemple. Pourquoi ? pour ce qu'il enseigne. Que voulez-vous enseigner avec votre exemple ? Qu'il ne faut pas tuer. Et comment enseignez-vous qu'il ne faut pas tuer ? En tuant." Hugo poursuit en expliquant qu'il a "examiné la peine de mort par ses deux côtés, action directe, action indirecte. Qu'en reste-t-il ? Rien. Rien qu'une chose horrible et inutile, rien qu'une voie de fait sanglante qui s'appelle crime quand c'est l'individu qui l'accomplit, et qui s'appelle justice (ô douleur !) quand c'est la société qui la commet. Sachez ceci, qui que vous soyez, législateurs ou juges" – ici Buchanan marque une pause suffisamment longue pour que les juges de la cour entendent bien qu'il récite les commentaires de Hugo pour leur bénéfice – "aux yeux de Dieu, aux yeux de la conscience, ce qui est crime pour l'individu est crime pour la société".

– Vous avez complètement terminé, Mr Buchanan ? » demande le juge qui préside la séance.

Chapitre 24

Et les liasses de feuilles continuent à s'empiler dans la pièce principale des Black. Kathleen peut faire une estimation du nombre de signatures en multipliant le nombre de pages par les lignes de chaque feuille. Blocs x pages x lignes : 12 000. Elles continuent à arriver en foule. Des signatures de l'église, des places de marché où ils ont fait circuler un cahier, des pubs, et surtout des usines. Sa propre usine, Jennymount, mais ses collègues ouvriers en connaissent d'autres dans diverses usines. En moins d'une semaine, ces douze mille signatures ont été réunies, soutenant la pétition qui sollicite la grâce d'Albert Black.

Pendant la nuit, Kathleen reste éveillée, les yeux irrités de fatigue, jusqu'à ce qu'elle n'y tienne plus et s'extraie du creux du lit. Bert grogne dans son sommeil et lance le bras comme s'il voulait la retenir, mais elle veut à toute force refaire le décompte des signatures. Elle a besoin de vérifier qu'ils n'en ont pas supprimé, ou sauté des lignes, ou si quelqu'un n'a pas oublié de mettre son adresse. La même impression que si elle comptait les votes lors d'une élection. Chaque vote pour la vie de son fils doit compter. Il leur reste trop peu de temps. Les blocs de feuilles doivent être livrés à Mr Clifton Webb, qui est attendu prochainement à Belfast.

Elle se demande, encore et toujours, ce qui se passe dans la tête de son garçon. Il lui a écrit une lettre des plus étranges, où il lui annonce sa conversion à la foi catholique. Il doit y avoir une raison à cela, mais elle n'a pas réussi à la deviner. Ou peut-être est-ce un signe de son état d'esprit, qu'il raconte des sornettes. Elle n'a pas parlé à Bert de cette lettre.

*

En Nouvelle-Zélande un ouvrier des chemins de fer nommé John Vermeulen poignarde un certain Dick Lucas au cours d'une soirée de danse à Hamilton, furieux parce que Lucas danse avec sa petite amie. Il lui porte quatre coups de couteau. Lucas ne meurt pas. Mais il aurait pu, disent les gens, et il y a comme un malaise dans l'air. Vermeulen fait l'objet d'une injonction lui interdisant de participer à une soirée dansante pendant une période de temps et de porter un couteau sur lui. Autrement, il continue à s'occuper de faire rouler les trains sans accrocs sur des rails lisses.

*

À Londres, l'éditeur haut en couleur et passionné Victor Gollancz conduit un rassemblement de quatre mille personnes à Hyde Park réclamant l'abolition de la peine de mort. Il dit à la foule que cette sanction est inutile, moralement indéfendable et en conflit avec la dignité d'un pays chrétien civilisé. OUI, crient les gens à l'unisson, ABOLITION. Il cite les paroles d'un abolitionniste américain, qui a déclaré que ce châtiment était arbitraire, aléatoire, capricieux et discriminatoire. À bas la peine de mort, crient les gens, en se pressant pour serrer la main de Gollanz. Il est soulevé et porté sur leurs épaules.

*

Kathleen pense que Mr Gollancz n'a sans doute jamais entendu parler de son Albert, mais que Mr Webb est sûrement au courant des actions de Mr Gollancz. Est-ce que cela peut changer la situation ? Quand elle y pense dans sa maison mitoyenne, à l'abri de la nuit de Belfast, il lui revient que Mr Gollancz est un socialiste, et que Mr Webb ne partage peut-être pas ses opinions. Elle ne s'est jamais beaucoup souciée de politique, elle n'a pas eu le temps, entre travailler à l'usine, prendre soin de ses fils et de leur père, joindre les deux bouts et tout ce qui s'ensuit. C'est surtout la question de savoir qui se sert de quel pied pour taper dans le ballon, le gauche ou le droit, comme les différends entre Irlandais en général, qui l'ont inquiétée, pas les événements au-delà des mers. Maintenant elle fait ses devoirs. Depuis qu'on lui a dit, en clair, de ne pas venir en Nouvelle-Zélande, elle a posé une quantité de questions, rendu visite aux rédacteurs du journal, leur a demandé ce qu'ils savent sur qui est au pouvoir et qui dans l'opposition en Nouvelle-Zélande, quelles opinions règnent dans tel ou tel parti. Ce qu'elle apprend n'est guère encourageant. Pourquoi n'est-elle pas surprise d'apprendre que Mr Webb est venu et reparti sans la recevoir ? Mais on ne peut pas ignorer son existence, croit-elle. Car entre-temps elle a remis les lettres à Mr Warnock, qui, à ce qu'elle sait, les a transmises au haut-commissaire de Nouvelle-Zélande. Et il y a aussi la lettre qu'elle a écrite à la reine. Sûrement quelqu'un va prendre note de tout cela.

*

À Wellington, Ralph Hanan rencontre Jack Marshall. Hanan, le fils d'un drapier d'Invercargill, et Marshall, un homme de Wellington jusqu'à la moëlle. Il sait comment fonctionne la ville, ses intrigues et ses secrets. C'est aussi un joueur d'échecs. Les deux honorables ministres de la Couronne discutent des implications de la pendaison. Une secrétaire leur a apporté un plateau sur lequel sont disposées une théière en argent, des tasses avec leur soucoupe, une assiette de scones et de la confiture de framboises dans un petit pot en porcelaine Royal Albert. Ils ont le choix entre beurre et crème fouettée. « Une petite douceur spéciale que j'ai demandé à Bellamy's de nous fournir », remarque Marshall. Hanan a refusé les scones, et c'est peut-être une erreur. Il prend une tasse de thé avec un nuage de lait. Marshall étale pensivement de la confiture sur son scone.

« Jack, vous savez pourquoi je suis là, commence Hanan. Je viens juste d'avoir des nouvelles de l'appel de Black.

– Eh bien, ce ne sont pas de bonnes nouvelles pour lui, je le crains. » La voix de Marshall est aussi onctueuse que le beurre dans son récipient. « J'ai envoyé un télégramme à Webb ce matin pour qu'il prévienne la mère.

– Nous avons encore une chance de faire quelque chose pour Black à la réunion du Conseil exécutif. Au nom du gouvernement, nous pouvons recommander au gouverneur général d'arrêter le processus.

– Vraiment, Ralph, nous en avons discuté plus de fois qu'il n'est nécessaire. En quel honneur devrions-nous renverser les conclusions de cinq juges ? Nos hommes les plus éminents.

– Vos hommes. Les hommes de Holland.

– Ça suffit. Je ne veux pas en entendre davantage là-dessus.

– Écoutez, vous connaissez aussi bien que moi le type d'argument qui est développé à l'étranger. Voyons, vous ne pouvez pas nier que la peine capitale dans ce pays soit aléatoire. Vous avez Horton incarcéré pour un viol et un meurtre particulièrement vicieux à côté de Black qui a eu ou non l'intention de tuer sa victime. Vous ne pouvez pas pendre Horton parce que la peine de mort n'était pas une option, mais vous pouvez pendre Black. Ça n'a pas de sens. La sanction dans ce pays a été appliquée et suspendue, puis abolie, puis rétablie et à nouveau suspendue. Tout cela depuis 1935. Selon le gouvernement au pouvoir. La décision est trop importante pour être prise sur un coup de tête.

– Vous m'offensez, dit Marshall. Mes convictions ne sont pas des coups de tête. En fait, la situation de Horton est bien pire que celle de Black. Il me paraît inhumain de garder un homme enfermé à la prison de Mount Eden jusqu'à la fin de sa vie naturelle. Cela ressemble à de la torture. » Sa voix frémit de colère.

« Je vois. Eh bien, Jack, si c'est ce que vous pensez, je devine que nos points de vue sur ce qui est humain et ce qui ne l'est pas sont très différents. Je suis prêt à respecter cela, mais cela ne change rien à ma position.

– Nous devons maintenir des moyens de dissuasion face au meurtre.

– Mais les pendaisons qui ont eu lieu au cours des cinq dernières années n'ont pas dissuadé les meurtriers les plus récents.

– Alors nous aurions dû pendre Horton ?

– Ce n'est pas ce que j'ai dit. » Le ton de Hanan s'impatiente. « Écoutez, les meurtriers sont souvent indifférents à la mort. Regardez ceux qui se tuent avant l'exécution de la sentence. Et certains meurtriers ne pensent même pas aux conséquences entre leurs actes et ce qui va suivre.

– Comme votre Mr Black ?

– Ce n'est pas mon Mr Black. Même si je ne suis pas convaincu que ce soit un meurtrier. Mais oui, je dirais que la peine de mort est la dernière chose qu'il avait à l'esprit dans ce café. Je crois que sur le fond ce jeune homme a une bonne nature.

– Qu'est-ce que vous appelez la nature, Ralph ? On dit parfois que la nature est la somme des habitudes d'un homme. Avez-vous étudié les habitudes de cet homme-là ? »

Échec et mat. Hanan fait une pause, reprend son souffle avant d'entamer une nouvelle argumentation.

« Je ne suis d'accord avec aucun des propos que vous tenez, monsieur le ministre, reprend Marshall, mais peut-être serez-vous plus heureux si je vous dis que j'ai ordonné des évaluations de Black afin de voir s'il est ou non un candidat convenable pour la corde. Bon, il y a eu quelques pressions. Vous le savez bien, sinon vous ne seriez pas ici. Cela peut éclairer les discussions que nous aurons à la réunion du Conseil exécutif. Le gouverneur général doit être en mesure d'expliquer nos décisions quand il rencontrera Sa Majesté. »

Hanan sort de la pièce, traverse les couloirs vert pâle du Parlement, sous ses arcades et ses corniches, ses vitraux et ses hauts plafonds sculptés, jusqu'à ce qu'il arrive à la galerie publique qui domine la salle des débats. Elle est vide en ce moment, mais au cours de l'après-midi elle se remplira de membres de la majorité et de l'opposition. Il prendra place sur l'un des sièges à haut dossier alignés sur la moquette vert foncé au motif fleurdelisé. Il regarde en bas et se demande ce qu'il penserait s'il faisait partie du public qui sera assis là plus tard dans la journée. Qu'attendrait-on de lui ? Et il connaît la réponse. Il attendrait des hommes politiques qu'ils se montrent honnêtes les uns envers les autres, mais surtout envers eux-mêmes. Il n'est pas sûr de vivre encore longtemps. Sa vieille blessure de guerre le harcèle, ses poumons certains jours sont près d'éclater. Quoi qu'il arrive, quel que soit le temps dont il dispose, il doit trouver un moyen de changer ce qu'il croit être mauvais.

*

« Cher Peter, me voilà de nouveau aussi heureux qu'il est possible. "Oh Oh !" Quelle bonne et joyeuse compagnie. Désolé, Peter, j'espère que tu vas me pardonner mon élan d'enthousiasme. On devient un peu cinglé ici de temps en temps, alors je crois qu'il faut que j'écrive comment je me sens. Dis donc, tu m'as pas beaucoup parlé de ta petite amie – je veux dire, elle est grande, grosse, maigre, costaude, ou belle comme un rêve ? Oh, pardon, accepte mes excuses pour ce fatras, ma plume court toute seule, des fois. Mais je veux vraiment savoir.

« Je suis pas mal occupé en ce moment, je reçois la visite de psychologues, de psychiatres et allez savoir quoi du ministère de la Justice à Wellington. Bien sûr, tout ça passe devant le Conseil exécutif ou, je devrais dire, ma dernière lueur d'espoir. Je suppose que c'est pour ça qu'ils t'autorisent pas à venir me voir tant que cette bande est encore là. Je pense qu'ils en auront fini avec moi d'ici samedi. Je t'écrirai après ça pour te dire ce qui se mijote. Comme tu sais probablement, Peter, j'ai jamais pris la religion autant au sérieux avant de venir ici. Je peux dire, elle m'a aidé à traverser tout ça sans craquer sous la tension. Je te dois beaucoup aussi à toi, qui m'as donné la force de garder la tête haute.

« Autre chose, il y a des gens qui savent pas quand ils vont partir, mais moi j'ai un indice solide. Peut-être que je devrais avoir peur, mais c'est plus fort que moi, je peux pas. Je suppose que c'est ça, le réconfort de Dieu.

« Je t'écrirai de nouveau dans deux ou trois jours. Dieu te bénisse, ton ami Albert. »

Chapitre 25

Le psychologue qui interroge Paddy, un petit homme aux cheveux coupés court à l'arrière et sur les côtés, avec une raie bien nette, est résolu à se montrer amical. Il tend la main pour serrer celle de Paddy, comme s'ils se rencontraient dehors, au lieu d'être assis à l'étroit dans une cellule. Paddy est assis sur le lit, tandis que le psychologue, qui s'appelle Ramsey, se perche sur la chaise.

« J'ai demandé à vous voir ici, dit Ramsey, d'un ton pressant, pour ne pas avoir de gardiens qui nous surveillent dans la zone des visites. Je veux établir une relation avec vous, Paddy. Je veux savoir comment vous fonctionnez, vos pensées et vos *sentiments*, que vous m'ouvriez votre cœur.

– Eh bien il y a des gens qui vous diraient que j'en ai pas. De cœur, ha ha !

– Ce n'est pas un sujet qui prête à rire. » Ramsey porte un pull en mérinos vert tilleul avec devant un motif de losanges rouges et marron, comme pour montrer qu'en fait il est du genre décontracté, et pas un bureaucrate. « Il s'agit de votre vie, jeune Paddy mon garçon. Croyez-moi, je connais la valeur de la vie, j'étais pilote de chasse pendant la guerre. J'ai piloté des Spitfire au-dessus du Pacifique. Est-ce que votre père a fait la guerre, par hasard ?

– Il était soldat, oui.

– Hmmm. Et qu'est-ce qu'il vous a dit de la guerre ?

– Pas grand-chose, monsieur.

– Je vous en prie, appelez-moi Ramsey. Je veux être votre ami. » Il a des yeux d'un bleu très vif, comme s'il transportait le ciel en eux, mais aussi une absence d'expression, comme s'il ne pouvait pas reconnaître un nuage en se cognant dedans.

« Mon Pa disait que valait mieux oublier tout ça. La guerre, monsieur. Euh, Ramsey. Il avait une marley qu'il avait prise à un Allemand, mais je l'ai perdue.

– Qu'est-ce que c'est qu'une marley ?

– Une bille, monsieur.

– Une marley, eh bien voilà qui est intéressant. J'ai appris quelque chose. Le langage, c'est si fascinant. » Il semble avoir renoncé à ce que Paddy l'appelle par son nom. « Je m'intéresse aussi à la signification du mot *bodgie*. Vous ne la connaîtriez pas, par hasard ?

– Si, je l'ai entendu dire. J'avais un ami qui s'appelait Henry, il logeait chez moi de temps en temps et c'était un Teddy Boy. Très futé, il était, Henry, et toujours très bien habillé – des fringues édouardiennes vraiment classe, si vous voyez ce que je veux dire, les manteaux longs et les souliers bien cirés. »

Le fait de parler d'Henry lui rappelle un détail qui planait autour de lui, l'ombre de quelque chose ou quelqu'un qu'il n'a pas pu reconnaître. C'est le visage d'Henry qui flotte devant lui, et il est dans le café La Vieille Grange le soir où Johnny McBride est mort. Ou c'est ce qu'il pense, même si c'est improbable, Henry n'était-il pas en mer ce soir-là ? Le Henry qu'il voit porte un épais chandail foncé, pas ses vêtements de Teddy Boy. Il secoue la tête ; il doit rêver.

« Alors, les *bodgies* ? Nous parlions des *bodgies*. » Le ton de Ramsey est insistant, persuasif.

« Oui, pardon. Les *bodgies*, c'est comme ça que je m'habillais quand je suis arrivé à Auckland, on est plus sans façon. Vous savez, sweat-shirts et blousons d'aviateur, ce genre de truc. En tout cas, Henry m'a dit que *bodgie*, ça vient de *budgerigar*, une perruche australienne. Nous, on est du monde d'en bas.

– Mais vous n'êtes pas un homme d'en bas.

– Ça m'aurait bien plu d'avoir des fringues comme celles d'Henry, mais ça coûte, vous savez, c'est tout du sur-mesure. Les stewards et les marins qui arrivent de la mer, ils ont l'argent pour. J'aurais pu m'y mettre, mais j'économisais plutôt mon argent pour d'autres choses. Enfin, j'allais commencer à en mettre de côté.

– Comme quoi ? Quelles autres choses ?

– Rentrer chez moi, peut-être. Je sais pas. » Sa voix est pleine de nostalgie. Tout flotte autour de lui, maintenant. La fille, sa Mam et son Pa, le petit Daniel, tous.

Ramsey s'active à prendre des notes. « Alors pourquoi vous autres vous voulez vous habiller comme ça ? Ces coiffures et tout le reste ?

– C'est un peu différent, non ? C'est pas pour critiquer, mais tout est un peu gris ici, pas vrai, monsieur ? Pourquoi on devrait tous avoir l'air pareils ? » Paddy essaie de se reconcentrer sur leur étrange conversation.

« Alors tout est différent d'ici en Irlande du Nord, c'est cela que vous voulez dire ?

– Non, la vie est assez dure en Irlande, monsieur. Y a pas tellement d'argent là-bas, ça, je peux vous le dire. Mais on se met sur son trente-et-un pour la Parade orangiste – vous savez, les écharpes et tout ça.

– Ah oui, les groupes de loyalistes, hmm ? Alors vous aimez bien faire partie d'une bande ?

– On se serre les coudes. Toute la bande du café La Vieille Grange, c'était comme des potes. Enfin, la plupart, jusqu'à ce que ça tourne mal. Comme ils ont fait pour moi. Vous avez un ou deux sales types.

– Mais, en gros, vous sortiez ensemble et vous aimiez bien vous faire remarquer ? Provoquer les passants. Cela vous paraît juste comme commentaire ?

– C'était pas fait exprès. Des fois ces mecs Kiwi cherchent la baston, ça leur plaît pas qu'on ait tous une petite amie.

– Dans votre bande, ils ont des couteaux sur eux ?

– Quelques-uns.

– Dont vous.

– Ce soir-là. Pas d'habitude. Si on se fait coincer seul dans une ruelle, et que quelqu'un s'en prend à vous, faut se protéger. Certains des gars se servaient de leurs bottes et de bouteilles cassées, comme Johnny McBride.

– Mais les témoins disent que vous aviez une bouteille cassée à la main le soir de la fête au 105 Wellesley Street.

– Ils ont dit ça ? Je me rappelle pas vraiment. J'oublie ce qui s'est passé ce soir-là. Qu'est-ce que ça peut faire maintenant ? » Paddy se sent très las.

« Alors passons aux filles. Ils avaient tous une petite amie, si je comprends bien ? » La voix du psychologue est inexorable, les yeux bleus brillent d'un éclat proche de l'excitation, le premier signe qu'il donne d'une véritable émotion. « Les *widgies* ? Vous savez ce que veut dire *widgie* ? Une idée d'où vient leur nom ?

– Non.

– *Widgeon*, à ce qu'il paraît. Une espèce de canard. C'est ce que j'ai entendu dire. Des canards, je vous assure. Cette fois, c'est vous qui récoltez une information.

– Alors vous saviez d'où vient le mot *bodgie* avant de me demander.

– Ne jouez pas au petit malin avec moi, Black. Bien sûr, je connais les réponses. Je crois que je connais les réponses à la plupart des questions vous concernant.

– Si vous le dites.

– Cette conversation ne nous fait guère avancer. Il va falloir vous montrer un peu plus coopératif que vous ne le faites en ce moment. Comment se fait-il que cette Rita ait été aussi prompte à vous rejoindre au lit ?

– Eh bien, les filles, vous savez, elles sont partantes. Elles aiment bien le sexe. Moi aussi.

– Alors vous aviez une quantité de filles à votre disposition. À quelle fréquence aviez-vous des rapports sexuels ?

– Oh, quatre ou cinq fois par semaine.

– Avec la même fille ? »

Paddy en a assez de cet interrogatoire. L'homme écrit avec un enthousiasme fiévreux, comme s'il trouvait de la jouissance à cette conversation. « Nan, pas toujours. J'aimais bien un peu de variété. »

Il s'entend parler et se sent légèrement nauséeux. « Enfin, jusqu'à... » Il s'interrompt. Non, il ne va pas parler de Bessie au psychologue. Ce n'est au mieux qu'un petit jeu minable.

« Alors ça ne vous gênait pas de trahir votre propre petite amie ?

– C'était pas comme ça. » Mais c'était comment ? Il espère que l'homme ne va pas lui poser la question.

« Vous preniez des précautions contre les maladies vénériennes ?

– Non, je l'ai jamais fait, et autant que je sache, j'ai jamais attrapé la chtouille.

– Et une grossesse ? »

Peut-être que ce Ramsey est déjà au courant à propos de Bessie, mais il ne tirera rien de Paddy à son sujet. « Je suppose qu'il y a des filles qui tombent enceintes, dit-il, d'une voix qu'il espère neutre.

– Alors, ces bandes de jeunes avec qui vous traîniez, ils ne travaillent pas régulièrement ?

– Moi je travaillais pas à l'époque. Mais j'ai gardé le même job dans le Sud pendant un an et demi ou environ. J'avais de quoi vivre.

– Donc en réalité vous étiez un immigrant assisté déserteur qui travailliez un peu par-ci par-là jusqu'à ce que vous soyez de nouveau à court d'argent ?

– C'est à peu près ça. »

L'entretien est terminé, le carnet se referme d'un coup sec. « Eh bien, merci, Mr Black, vous vous êtes révélé utile après tout. » Cette fois le psychologue ne propose pas de lui serrer la main.

Ça rimait à quoi, tout ça ? se demande Paddy. Ce type n'a pas du tout essayé de le connaître ; apparemment tout ce qu'il voulait, c'étaient des ragots le plus juteux possible. Paddy imagine que ça amusera bien les gens de son bureau. Il se souvient alors que c'est cela qu'entendra le Conseil exécutif. Allons, est-ce qu'il ne le savait pas depuis le début ? C'était l'occasion de se mettre à plat ventre, et il a de nouveau tout gâché. Il ne peut plus rien rattraper.

Chapitre 26

30 *novembre* 1955. Après la réunion hebdomadaire du cabinet des ministres de la Couronne, le Conseil exécutif se réunit pour décider du sort d'Albert. Le Conseil est la plus haute autorité officielle du gouvernement, et ses membres incluent les ministres, c'est l'institution par laquelle le gouvernement donne un avis collectif au gouverneur général. Le gouverneur général de l'époque est sir Charles Willoughby Norrie. Ancien élève d'Eton, il a combattu dans les deux guerres mondiales ; il joue au polo et chasse le renard quand il est de retour chez lui en Angleterre. D'après sa réputation, c'est un homme hostile à toute forme de sentimentalité.

La réunion est brève. Le Premier ministre, Sid Holland, fait une nouvelle remarque sur le caractère indésirable en Nouvelle-Zélande d'individus comme Albert Black. Si on ne peut pas les renvoyer là d'où ils viennent, il faut les empêcher de commettre de nouveaux crimes en Nouvelle-Zélande. Les rapports sur son compte indiquent un mode de vie hautement immoral, chose que lui-même et son ami Mr Mazengarb s'emploient à éradiquer. Cela ne punira pas simplement le crime commis, mais servira de rappel court et fort à ceux qui pratiquent un mode de vie répréhensible et font preuve d'incontinence sexuelle.

Ralph Hanan dit : « Ainsi Albert Black doit servir d'exemple au titre du rapport Mazengarb ?

– Aucun d'eux n'avait une conduite convenable. Le jeune homme qui a été tué lisait des livres interdits. Il avait même pris pour modèle un des personnages de Spillane.

– Alors deux hommes meurent, grâce à Mr Mazengarb. Est-ce que nous, le gouvernement, nous ne cédons pas à une forme de loi de Lynch ? »

Le procureur général roule des yeux, les autres membres du Conseil soupirent et détournent le regard.

Le Premier ministre dit que, s'ils n'ont pas d'autre objection, leur recommandation au gouverneur général sera de faire procéder sans délai à l'exécution de Black.

Il existe un cadre temporel pour la procédure. Une fois que le Conseil a émis sa recommandation, la sentence doit être exécutée dans les sept jours. Hanan dévisage ses collègues l'un après l'autre, jusqu'à ce qu'ils détournent la tête et baissent les yeux.

*

4 décembre 1955. Elle sait que ce ne sera plus très long maintenant. Kathleen se sent de pierre. Elle est incapable de bouger, de pleurer, tant elle se sent loin de la réalité. L'hiver approche. Elle aurait dû allumer le feu, mais cela attendra. À la fin, entendant Daniel rentrer de l'école et lancer son sac par terre, elle se lève de sa position assise, sur le bord de ce qui était jadis le lit d'Albert. Tel un automate, elle s'approche de l'armoire. Ce sont maintenant surtout des vêtements de Daniel qui sont pendus là, mais il reste aussi une jaquette qu'Albert a laissée derrière lui quand il est parti pour la Nouvelle-Zélande. Il la portait au cours de sa dernière année d'école ; elle avait économisé de l'argent pour la lui offrir. Maintenant elle glisse les mains dans les poches et les garde à l'intérieur. Ses mains à lui s'y sont glissées. Dans une poche, elle trouve un morceau de chewing-gum enroulé dans son emballage, une allumette vierge, une brindille qu'il a pu arracher distraitement à une haie. Elle pose son visage contre le tissu, le respire, comme si elle pouvait saisir son parfum.

« Mam, tu es là ? » crie Daniel.

Il a faim et elle doit s'occuper de lui, se montrer encore la meilleure mère possible. Quand il est assis à table avec une tartine et une tasse de lait chaud, elle lui propose : « Tu aimerais qu'on regarde les photos ? » Elle fouille dans le tiroir du bas de la desserte, et le voilà, le petit album où elle garde les images.

Il fait la moue. « Andy m'attend, je peux aller un peu chez lui ?

– À condition de pas rentrer tard. » Et en fait, elle aime autant rester seule.

Une fois la porte refermée derrière lui, elle ouvre l'album. La première, une photo de studio, montre le petit William, son visage de bébé livide. C'était une petite folie, mais elle avait eu un tel désir de ce portrait, comme si elle savait qu'il ne ferait pas de vieux os. En voici une d'elle avec Bert, et elle tient Albert sur le seuil de leur première maison dans Tate's Avenue. Elle porte une robe d'été, les bras nus. Le bébé est enveloppé d'un châle, on ne voit que le sommet duveteux de sa tête, là où était la coiffe, et le bout de son nez. Ce doit être sa mère à elle qui a pris la photo, puisqu'ils y figurent tous les trois, et elle se souvient maintenant que sa mère, qui ne vivrait pas non plus très longtemps ensuite, était venue l'accueillir à sa sortie d'hôpital. Et revoilà Albert avec son petit chapeau en coton, qui lui tient la main. Celle-ci a été prise par un photographe de rue, Albert pointe avec sa main libre et rit de quelque chose hors du cadre. Elle aimerait bien savoir ce qu'il regardait. Les voilà tous sur cette autre, elle et Bert et Albert et Daniel, pendant leurs vacances à Ballycastle, avec à l'arrière-plan le promontoire qui sort de la mer. Oh, comme ils avaient eu du plaisir là-bas. Qui a pris la photo ? Un passant, sûrement. Bert avait ressorti le vieux boîtier Brownie que ses parents lui avaient donné quand il était petit et que sa famille avait encore de l'argent. Peut-être avaient-ils demandé à un inconnu de les prendre dans le cadre et d'appuyer sur le bouton ? Sur la suivante, Albert est à bord du *Captain Cook*, la chevelure souple qu'elle lui a transmise formant un halo sombre autour de sa tête, hérissée par la brise, les mains nonchalamment croisées devant lui, et à nouveau la mer à l'horizon. C'est Peter Simpson qui la lui a envoyée, comme les deux autres qui lui restent d'Albert. Ces deux-là ont été prises en Nouvelle-Zélande. Sur l'une, Albert a un chat dans les bras et il est entouré d'enfants, sur la pelouse de Rose Lewis. C'était le jour de Noël l'an dernier. Elle avait éprouvé un pincement d'envie en la sortant de son enveloppe. On aurait dit qu'Albert avait une autre famille en Nouvelle-Zélande. La dernière photo est plus solennelle, et ce n'est pas vraiment une photo, mais une coupure de journal. Albert est vêtu élégamment, les cheveux domptés et bien coupés. Sa cravate affiche d'audacieuses rayures en diagonale, et la chemise blanche ressemble à celle qu'elle lui a envoyée pour son anniversaire. Son regard s'éloigne de l'objectif, il ne se dirige pas vers elle.

*

Horace Haywood est ivre et entièrement seul. Il aimerait avoir de la compagnie, l'absence de Des Ball le rend nostalgique. Mais Ball ne travaille plus ici. Il pensait le connaître, mais apparemment il se trompait. Il se demande, à des moments comme celui-ci, quand sa tête flotte et lâche la bride à ses pensées, si ce sont les exécutions qui ont eu raison de Des. Certains hommes ont le cœur plus fragile qu'ils ne le laissent voir. Il aurait voulu pouvoir l'aider. À cet égard, il aimerait pouvoir s'aider lui-même. Demain il a une tâche à accomplir.

Pourquoi n'est-il pas chez lui avec Ettie ? Il est aussi coupable de négligence que son employé. Mais elle doit être occupée par ses projets de partie de boules pour les prisonniers mercredi matin. Ettie a toujours un projet en route.

*

Oliver Buchanan est si agité que sa femme commence à en être agacée. Non, ce n'est pas juste. Elle sait ce qui tourne sans interruption dans sa tête. Elle ne peut rien dire qui soit susceptible de le calmer. Il ne peut pas les regarder, elle ni les garçons. Il a décidé d'aller faire un tour, lui dit-il. La nuit est tiède, il n'a pas besoin de veste et quitte la maison avec sa cravate desserrée et ses manches de chemise roulées. Nous sommes dimanche soir ; il sait que l'exécution est pour très bientôt. Il s'attend chaque matin à recevoir la nouvelle.

Il marche quelque temps du côté des quais, observe les allées et venues des ferries, la lumière nocturne qui tombe sur l'eau. Ne t'inquiète pas, je serai absent un certain temps, a-t-il prévenu en quittant la maison. Les rues sont quasiment désertes. Il prend la direction de Queen Street, presque résolu à traverser l'Albert Park, mais quelque chose le pousse à continuer sa marche, franchir le croisement de Wellesley Street et poursuivre au-delà, jusqu'à ce qu'il arrive à La Vieille Grange. Il s'attendait à voir le lieu empli de jeunes gens, mais là aussi le café est pratiquement vide. Peut-être les gens ont-ils cessé d'y venir, ou peut-être est-ce la conséquence du week-end, il ne saurait dire. La dernière fois où il est venu ici, pour étudier la scène du meurtre de Johnny McBride, la musique coulait à flots et les stalles étaient toutes occupées, comme s'il ne s'était rien passé d'anormal. En tout cas, il y a juste un homme assis seul sur un tabouret du bar. C'est un Teddy Boy, paré comme un modèle de magazine, un mannequin dans une vitrine, tant sa mise est soignée.

« Ça ne vous gêne pas si je m'assois ici ? » demande Buchanan. Stupide, en fait, se dit-il, puisqu'il ne cherche pas la compagnie. Mais l'idée d'aller s'asseoir seul dans une des stalles le met mal à l'aise. Il commande un café au serveur, qu'il reconnaît comme étant Laurie Corrington, celui qui a couru dehors en quête d'un agent de police, son tablier éclaboussé de sang.

Le jeune homme sourit, lui tend la main. « Je m'appelle Henry.

– Et moi Oliver Buchanan. » Il serre la main tendue.

« Je vous connais, dit Laurie, derrière son bar. Pouvez pas vous éloigner de la scène de crime, hein ? » Il se tourne vers Henry. « C'est l'avocat de Paddy.

– Un de ses avocats.

– Z'avez pas réussi à le sauver de la corde, pas vrai ? » Laurie tend son café à Buchanan et s'éloigne. Comme pour mettre un peu d'animation, il prend une pièce dans le tiroir-caisse et se dirige vers le juke-box. Les Ink Spots entonnent « We'll Meet Again ».

Henry dit doucement : « J'étais en mer ces derniers mois. J'ai appris ce qui est arrivé à Paddy.

– Ça n'est pas encore arrivé, dit Buchanan en prenant une petite gorgée du liquide bouillant couleur réglisse. Demain, je suppose. Vous le connaissiez ?

– C'était mon ami. J'ai logé chez lui une ou deux fois.

– Vraiment ? Comment le trouviez-vous ?

– Paddy ? Il vous aurait donné la chemise qu'il avait sur le dos. C'était un brave type, très bon cœur. J'étais ici le soir où McBride a été tué. J'étais assis tout près de Paddy. Il m'a pas vu quand il est entré. J'étais censé reprendre la mer le soir d'avant, celui où il a fait sa fête. Je suis monté à bord, mais le départ a été différé de deux jours. C'était trop tard pour aller à sa soirée, alors je suis allé me coucher. Le lendemain, on a fait un peu de travail à bord, et je suis venu ici prendre un café avant d'embarquer. Je portais ma tenue de marin, c'est peut-être pour ça qu'il a pas pensé à regarder de mon côté. Il était en colère, ça se voyait, et Johnny l'asticotait, c'était une horreur, alors j'ai pensé, bon, qu'ils règlent ça entre eux.

– De quelle façon il l'asticotait ?

– Oh, vous savez, Paddy essayait de faire jouer “ Danny Boy ” sur le juke-box là-bas. On peut bloquer ce Wurlitzer, alors quand Paddy a mis de l’argent, Johnny décide de jouer “ Earth Angel ” et il empêche la chanson de Paddy.

– Personne ne m’a dit cela. Il y avait d’autres témoins. Ce n’est pas ce qu’ils ont raconté.

– Eh bien c’est ce que moi je dis. Il l’a empêché comme ça deux, peut-être trois fois de suite. Peut-être que son pote Jeff l’a vu aussi. Jeff Larsen. Mais je peux pas savoir. Je l’ai pas revu depuis. »

Buchanan remue son café, marque une pause avant de parler. « Pourquoi vous ne l’avez pas dit à la police ?

– Ils voulaient pas le savoir. On était là, trois d’entre nous, à avoir vu ce qui s’est passé, toute la scène, hein, Laurie ? Tu nous as vus. »

Laurie s’emploie à plier des torchons, comme s’il n’avait rien entendu.

« On a attendu. La police est arrivée. On a dit qu’on était là quand ça s’était passé. Ils nous ont dit qu’ils étaient occupés, c’était une scène de crime et on devait quitter les lieux. Peut-être que c’est nos accents qui leur ont pas plu. Moi je suis un Pommy, vous savez – Anglais, mais bon, vous avez dû deviner. Ils ont rassemblé un bon paquet d’honnêtes Kiwi. Ils ont dû penser qu’ils avaient assez de témoins. » Sa voix est amère. « Un peu plus tard dans la soirée, mon bateau a pris la mer.

– Vous avez vu Johnny frapper Paddy ? »

Henry réfléchit, esquisse un dessin boueux dans des gouttes de café répandues sur le bar. « Non, pour vous dire vrai. J’ai appris depuis que c’est ça qu’il a dit à Larsen en allant au poste de police. Tout s’est passé trop vite. Paddy s'est assis, puis il s'est relevé, et là Johnny est tombé contre ce pilier, et là Laurie hurle au meurtre, et des types le font rouler sur le sol. Je crois que ça non plus c'était pas une bonne idée. Tout ce qu'ils ont fait, c'est enfoncer le couteau plus profond.

– Mais vous dites que Johnny a provoqué Paddy ?

– Oh oui. Vous savez, je crois que Paddy en avait marre de prendre des tannées. C'était pas un costaud, pas un bagarreur. Écoutez, ça aurait changé quelque chose pour Paddy si j'avais parlé plus fort ? Si j'étais pas parti en mer ce soir-là ?

– Je ne sais pas. Peut-être que ça aurait changé quelque chose à ce qu'ont raconté les autres. Mais peut-être qu'ils ont tous dit la vérité telle qu'ils la voyaient. Dans ce cas, je ne crois pas que ça aurait fait une grosse différence. Cela étant, votre histoire est plus proche de celle de Paddy que de celle des autres. »

Henry pâlit. « J'aurais pu faire mieux. Je suis désolé.

– Vous n'êtes pas seul dans ce cas. Mais merci de m'avoir mis au courant.

– Si Paddy est pendu, ça me hantera jusqu'à la fin de mes jours. Ça, je vous le promets.

– Ce sera un destin qu'il nous faudra partager, je le crains », dit Buchanan en lui tendant la main.

*

Et ainsi la nuit se passe. C'est l'extinction des feux comme d'habitude. Paddy reste éveillé pour savourer les minutes qui restent, une par une. On l'a déménagé dans une cellule au rez-de-chaussée, près de la cuisine. Elle est également proche de la cour où est dressée la potence. Knowles le surveille, du moins il est censé le faire, même si de temps en temps il pique un petit somme.

Avant de quitter la cellule d'en haut, Paddy a écrit deux lettres. Quand Peter Simpson recevra la sienne, il verra que l'encre de la signature est brouillée et qu'au-dessus il y a une marque en forme de larme.

« Cher Peter. Tu as sûrement vu dans la presse le verdict final du Conseil exécutif et tu as deviné quel va être mon sort. J'aimerais prendre cette occasion de te dire adieu, et te souhaiter beaucoup d'années de bonheur futur. Tu as été un ami très solide.

« Je repense à toutes les fois où on a passé du bon temps ensemble. Eh oui, on se rappelle toujours le bonheur, jamais le malheur. Moi aussi je me rappelle notre premier Noël en Nouvelle-Zélande. Tu sais, Peter, j'ai toujours pensé que tu vivrais plus vieux que moi. J'ai pas pris la vie assez au sérieux, mais, Peter, je devine que c'est la volonté de Dieu si mon heure est venue, et j'ai fini par l'accepter. Bon, je crois toujours que les adieux les plus courts sont les meilleurs, alors je vais conclure pour toujours, en me rappelant toujours notre amitié. Cette fois, c'est adieu.

« Ton ami à jamais, Albert. »

Quand vient le moment d'écrire à sa mère, la lettre qu'il a gardée en dernier, il s'aperçoit qu'il n'y a plus rien à dire. Mam, avait-il appelé dans le silence de sa cellule. Oh, Mam. Comment pourrait-il lui expliquer ce qu'il ne parvient pas à s'expliquer à lui-même ? Au lieu de cela, il a écrit quelques vers de la chanson qu'elle lui a chantée si souvent, celle qui parle du thym sauvage sur la lande. Quand il arrive au vers *Faisons route ensemble, là où règne une joyeuse innocence*, il vacille. Y a-t-il jamais eu un temps de l'innocence ? Quand ils étaient tous les deux ensemble, peut-être, en train de cueillir des mûres au soleil, sans savoir ce qui allait arriver, avant les bombes, les rues incendiées et les abris de guerre. Ou cette fois à Ballycastle, quand ils étaient tous les quatre côte à côte, une famille heureuse. Le visage de son frère Daniel flotte devant lui, confiant et innocent, croyant qu'il sera toujours là, le grand gars qui veillerait sur lui. Eh bien, Daniel doit être plus lucide à présent. Il ne peut pas écrire le dernier vers, sa mère le connaît, de toute façon. Il hésite avant d'ajouter un post-scriptum : « Pensées affectueuses à mon Pa. » Il glisse la feuille de papier dans son enveloppe, écrit l'adresse et la range pour la faire poster avec celle de Peter.

CHAPITRE 27

5 DÉCEMBRE 1955. Le sheriff d'Auckland, qui est aussi le greffier de la Haute Cour, est désigné pour conduire les pendaisons de la prison Mount Eden de façon méthodique. C'est lui qui donnera le signal d'ouverture de la trappe à travers laquelle le prisonnier va tomber. Seulement, quand vient le tour d'Albert, le greffier est absent, parce que les deux dernières exécutions lui ont causé une dépression nerveuse. C'est à son suppléant qu'il revient d'opérer cette nuit.

On a proposé un sédatif à Albert dans la matinée, mais il l'a refusé. De même il a refusé l'offre de lui préparer son repas favori. « La saison des asperges est terminée, a-t-il répondu, mais merci. » Jusqu'à environ quatre heures de l'après-midi, il a occupé le temps à jouer aux dames avec Knowles ou un des trois autres gardiens qui se relaient pour assurer sa surveillance. Il se sent désolé pour eux, car il les bat à chaque fois, et il ne veut pas leur donner l'impression qu'il se croit supérieur à eux en quoi que ce soit ; simplement il n'est pas doué pour perdre. Il aurait préféré rester assis en silence, livré à ses propres pensées, mais ce n'est pas ce qui est prévu. Son esprit doit être tenu écarté de ce qui l'attend. Les gardiens sont inquiets qu'il ait refusé la pilule destinée à le rendre oublieux. On ne sait jamais comment le condamné va se comporter sur la potence.

Rappelez-vous Frederick Foster, qui s'est battu pour vivre jusqu'à son dernier souffle.

À cinq heures, le père Downey vient lui donner l'extrême-onction avant qu'on ne l'apprête pour la mort. Le prêtre lui demande s'il a un message spécial à transmettre à ceux qu'il va quitter.

« J'ai dit tout ce que j'avais à dire, mon père. Et merci pour tout. Je suis en paix.

– Je le sens.

– Si seulement j'avais su ce que je sais maintenant, les choses se seraient passées différemment. Mais c'est trop tard pour les regrets.

– L'amour de Dieu vous tiendra sauf, Albert. » À ce stade, il doit quitter Albert et se retirer dans le bureau du directeur pour attendre la procédure officielle.

Le père Downey se joint au cortège des témoins qui se rendent dans la cour. Un confrère religieux, un juge de paix, un médecin, un coroner, et divers civils dont un reporter l'ont rejoint. Ils ont été prévenus tard dans la journée que l'exécution aura lieu ce soir, pour que la nouvelle n'ait pas le temps de se répandre. On avertit le groupe d'avancer sans parler en file indienne le long d'un couloir pavé de pierre, en marchant au centre sur une bande de tapis en fibre de coco destinée à amortir le bruit de leurs pas. Le couloir est bordé des deux côtés par des paires de bottes et de souliers rangées devant les cellules. Les judas des portes ont été masqués. Ils descendent une courte volée de marches, agrippés aux rampes d'acier qui la protègent. La cour d'exécution, quand ils y débouchent, est recouverte d'un grillage, sur lequel on a étendu une toile.

Le groupe s'assemble le long d'un mur, face à l'échafaud. Il y a du vent ce soir, un vent bruyant et brutal qui soulève la toile comme une voile de navire dans un ouragan. L'échafaud est une haute structure d'acier, doté d'une estrade à laquelle on accède par dix-sept marches. Autour des cales en bas de l'échafaud, on a fixé de la toile pour dissimuler l'espace dessous. La scène tout entière est éclairée par une puissante lumière électrique. La lumière illumine la corde blanche enroulée sous la potence et le nœud coulant suspendu au-dessus de la trappe. Le bourreau attend debout à l'arrière de l'estrade, le dos tourné au public.

Albert apparaît, conduit par ses gardiens. Il ne marche pas le long du corridor ciré, mais plutôt il se traîne, car son corps est encerclé de larges bandes de cuir. Les bandes sont croisées à la hauteur du coude autour de ses bras, ses mains sont attachées devant lui, et ses jambes serrées l'une contre l'autre au-dessus du genou. À certains égards, il ressemble à une bûche de bois, ou à une souche haute d'un mètre soixante-dix-huit. Pour assurer encore mieux la rigidité maximale de son corps, on lui a fait revêtir une veste de toile raide et une paire de lourds bottillons fournies par la prison.

Il monte lentement les marches, et le bourreau se tourne à sa rencontre. Dans la lumière vive, le père Downey voit que l'homme porte un chapeau de feutre tiré en avant sur le front, des lunettes de soleil qui dissimulent ses yeux. Son menton est enfoncé dans le col d'un long manteau boutonné du haut jusqu'en bas.

Albert fait face à Horace Haywood. « Avez-vous quelque chose à dire, Black ? » demande Haywood.

Albert se retourne et observe les gens assemblés au-dessous de lui. D'une voix grave, il répond : « Je vous souhaite un joyeux Noël, messieurs, et une nouvelle année prospère. »

Ses jambes sont rapidement entravées, le nœud disposé autour de son cou, et Haywood lui pose sur la tête un capuchon blanc, dont un gardien glisse les bords sous le nœud. Haywood et les gardiens s'écartent, et l'espace d'un instant Albert se tient seul dans la lumière aveuglante, tandis que la toile au-dessus d'eux cogne et frappe et tente d'arracher ses amarres pour partir dans le vent. Le suppléant du sheriff lève la main, le bourreau libère la porte de la trappe et Albert n'est plus là. La corde se tend, tressaute un moment comme une corde à sauter enfantine, on entend un bruit sourd.

Deux minutes et sept secondes se sont écoulées entre le moment où Albert a quitté le seuil de sa cellule dans le couloir de la mort et sa sortie du haut vers le bas de la potence. Le vent continue à forcir et souffle dans la cour, soulevant la toile sous l'estrade. Seul Horace Haywood s'approche du cadavre pour vérifier que la mort a bien eu lieu. Comme l'ordonne la loi, le corps doit rester étendu là une heure avant d'être déplacé. Le père Downey et son confrère entament une prière, *Seigneur, ceux qui meurent vivront en Ta présence, leur vie se transforme, mais ne s'arrête pas.* La voix du père Downey est si enrouée et triste que les mots qui sortent sont à peine un murmure. Dans un coin de la cour, le fossoyeur attend, pelle en main, prêt à commencer son ouvrage. On fait sortir rapidement la foule, de peur qu'ils n'aperçoivent le mort, dont on voit pointer le bottillon.

À la porte de la cellule, récemment vidée, il y a une paire de souliers, comme devant les autres portes de la prison.

« Il est mort vaillamment », dit le juge de paix.

Un murmure d'assentiment se fait entendre autour de lui. Oui, il est mort vaillamment.

Chapitre 28

Un télégramme arrive tôt le matin dans la maison de Gay Street, à l'angle de Sandy Row. Kathleen s'est absentée de l'usine chaque jour de la semaine, attendant son arrivée. Au diable l'argent, dit-elle à Bert. Qui s'en soucie ? Le petit télégraphiste ne parvient pas à la regarder quand elle ouvre la porte. Elle prend lentement l'enveloppe et tend au garçon une pièce de six pence, mais il fait non de la tête.

Sa voisine Clodagh a aperçu le garçon elle aussi. Après un intervalle convenable, elle va venir et mettre la bouilloire en route.

Le mari est déjà parti au travail et le petit dernier, Daniel, à l'école. « Tu devrais faire venir Bert », dit-elle.

Kathleen fait signe que non. « Ça va, dit-elle. Ça ira bien dans un petit moment. »

Plus tard dans la journée elle enfile un manteau et sort marcher. Il fait très froid.

Bert va la trouver, comme il a toujours fait, tôt ou tard. Elle est assise dans le Jardin botanique, sur un banc à proximité d'une arcade. Elle voit son fils, celui qui est parti pour la Nouvelle-Zélande. Il est petit et joueur et il lève les bras quand il vient en courant vers elle. Les plates-bandes de rosiers taillés sont couvertes de terreau. Quand viendra le printemps, un jour de l'année prochaine, même si en ce moment elle est incapable de penser aussi loin, les roses fleuriront, et sur les collines, la bruyère reprendra ses teintes pourpres. La neige tombe en flocons légers autour d'elle.

Son mari lui tend la main et la fait lever, lui passe son bras autour de la taille. Ils sont là, tous les deux, qui repartent dans leur propre histoire de douleur.

*

Et qu'advient-il de Bessie Marsh ? Bon. Prête ou non, elle prend place dans l'histoire de la vie des femmes. Là où il y a des femmes, il y a en général des hommes. Et toujours alors la possibilité de l'amour, son potentiel, et son angoisse. Pendant un certain temps, après qu'on aura donné son bébé à l'adoption, Bessie sera seule. Mais pas pour toujours. Bessie est constante, elle fait partie des femmes fortes. Elle survivra, en imposant ses propres conditions.

Elle n'oubliera pas. Jamais.

Parfois, au cours des nuits à venir, elle verra le visage du garçon irlandais et elle dira son nom pour elle seule.

Albert Black.

Épilogue

L'honorable J. R. (Ralph) Hanan continua à militer pour l'abolition de la peine de mort. Une vague de dégoût contre cette sanction submergea l'opinion publique après l'exécution d'Albert Black. Il y eut encore une pendaison avant l'élection d'un gouvernement travailliste en 1957-1960. Pendant leur période d'exercice, toutes les peines capitales furent commuées en peines de prison à vie. En 1960, le National Party revint au pouvoir. En 1961, Hanan, alors procureur général, présenta un projet de loi visant à supprimer la pendaison de la liste des sanctions. L'honorable J. R. Marshall avança six raisons pourquoi il convenait de la maintenir. Le projet de loi fit l'objet d'un débat hors directives des partis.

Hanan déclara à la fin du débat : « Chacun a droit à la justice, les meurtriers comme le reste d'entre nous, simplement parce que nous sommes des hommes. La situation causée par les caprices de la politique des partis en Nouvelle-Zélande au cours des vingt-cinq dernières années a donc violé la justice. »

Dix membres du National Party votèrent avec les travaillistes pour faire abolir la peine de mort en cas de meurtre.

Hanan mourut brusquement en 1969. Il avait soixante ans.

Remerciements

Ce livre n'aurait pu être écrit sans le don généreux de documents que je dois à Redmer Yska. Redmer ne s'est pas contenté de me fournir les minutes du procès et ses propres notes prises lors d'entretiens qu'il avait eus avec des personnes aujourd'hui décédées associées à Albert Black, il m'a aussi offert son aide pratique et ses conseils pendant la rédaction de l'ouvrage. Je n'ai pas assez de mots pour le remercier. Je tiens à préciser que le chapitre 27 se fonde sur un témoignage visuel impitoyable d'un reporter de *Truth*, Jack Young, et que certaines expressions sont de lui. Bien que le compte rendu soit paru sans signature, l'identité de Young a été révélée par la suite. Son récit a ébranlé la conscience publique et contribué de manière significative à l'abolition de la peine de mort en Nouvelle-Zélande

Les frères Quintal, Rainton Hastie et Laurie Corrington sont des personnes réelles, mais les noms des autres témoins au procès, et leur situation personnelle, ont été modifiés, ainsi que ceux des hommes de loi et des membres du jury.

Je remercie une foule de gens qui m'ont fourni des informations, des conseils, et de l'aide dans mes recherches. Parmi eux, Ross Brown, Richard Douglas, Peter Farrell, le défunt Ian Kidman, Joanna Kidman, Peter Larsen (auteur de la pièce *Albert Black*), Nana Matenge de la Haute Cour d'Auckland, Greg Newbold, Jill Nicholas, Vincent O'Sullivan, sir Geoffrey Palmer, Pete Smith et Desley Watkins du Département de gestion du système pénitentiaire Ara Poutama Aotearoa qui a organisé ma visite de la prison de Mount Eden, ainsi que le personnel de Nga Taonga son et image (les archives cinématographiques de Nouvelle-Zélande). Merci également aux diverses personnes qui m'ont fourni des copies des lettres d'Albert Black à Peter Simpson. Certaines ont préféré garder l'anonymat : je suis particulièrement reconnaissante à E.H., la fille d'Albert, qui est née en mars 1956, ainsi qu'à un membre de la « famille » d'Albert à Naenae. J'ai eu droit à des heures d'assistance sur les naissances, mariages et décès à l'état civil de Belfast, et à la Linen Hall Library de Belfast. J'ai été invitée au Festival du livre de Belfast en 2016, et je remercie les organisateurs pour leur hospitalité. Mon éditrice Harriet Allan m'a fait partager sa connaissance locale de Belfast et accompagnée dans mes rencontres avec divers informateurs. Ma reconnaissance va aussi à elle, à Stuart Lipshaw et à Jane Parkin pour leur talent éditorial et leurs chaleureux encouragements.

Dernier, mais non moindre, je remercie Creative New Zealand de la subvention qui m'a aidée à écrire ce livre.

*

Pendant mes recherches, les livres et textes suivants m'ont été d'une aide précieuse :

Jerry Adams, *Falls Memories: A Belfast Life*, Roberts Rinehardt, 1993.

Geoffrey Beattie, *Protestant Boy*, Granta Books, 2005.

Department of Justice, *Crime in New Zealand*: *A Survey of New Zealand Criminal Law Behaviour*, Imprimerie du gouvernement, 1974.

Right Honourable Sir Geoffrey Palmer QC, *Law and Life*, New Zealand Centre for Public Law, Occasional Paper n° 21.

Greg Newbold, *Punishment and Politics : The Maximum Security Prison in New Zealand*, Oxford University Press, 1989.

Redmer Yska, *All Shook Up : The Flash Bodgie and the Rise of the New Zealand Teenager in the 1950s*, Penguin, 1996.

Diverses transcriptions de Radio New Zealand, y compris les documentaires de *Spectrum*.

Papers Past à la bibliothèque Alexander Turnbull.

CATALOGUE

166. MARC ALEXANDRE OHO BAMBE
Diên Biên Phù
167. EDNA O'BRIEN
Tu ne tueras point
168. JEAN MATTERN
Le Bleu du lac
169. TIFFANY TAVERNIER
Roissy
170. CONOR O'CALLAGHAN
Rien d'autre sur terre
171. VINCENT BOREL
La Vigne écarlate
172. MICHÈLE LESBRE
Rendez-vous à Parme
173. LÉONOR DE RECONDO
Manifesto
174. SERGE MESTRE
Regarder
175. CHRISTINE DE MAZIÈRES
Trois jours à Berlin
176. YANICK LAHENS
L'oiseau Parker dans la nuit et autres nouvelles
177. EKA KURNIAWAN
Cash

178. FIONA KIDMAN
Comme au cinéma

179. LOUIS-PHILIPPE DALEMBERT
Mur Méditerranée

180. JEAN MATTERN
Une vue exceptionnelle

181. EDNA O'BRIEN
Girl

182. MICHEL RIO
Les chéris de la princesse

184. ROBERT SEETHALER
Le Champ

185. MARION RICHEZ
Chicago

186. CATHERINE MAVRIKAKIS
L'Annexe

187. CATHERINE MAVRIKAKIS
Deuils cannibales et mélancoliques

188. CHRISTINE DE MAZIÈRES
Route des Balkans

189. MICHÈLE LESBRE
Tableau noir

190. DIMA ABDALLAH
Mauvaises herbes

191. DIANE MEUR
Sous le ciel des hommes

192. TIFFANY TAVERNIER
L'ami

193. FIONA KIDMAN
Albert Black

ACHEVÉ D'IMPRIMER
EN JANVIER 2021
SUR LES PRESSES
DE
L'IMPRIMERIE F. PAILLART
À ABBEVILLE
POUR LE COMPTE
DE SABINE WESPIESER ÉDITEUR

IMPRIMÉ EN FRANCE

NUMÉRO D'ÉDITEUR : 193
ISBN : 978-2-84805-363-9
DÉPÔT LÉGAL : AVRIL 2021